글로 남긴
아늑한 추억

글로 남긴 아늑한 추억

발행일   2026년 3월 20일

지은이   김정호
펴낸이   손형국
펴낸곳   (주)북랩

출판등록   2004. 12. 1(제2012-000051호)
주소   서울특별시 금천구 가산디지털 1로 168, 우림라이온스밸리 B동 B111호, B113~115호
홈페이지   www.book.co.kr
전화번호   (02)2026-5777   팩스   (02)3159-9637

ISBN   979-11-7598-175-1 03810 (종이책)   979-11-7598-176-8 05810 (전자책)

작가 연락처 문의 ▸ ask.book.co.kr

전용 게시판에 문의를 남기시면 저자에게 직접 전달됩니다.

(주)북랩 성공출판의 파트너

북랩 홈페이지와 SNS에서 다양한 출판 솔루션을 만나 보세요!

홈페이지 book.co.kr   •   **블로그** blog.naver.com/essaybook   •   **출판문의** text@book.co.kr
카톡채널 북랩

글로 남긴 아늑한 추억

김정호 지음

북랩

추억의 흔적을 찾으며

인간은 이성과 지성으로 살아가며, 그 내면에는 삶을 풍요롭고 활기차게 하는 감성이 있다. 감성은 아름다움을 표현하고 창작하는 예술성을 지닌다. 하지만 사람들은 그러한 것을 다 발산하지 못하고 오랜 세월이 흐른 뒤에 느끼는 것 같다. 세월은 우리에게 무엇을 남기는가? 그 지나온 시절은 허망, 약간의 회한, 어리석음에 대한 자책, 다시 돌아갈 수 없는 야속한 것들이 있다. 그렇지만 삶의 뒤안길에는 그리운 추억이 있다.

건강하고 즐거운 추억은 삶을 향기롭고 생기롭게 한다. 옛날 우리네 어머니가 불쏘시개를 사용하듯 잊힌 추억을 어떻게 떠올리며 살아나게 할까? 그 재료나 도구는 무엇인지. 사람마다 다양한 흔적이 있겠지만 내게는 어쩌다 써 놓은 어쭙잖은 글이 있다. 그것들을 뒤적거려 보니 민망스러우나 소중하고 어여쁜 장면이 되살아난다.

세상이 다소 공평하지 않을지라도 그런 마음을 담아두지 않았으면 한다. 인생의 평가는 다양하고 그 시기에 따라 달라진다. 그러기에 세상을 냉철하고 객관적으로 바라보면 좋겠다. 자신의 평가는 인생의 끝자락에서 하는 게 바람직하다. 혹여 삶의 여정에서 예기치 못한 것을 만나더라도 현실을 직시하고 올바른 방향으로 나아갔으면 한다.

시작이 있으면 끝이 있듯 모든 생명은 언젠가는 죽음을 맞이한다. 우리 인생도 예외일 수 없다. 우리는 희로애락의 감정을 겪으며 파란만장한 삶을 살아간다. 누구나 세월이 흐르면 삶이 짧다고 하겠지만 여타 동물에 비해 인생은 짧지 않으며, 다만 게으름이 있을 뿐이다.

나무의 마디에서 가지가 뻗고 잎이 나듯이 인생의 시기를 세월의 흐름으로 나누어 보면 그 시기마다 특징이나 전환점이 있다. 소년기는 순수하게 자라왔으며, 청년기는 꿈과 희망으로 달려왔으며, 장년기는 일과 활동으로 다져왔으며, 중년기는 인식과 경험으로 변화를 겪어왔다. 이제 남은 노년기는 삶을 관조하며 아름답게 채색해야 하지 않을까?

삶의 보금자리인 집 짓는 것을 인생에 비유하면 노년기는 집 내부를 장식하며, 더 나아가 뜰에 있는 꽃과 나무를 가꾸는 것이다.

살아온 삶이 어떻든 내면의 세계는 자신이 갖는 고유 영역이며 고귀한 특권이다. 누구나 인생의 발자취가 있다. 그 지나온 흔적이 그때는 선명했으나 세월이 흐르면 잊히게 마련이다. 어쩌면 나쁜 기억은 오래 머무르고 좋은 추억은 어디에 있는지도 모른다. 잊고 산 추억을 끄집어내어 세월의 미소를 지으면 노년이 한결 윤택할 텐데.

젊었을 때는 기억이 왕성했으나 나이 들어가며 그 기억은 하나둘 망각으로 사라진다. 또한 뭔가를 갑자기 떠올리려면 잘 생각나지 않는다. 이를 기억해 내는 보조 수단으로 글, 사진 등 여러 가지가 있다. 심지어 오래전 기념행사 때 받은 수건이 집안 어딘가에 잠자고 있다가 욕실에 나타나 대면할 때가 있다. 수건에 적힌 단순한 글귀가 그때의 아련한 기억을 떠올리게 하고, 그날의 감성을 북돋우며, 그 시절을 회상해 준다.

나는 글 쓰는 게 습관이 되어 삶에서 느끼는 정서를 스케치해 놓았다. 가끔 뒤적여 볼 때 미소 짓기도 하고 유치한 생각이 들기도 하지만, 지난날의 감성이 되살아나 추억에 젖는다. 글은 묘하게도 감정이 오롯이 담겨 있다. 어떤 글귀를 읽고 가슴이 찡하여 눈시울이 붉어지듯, 자신의 글에는 더 샘솟는 그때의 감정이 서려 있다. 글 속에는 술이 익어가고 숙성되듯 우연이 다시 볼 때 새로운 파동이 일렁이고, 또 다른 추억이 만들어지며 쌓여간다.

아, 하찮은 이 글이 내게 보물이 될 줄이야! 지난 시절은 묘하게도 끈끈하게 달라붙지도 않고 완전히 떨어지지도 않는다. 이제 붙일 건 붙이고 떨어뜨릴 건 떨어뜨려야겠다. 고정관념이나 과거에 얽매이지 말고 잊고 살더라도 꼭 잡아야 할 게 있다면 그것은 아늑한 추억이다.

누구나 행복을 꿈꾸며 앞만 보고 달려온 세월이 있다. 그 세월이 쌓이면 은퇴하고 노년을 맞이하게 된다. 또한 인생이 무상하고 덧없음을 느낄 때도 있다. 자신의 발자취를 돌아보고 아름답게 채색하면 위로가 되지 않을까? 모든 이가 잊고 산 추억의 흔적을 찾아 삶의 한 공간을 장식하며, 행복한 시간을 간직했으면 한다.

차례

3

별하늘 그리며

4

무엇으로 살아갈까

1

저 산이 부른다

헤아릴 수 없는 고향

눈 감으면 감격이 벅차오르고

산천초목이 파노라마로 펼쳐지네.

그리운 그곳에는

정겨운 추억이 서려 있고

잊을 수 없는 가족, 친구가 있네.

삶이 더할수록

인연이 닿았던 이들 아른거리며

소중함을 일깨워 주네.

세월은 소리 없이 달아나고

인생은 흐르는 물과 같네.

한세상 별리

그 옛날에 봄바람 불던 날
꽃가마 타고 시집와서
시집살이 넋두리할 짬도 없이
저 산 들에서 분주히 일했네

진달래 곱게 피어날 때
화전놀이가 유일한 낙이었고
비바람 눈보라 거칠어도
자식 생각하며 서러움 달랬네

삼십 리 길 읍내장 오가며
끼니 제때 먹지 못하고
자식 집 다니며 세상 구경이
그나마 보람이고 위안이었네

아, 이제는 가야만 하리
모두 다 내려놓고 떠나야지
고마운 마음 전하지 못하고
한세상을 잊어야 하네

세월이 쌓일수록 불러보고 싶은 이름, 삶을 돌아보면 언뜻 떠오르는 이름, 뭇사람들이 다 그리워하는 위대하고 숭고한 이름은 어머니다. 어머니의 모습은 어떠할까? 사람마다 다양하겠지만 내게는 지극히 선한 마음, 한없이 인자한 얼굴, 늘 자식 생각하며 살아가는 모습이다. 다시 한번 불러본다. 어머니, 눈시울이 촉촉해진다.

한자어에는 앞뒤가 바뀌어도 같은 뜻을 지니는 말이 있다. 이별과 별리가 그렇다. 통상 헤어짐을 이별이라고 한다. 별리는 잘 사용하지 않는 생소한 말일 수 있다. 그런데 나는 이 두 낱말에 차이를 둔다. 이별은 서로 떨어져 있거나 헤어짐인데 다시 만났다는 것을 전제로 하거나 궁극적인 실제와의 헤어짐이 아닌 것으로 받아들인다. 반면에 별리는 서로의 끝, 다시 돌아올 수 없는 상황 등 말하자면 죽음 같은 의미로 다가온다.

'한세상 별리'는 이생과 어머니의 이별이며, 그리운 내 어머니와 나의 헤어짐이다. 그렇지만 어머니는 늘 내 곁에 있다. "어머니, 삶을 돌아보니 죄스러운 마음 금할 길 없습니다. 저의 불찰이 원망스럽고 용서가 안 되네요. 남은 삶 부끄럽지 않게 살겠습니다."

내 어머니는 세상과 이별하기 2년 전부터 대다수 노인이 인생의 끝자락에 거쳐 가는 요양원·요양병원에서 생활하게 되었다. 원인은 노환으로 무릎 관절이 안 좋은데 골반을 다쳐 거동이 어렵게 되어서다. 한평생 시골에서 농사 일을 해 오시다 그리되었는데, 연세도 많고 수술 시기를 놓쳐 더욱 안타까웠다. 마지막은 경북 안동병원에 입원하게 되었다.

더구나 가슴 아픈 건 한쪽 발이 썩어가고 있어 나중에는 그 고통이 크기에 절단할 수밖에 없다는 담당 의사의 진단이었다. 문제는 발을 절단해야 한다고 말씀을 드려야 하는데, 어머니는 그렇게 할 수 없다고 할 것이 뻔하기에 고민이 깊어졌다. 차일피일 미루다가 더 지체할 수 없어 자초지종을 말씀드리니, 어머니는 한동안 말씀이 없더니 그렇게 하자고 했다. 노송같이 살아온 꼿꼿한 성품은 어디 가고 세상을 관조하는 성자 같았다. 한편으로 고마우나 수술을 결정할 수밖에 없는 그 마음이 나를 슬프게 했다.

그리고 며칠 지나 어머니 몸 상태가 안 좋아 중환자실로 옮겼다는 동생의 연락을 받았다. 삼월 중순 토요일, 병원에 들러 어머니를 뵈었다. 동생은 병원에 남고, 나는 아버지 계시는 고향집에서 하룻밤 보내고, 일요일 아침 다시 병원에 들렀다. 의사 선생님이 건강 상태를 지켜보고 수술 날짜를 잡자고 하여 그렇게 했다. 그리하여 동생은 대구로, 나는 수원으로 출발했다.

이런저런 생각을 하며 한 시간가량 고속도로를 달리는데, 갑자기 어머니가 위독하다는 연락이 와서 다시 병원으로 갔다. 어머니는 산소호흡기에 의존하고 있었는데 맥박이 급격히 떨어지더니 숨이 멎었다. 심장충격기를 사용해 보았으나 소용이 없었다. 그렇게 어머니는 세상과 이별했다. 잠시 멍했는데, 어머니는 발을 절단하는 흉한 모습을 보이지 않으려고, 자식들이 계속 마음 쓸까 봐 죽음을 좀 더 빨리 받아들였다는 생각이 들었다.

형제자매에게 어머니 별세를 알리고 장례식장으로 이동하는 차량을 뒤따르는데 한없이 눈물이 났다. 장례를 치르면서 조문객을 맞이하면서도 내 마음속에는 어머니의 삶이 자꾸 떠올랐다. 어머니의 그 많은 희로애락의 세월을 모으고 압축하여 시의 형식을 빌려 '한세상 별리'를 가슴 깊이 새기게 되었다.

그 후 '시'가 이런 것이구나! 자연이든 인간이든 삶에서 일어나는 감정을 처절하게 느끼고 생각하며, 하나로 압축하고 간결하게 포착하는 것이 시라고 어머니가 가르쳐주셨다. 전에는 생각지도 못했고 보이지 않던 세상이 눈으로, 가슴으로 그냥 들어왔다. 청춘을 되찾은 기분이었다.

돌아보니 어머니의 삶에서 가장 아름다운 장면이 떠오른다. 어린 시절 어느 봄날 오후, 어머니는 동네 아주머니들과 뒷산으로 화전 놀이를 갔다. 아이들도 마냥 즐거이 따라나섰다. 산 여기저기에 피어난 진달래가 곱게 단장하고, 산밭에는 복사꽃이 활짝 웃으며 분위기를 띄우고 있다. 그날만은 단정한 옷차림에 풍물을 두드리며, 노래와 춤으로 한바탕 어우러지는 모습이 그렇게 고울 수 없었다. 논밭에서 일하는 아낙에서 봄 처녀로 변신한 것 같았다.

어머니가 없는 세상은 내 마음에도 많은 변화가 일어났다. 길을 가다가도 연로한 어르신들의 일하는 모습을 보면 어머니의 삶이 떠올라 나도 모르게 눈물이 났다. 차량이 흔치 않던 시절, 고향을 다녀가다가 바삐 가는 어머니 연배의 한 아주머니를 보았다. 힘겹게 걸어가는 모습이 안쓰러워 어디까지 가시냐고 물으며 버스정류장까지 바래다드린 적이 있다. 그 아주머니는 연신 고마워하며 당신의 아들에게 길가는 어르신들을 보면 차를 태워주라고 해야겠다고 했다.

시골에서 여생을 보내는 안노인들이 어머니와 닮아 보일까? 아무래도 나도 어머니가 가신 길을 따라가야 할 날이 점점 짧아지고 있어서 그럴 것이다. 잠시 어머니가 한말씀하시는 것 같다. "이 사람아, 인생은 다 그런 거야. 그러고 보니 자네도 많이 늙었구려!"

어머니를 생각하면 자꾸 지난날이 떠오른다. 어린 시절 소풍으로 절에 간다고 말씀드리니, 어머니는 절에는 부처님을 모시는 곳이라 몸을 정갈하게 해야 한다며 집안 펌프 물로 목욕을 시켜주었다. 그 후 절과의 인연이 닿아 설날 새벽 어머니와 함께 부처님을 참배했었다. 일 년에 한 번이었지만 이제는 더 이상 함께 갈 수 없는 그날이 그리워진다.

한번은 삼십 리 길 읍내장에 어머니를 따라갔다. 동네 아주머니도 동행하고 있었다. 두 분이 머리에 장보따리를 이고 두런두런 얘기를 나누며 걸어가는 모습이 자연스러웠다. 읍내가 다가오면 정오를 알리는 사이렌이 울렸다. 바삐 시장을 보고 국수 한 그릇으로 시장기를 때우며 곧바로 장을 본 짐을 이고 귀가했다. 그 삶이 얼마나 고단했을까? 왜 어머니는 그런 삶을 살아야 했는지 어리석은 질문을 해본다. 그 은혜에 보답하지 못한 마음이 안타까울 뿐이다.

나는 가정을 꾸리고 인사이동으로 여러 지역을 옮겨 다녔다. 신라의 옛 도읍 경주, 설악산의 정기를 받는 속초, 수도권의 초입 성남, 아늑한 십승지의 땅 풍기, 그리고 마지막은 성곽 도시 수원에 정착했는데 모두 좋은 고장이다. 내가 가는 곳마다 어머니는 말씀 한마디 없이 주소만 가지고 신기할 정도로 자식 집을 잘 찾으셨다. 그 총명함과 세상을 보는 명석함에 감탄하며, 어머니가 남자로 태어났다면 큰일을 했을 것으로 믿어 의심치 않았다.

자식이 고향을 찾듯 부모는 자식 사는 모습을 보고 싶게 마련이다. 어머니는 한번 오시면 이삼일 머물렀다. 휴일이면 우리와 명승지를 함께 갔고, 평일에는 홀로 주변 시가지, 시장 등을 구경했다. 어머니가 "너희들 덕에 구경 잘 다닌다"라고 하시는 말씀을 서너 번 들은 것 같다. 자식 사는 모습을 보고 흐뭇해하시던 어머니의 모습, 그때가 행복했는데…

아버지의 지겟길

푸르른 오월
고향 산이 발길을 끌어
어느새 들꽃 지고
초목은 덧없이 무성하구나

봇도랑에 꽉 찬 물
새 생명을 잉태하고
아버지 다니시던 지겟길
수풀 우거져 자취를 감추네

소나무 아래 쌓인 소주병
당신의 흔적으로 남아
저 술병의 몇 곱절보다
피와 땀을 쏟았으리라

고되고 안쓰러운 기억이
봇물에 산그림자로 어리어
그 잊을 수 없는 삶이
세상을 한없이 슬프게 하네

볕 좋은 가을날 들녘에서 추수하는 아버지의 모습이 숭고하게 다가온다. 내게 아버지는 어떠한 분이었을까? 근사하고 근엄한 모습은 아니지만 인정 많고 다정다감했다. 아버지는 한량으로 살거나 가족을 힘들게 한 적이 없었으며, 완고한 면은 있으나 선량하며 한평생 가족을 위해 일하셨다.

나는 아버지라는 이름에 잘 어울리는 말이 시골이라고 생각한다. 시골 하면 소박하고 청정하며 정겹고 평화로운 이미지가 떠오른다. 그러한 마음은 성장하여 삶의 기반을 이루며 시골을 떠나 있었기에 막연한 그리움일 수도 있다. 그렇더라도 아버지의 모습은 시골의 풍경을 닮았다. 세월이 흐를수록 아버지의 삶이 그리움으로 쌓여만 간다.

고향에는 선산이 있는데 경사가 얇은 부분은 산밭을 일구어 농사를 짓는다. 면적이 넓은 밭도 있지만 뙈기밭이 더 많다. 그러니 농사짓는 데도 어려움이 많다. 아버지는 거의 매일 산이나 밭에 지게를 지고 갔다. 나무하러 갈 때는 빈 지게를 지고 가지만, 밭일하러 갈 때는 농기구나 거름을 지고 갔다. 또한 돌아올 때도 잡다한 짐을 지고 왔다.

어머니가 꽃 피는 봄 사월을 맞이하지 못하고 세상을 떠난 그해 오월이었다. 아버지와 나는 산 오솔길을 따라 어머니 산소에 가게 되었다. 아버지가 다니시던 지겟길이었다. 그런데 예전처럼 다니지 않아 잡목이 거칠게 우거져 지나갈 수 있는 흔적만 있을 뿐이었다. 시간을 돌려보니 만감이 교차하며 안쓰러운데 아버지의 마음은 어땠을까? 달포 전 어머니 장례를 치르고 잠자리에서도 넋 나간 듯 어머니 이름을 부르시던 아버지였는데, 당신은 어머니 산소에 간다는 설렘이 있어서인지 지칠 줄 모르고 잘 헤쳐가셨다.

큰 소나무 옆을 지나는데 소주병이 한가득 쌓여있었다. 아버지는 저 많은 술병의 술을 다 드셨을까? 산밭에 가실 때마다 소주 한 병 갖고 간다는 어머니 말씀을 여러 번 들었지만 믿기지 않았다. 헤아릴 수 없는 세월, 일하며 흘린 땀이 저 술병의 몇 곱절보다 많았으리라는 상념에 가슴이 아려와 아픔이 더해진다. 산밭이 묵정밭으로 변한 걸 보니 아버지의 삶이 더욱 쓸쓸해 보였다.

오월은 모내기 철이라 먼 산 너머 문경 경천댐에서 수로를 따라 물이 흐른다. 봇물은 언제 봐도 싱그러우며 새 생명을 잉태한다. 지나가기가 아쉬워 한참을 물끄러미 바라보니 아버지의 온갖 영상이 봇물에 어린다. 오월의 수풀보다 많은 그 힘들고 안쓰러운 기억이 세상을 슬픔으로 덮는다.

어느 고장이든 농촌은 겨울철을 빼고는 분주하다. 농사철이 시작되면 눈코 뜰 새 없이 바쁘다. 농사일은 시기를 놓치지 말아야 하기에 어른과 아이 할 것 없이 모두 합심하여 일한다. 하나의 일이 끝나면 또 다른 일이 연속적으로 일어난다. 보리 베고 논 갈고 모 심는 그 짧은 일련의 과정을 생각하면 지금도 아찔하다.

아무리 힘들어도 지나가면 잊어버리는 것이 농사일이다. 매년 반복되는 그 많은 세월, 아버지는 어떠한 마음으로 세상을 바라보았을까? 그중의 하나는 자식이 잘되기를 고대했을 것이다. 내 인생은 나의 것이지만 그래도 부모님 기대에 보답하는 게 더 좋았지 않았을까 하는 후회가 밀려올 때가 있다.

그 옛날 시골 사람들은 하는 일이 농사지만 오일장이 서는 날 가끔 장에 갔다. 장에 가면 이웃 마을 사람들을 만나 안부를 물으며 장 구경을 하니 다소 즐거웠을 것이다. 아이들도 장에 가자고 하면 흔쾌히 따라나섰다. 농산물을 팔고 농기구나 일용품을 사야 하니 장에 가지 않을 수 없었다.

소는 농사일과 밀접한 관계가 있어 집집이 거의 암소를 키웠다. 어느 집이나 일 년에 한 번은 송아지를 팔러 쇠전에 갔다. 아버지가 송아지 팔러 장에 가던 날, 어머니는 나를 딸려 보낸 적이 있다. 시오리 길을 오가며 불상사를 예방하기 위해 그랬지 싶다. 쇠전에 가면 어른들은 약주 하는 것이 일상생활이었으니까. 흥정이 이루어지면 소거간꾼과 아버지는 막걸리를 드시고 나는 찐빵을 먹었다. 우리 마을에서 쇠전까지는 왕복 삼십 리가 족히 됐다. 그 길을 오가며 아버지가 어떤 말씀을 했는지 딱히 떠오르지 않지만, 이웃 면을 지나며 보았던 풍경은 잊을 수 없다.

어느새 세월은 까마득하게 달아나고 아버지도 연로하여 요양원에서 생활하게 되었다. 한적한 가을날, 나는 요양원에 계신 아버지를 찾아뵙고, 그 옛날 소 팔러 다니던 길을 따라 아무도 없는 시골집으로 가면서 하염없이 눈물을 흘렸다. 지금도 일 년에 한두 번 선산을 다녀갈 때면 굳이 그 길로 가곤 한다.

명절에 고향에 가면 나는 아버지와 사랑방에서 잤다. 아버지는 주무실 때까지 끊임없이 말씀하셨다. 그간 얘기 나눌 사람이 없어서 그렇겠구나. 간간이 아버지 말씀을 받아주기도 하지만 묵묵히 듣는 편이었다. 한번은 아버지가 속초 설악산과 예산 수덕사에 갔던 걸 들려주셨다. 잊고 있었는데 당신은 그런 것을 다 기억하고 있었다니, 한편으로 짠하고 더 많은 곳에 가지 못한 게 후회스러웠다.

언젠가 고향집에 갔을 때 아버지의 의미심장한 말씀을 들었다. 부모님과 거실에 있었는데, 아버지는 혼잣말로 "요즘 나는 실제로 행복하다." 하셨다. 그리고 웃으시며 이제 죽어도 된다며 덧붙였다. 바로 어머니는 왜 죽는다고 하시냐며 핀잔을 줬다. 나는 아버지를 바라보며 아득한 세월 한이 많았을 텐데, 모든 걸 잊고 편안히 살아간다는 느낌을 받았다.

이상하게도 아버지란 이름만 들어도 눈물이 난다. 어느 날 '아버지의 강'이란 노래를 무심코 들었는데, 내 아버지의 지겟길과 흡사한 감정이 흘러 한참을 멍하니 있었다. 글을 쓰다가 아버지와 연상되는 장면을 회상하며 하염없이 눈물을 흘린 적이 있다. 열심히 선량하게 사시던 아버지의 삶이 가엽고 서러워서, 그 흘린 피와 땀이 안타까워서 그랬던 것 같다. 아버지, 이제 다 잊고 담담하게 살아갈게요. 그리운 내 아버지!

내 고향 봉덕산

그저 보고만 다닌 봉덕산
크게 관심 두지 않은 저 산
어쩌다 오늘에야 오르는구나

솔향기 가득한 산길 따라
싱그러운 아침 햇살 맞으며
지난 세월을 보듬어 본다

산정에 펼쳐놓은 풍광
아득한 첫사랑이 다가온 듯
이리도 아름다울 줄이야

저 멀리 소백산 자락의 옥녀봉
내성천 건너 우뚝 선 학가산
원근고저 시공을 넘나드네

등산길에서 마주친 고운 여인처럼
변함없는 수수한 산이여
더 자랑하고 깊숙이 사랑하리라

내 고향은 경북 예천이다. 고향집이 시골이지만 나는 중학교를 읍내에서 다녔다. 지역 소재지가 다 그렇듯이 예천은 읍내를 중심으로 뒤에는 산이 병풍처럼 둘러 있고 앞에는 하천이 쉼 없이 흐른다. 읍내 바로 뒷산은 흑응산이고 서쪽 능선을 따라 흑응산보다 좀 더 높은 봉덕산이 솟아있다.

봉덕산은 마음만 먹으면 갈 수 있는데 산을 오른 기억이 없다. 등산하는 사람을 보거나 친구들과 산 이야기를 나눈 적도 없다. 사람들의 보편적인 취미가 등산인데 그 시절에는 산이 무덤덤했을까? 눈만 뜨면 산이 보이니 산에 관심이 없었다. 또한 등산이라는 말이 친근하게 다가오지 않았으며 배낭이나 등산복, 등산화는 생소했다.

사람들은 산이 거기 있기에 오른다고 하지만, 산의 모습이나 매력에 끌리고 푹 빠져서 가지 않을까? 그러니 명산을 찾게 되고, 고향의 산은 마음속에만 있을 뿐이다. 해마다 서너 번 고향집을 다녀가는데 언제나 봉덕산은 그곳에 있었다. 주위에서 가장 높이 솟아있으니 바로 눈에 띈다. 멀리에서 보면 어렴풋하고 가까이에서 보면 선명한데, 나는 이웃 마을을 지나가듯 그저 바라보기만 했다. 어느새 무심한 마음은 무상한 세월을 쌓았을 뿐이다.

어쩌다 나는 초등학교동창회 회장을 맡은 적이 있다. 동창회는 해마다 고향에서 1박 2일로 여는데, 장소만 다를 뿐 엇비슷하며 토요일 저녁에 시작하여 일요일 오전이면 끝난다. 동창회 하던 그해 유월, 회장단에서 일자·장소 등 간단한 메시지를 보냈는데 거기에는 일요일 이른 아침 봉덕산 산행이 잡혀 있었다.

토요일 저녁 읍내에서 30여 명이 광란의 밤을 보내고 밤늦게 잠자리에 들었다. 일요일 아침 6시경, 몇몇 친구에게 산행하자고 하니 응하는 이가 없었다. 잠시 망설이다 이상하게 끌리어 나 홀로 가게 되었다.

봉덕산 아래 서악사 초입에 주차하고 산을 오르기 시작했다. 처음 가는 숲길이지만 왠지 낯설지 않으며, 초목은 첫여름의 아침을 더욱 상쾌하게 열어주었다. 뒤를 힐긋 돌아보며 오르는데 기분이 묘했다. 아무런 생각 없이 지나쳤던 산이 그렇게 좋을 수가 없었다. 산정에 오르니 사방으로 시야가 확 트였다. 펼쳐지는 풍광이 기막히게 좋았다. 한참을 멍하니 웃음을 머금은 채 그저 바라만 보았다. 산천이 선명하게 다가왔다. 지난 시절이 스쳐 가고 인연 닿은 사람들이 떠올랐다. 모르고 살아온 날들, 아니 숨겨 두었던 사연들이 드러났다. 지나쳤던 것들을 다른 각도에서 보니 또 다른 맛이 났다.

봉덕산에서 흑응산 능선 길을 따라 내려오면서 한 생각이 떠올랐다. 우리 산하를 찾아가는 것이 내 여행의 한 축이 아니던가. 이제 지역 소재지를 탐방할 때, 그 고장을 한눈에 바라볼 수 있는 전망 좋은 곳을 오르리라 다짐했다.

우리나라는 어느 지역을 막론하고 그 나름대로 특색이 있다. 나는 전라남도 지역을 무척 좋아한다. 자주 다니다 보니 그럴 수도 있지만, 내륙인 내 고향과는 사뭇 다른 면이 있다. 남도에는 자연 풍광이 호기심을 자극하며 끌어가는 기운이 흐른다. 영암 월출산만 하더라도 산에 오르면 서남쪽 바다가 장관을 펼쳐놓는다. 그렇다고 쉽게 오를 수 없지만, 오르더라도 변덕스러운 날씨가 서남해의 풍광을 허락하지 않을 수 있다. 사정이 그러니 욕망을 줄여 그보다 낮은 곳을 둘러보는 것도 의미가 있지 않겠는가.

전남 구례에 가면 네 고승이 수도했다는 사성암이 있다. 이 암자는 구례 오산의 정상 부근의 깎아지른 암벽 위에 지은 사찰이다. 어떻게 이런 절벽에 암자를 지었을까? 그저 신기하고 경탄할 뿐이다. 사성암에서 바라보는 섬진강을 품은 구례 시가지가 아담하며 기품이 있다. 섬진강 너머로 지리산 영봉이 그림처럼 다가오니 이 얼마나 오묘한가! 미심쩍어 눈을 비비며 저 멀리 지리산의 풍광을 조망하고, 가까이 섬진강 물줄기를 굽어보니 세상이 넉넉하고 여유롭다.

여행길에 섬진강 호텔에서 하룻밤 묵은 적이 있다. 이튿날 아침 영호남을 잇는 화개장터로 가면서 하동군 소재지를 지나가게 되었다. 시간이 넉넉하여 읍내 서남쪽 갈마산 일대의 하동공원에 올랐다. 산 정상에는 2층 누각 섬호정이 있다. 섬호정을 중심으로 사방을 둘러보니 풍광이 산뜻하고 고즈넉했다. 남향으로 섬진강이 유유히 흘러가고, 동향으로 하동 읍내가 훤히 내려다보였다. 여기에서 자란 이들은 누구네 집이라는 걸 단번에 알 정도로 집들이 선명하게 보였다.

잠시 이런 생각을 해봤다. 어린 시절 하동공원에서 뛰어놀던 이들은 타관에서 살아간다고 해도 고향의 그리움을 언제나 품고 있을 거라고. 명절 때 고향에 들르면 습관적으로 여기 공원에 올라 누군가를 만나 옛 이야기하며 추억에 젖을 거라고. 저 의자에 앉아 도란도란 애기하는 그네들의 모습이 아른거렸다.

사람들은 자기 고장을 자랑하게 마련이지만, 타향을 더 좋아하는 경향이 있다. 처음 대면하는 곳은 어디나 아름답기에 그렇게 보일 것이다. 자기를 바로 볼 수 있어야 타인의 소중함을 알고 뭇 생명의 아름다움까지도 느낄 수 있지 않겠는가?

많은 세월이 흘러 우연히 오른 봉덕산, 그 산이 전해주는 풍광을 오롯이 간직하며 우리 산하를 사랑하며 찾아가리라. 잊고 산 세월을 돌려주며 추억을 펼쳐준 내 고향 봉덕산이여!

저 산이 부른다

아침에 창을 열면
앞산이 반겨주어 미소로 화답하니
산마루에 걸린 풍광
흰 구름 떠가며 기운을 보태준다

산과 어울리더라도
때론 고마움보다 삭막함을 느끼고
산은 가진 것을 다 주는데
너무 흔해 좋은 걸 잊고 산다

산이 부르는 소리가 들리는가
철 따라 변모하는 자태가 보이는가
저 산은 오라고 손짓하는데
다음에 간다고 하니 산은 씩 웃는다

봄이 오는 3월 어느 날 아침이었다. 우연히 창밖을 보는데 산이 거기에 있어 한참 바라보았다. 어쩌다 산과 묵언의 대화를 했다. 산과 나눈 얘기를 스케치하여 춘천에서 새로이 공부하는 아들에게 문자메시지를 보냈다. 캠퍼스 내 기숙사에서 눈 뜨면 삭막한 산을 바라보는 아들의 마음을 위로하고, 다가오는 신록의 계절에 더욱 활기찬 생활을 바라며 아버지의 마음을 전하고 싶었다.

산은 누구의 소유라기보다 모든 생명을 위해 존재하며 즐기는 자의 것이다. 산은 찾아오는 사람을 차별하지 않고 공평하게 품는다. 산은 산을 사랑하는 사람에게 즐거움을 주고 에너지를 제공한다. 산은 자연의 숨결을 간직한 청정의 세계다. 산은 천진무구한 어린이 마음과 인생을 관조하는 철학자의 지혜를 품고 있다. 그래서 산은 언제나 빛, 멋, 아름다움을 발산한다.

그동안 다녔던 여러 산을 그리며 생각에 잠겨 본다. 어느 산이 가장 좋을까? 많이 갔던 소백산일까, 제일 높은 한라산일까, 아니면 힘들게 오른 설악산일까? 산은 비교가 어렵고 비교해서도 안 된다. 그런 비교는 객관적이지 않고 산객의 마음일 뿐이다. 강원 홍천의 공작산 아래 수타사 산소길이 좋은지, 경기 안성의 금광저수지를 따라 난 박두진 문학길이 좋은지는 보는 사람에 따라 다르다. 임진강이 내려다보이는 경기 파주의 화석정과 동해를 조망할 수 있는 경북 울진의 월송정을 단순히 비교할 수 없는 것과 같다. 산은 그 나름대로 특색이 있기에 산을 사랑하는 이는 그것이 무엇이든 취하면 되지 않겠는가.

내게는 또 하나의 친근한 산이 있다. 그곳은 문경새재를 둘러싸고 있는 조령산이다. 문경새재는 한양으로 가는 영남대로의 옛길이고, 이화령(현 이우릿재)은 문경과 괴산을 잇는 고갯길이다. 이화령은 터널이 뚫리어 이제 여행자 외에는 잘 이용하지 않는다. 이화령에서 문경새재 3관문인 조령관까지 백두대간의 능선을 타다 보면 동북쪽으로 수려한 산들을 볼 수 있다. 조령산, 신선암봉, 깃대봉을 거치면서 마패봉과 주흘산의 부봉, 영봉을 조망하며 가는 산길은 신선이 된 기분을 느끼게 한다.

산을 찾는 이는 산이 주는 정취를 만끽하며 몸과 마음을 치유하겠지만, 우연히 스치는 산객에게서 삶의 의미를 찾고 활력을 얻을 때가 있다. 나는 사내에서 실시하는 한마음 교육에 참여하여 설악산 산행을 한 적이 있다. 등산코스는 남설악에서 대청봉에 올라 천불동 계곡으로 내려오는 길이었다. 대청봉에서 점심을 먹고 희운각 대피소를 지나 가파른 산길을 내려가는데 여대생으로 보이는 청년이 등산 장비를 한가득 메고 씩씩하게 올라오는 모습에 잠시 넋을 잃었다. 내려가는 길도 힘들어 죽겠는데, 어떻게 연약할 것 같은 여자의 몸으로 젊음이 왕성하다지만 저렇게 거침없이 올라올 수 있을까? 도전하는 젊음이 무척 부러웠다.

한번은 한라산에 올랐다가 내려오는데 다정하게 보이는 두 여인이 길을 물었다. 짧게 얘기를 나누며 헤어졌지만, 그들은 서로 나누는 대화에서 어머니와 딸인 것 같았다. 여름휴가를 어머니와 함께 여행하는 착한 딸의 마음이, 힘든 여정을 마다하지 않고 한라산을 오르는 인자한 어머니의 마음이 참 아름다웠다.

인생의 변화를 절실히 느꼈던 순간이 높은 산을 오르기가 힘들었던 때다. 아, 이제는 산에도 마음대로 갈 수 없다고 생각하니 아쉬움이 밀려온다. 이 또한 자연의 순리인데 어찌하리. 원체 약골로 태어나 체력이 약하고 운동을 게을리하여 좀 더 일찍 노화가 찾아왔는데 누구를 탓하랴. 등산하면 정상을 갔다 오는 것이지만, 나는 그러지 못하여 요즘은 임도를 다닌다. 임도는 산의 장엄함이나 정상에서 바라보는 풍광은 느낄 수 없지만, 생각지도 못한 산의 형상을 볼 수 있고 접근하기 어려운 산허리나 움푹한 굴곡을 마주할 수 있다. 임도를 걷다 보면 많은 생각이 떠오르고 어떤 곳은 아주 예뻐서 명절에 고운 한복을 입은 여인네들을 보는 것 같다.

오래전 휴가차 충주에서 무주로 가고 있었다. 장마철이라 언제 비가 올지 모르겠다 싶었지만, 속리산을 지나가며 여유가 있어 오송폭포에 들렀다. 비가 많이 내려 폭포수가 우렁차게 쏟아졌다. 떨어지는 물소리에 놀라 생각할 겨를이 없었다. 국악인이 마음껏 목청을 높여야 저 소리를 제압할 수 있지 않을까? 내가 국악인이라며 내면에 있는 에너지를 모아 폭포수를 향해 한바탕 창을 하고 싶었다. 폭포를 나오면서 언젠가 속리산에 오르리라는 마음이 간절해졌다.

그럭저럭 세월이 흐르고 지나가는 길에 법주사에 서너 번 들렀다. 들를 때마다 속리산을 우러러보며 유일하게 비로봉과 천왕봉 이름이 동시에 있는 저 산을 올라야 하는데 싶었지만, 아직 마음속에만 있다. 지나간 시간은 다시 오지 않는데 이를 어찌할꼬.

누가 무엇을, 누구를 위해 사느냐고 물으면 쉽게 대답이 나오질 않는다. 마지못해 대답해야 한다면 산천을 위해 산다고 하면 그런대로 넘어갈 수 있다. 사람의 일을 자연에 핑계 댄다기보다는 우리는 산천을 떠나서는 살 수 없다. 산과 천은 불가분의 관계를 맺고 있지만 산에 한정한다면 산은 마음의 고향이다. 고향은 부모님이고 사랑하는 사람이며 더 나아가면 나 자신이다. 언제나 산을 그리며 산과 함께 살아가리라.

어머니의 노래

한 달 만에 요양병원에 들러
가슴 가득 어머니를 안아보니
온기가 어릴 적 엄마 품과 달라
울컥한 마음 달랠 길 없네

어젯밤엔 한참을 노래하더라고
요양보호사가 살며시 전해주어
그 노래는 고향집에서 흘러나오는
한 많은 인생살이 그리움이겠지

어느 겨울밤 골목 돌다 보니
아낙들 노랫소리가 들려와
'인생이란 무엇인지' 가사가
청춘을 그리는 어머니 노래인데

사랑하는 소중한 어머니
몇 해 전 읍내 노래방에서
고모, 숙모, 자식들과 함께했던
그 밤이 참 아름다웠지요

삶에는 다양한 감정이 깃들어 있다. 일, 놀이, 관계 등 어느 것에
나 감정이 일어난다. 사람은 오감으로 무언가를 느끼면 즉흥적으
로 반응하며 희로애락의 감정을 발산한다. 누구나 아름다움을 표
현하고 창조하는 예술성을 지니고 있다. 예술 분야에서 음악이, 그
중에서도 노래가 가장 대중적이지 않을까 싶다. 노래는 일상생활
어디서나 접하기 쉽고 홀로도 함께도 즐길 수 있다.

농사가 천직이던 시절, 농부들은 어떤 마음과 정서로 노래를 불
렀을까? 그 시절에는 인생살이가 힘들고 팍팍하여 흥도 있지만 한
이 많았을 것이다. 죽도록 일해도 먹고살기가 쉽지 않았으며, 흉년
이 들면 어찌 살아야 할지 막막했을 것이다. 한 많은 세상 가슴으
로 삼키며 내년, 후년에는 삶이 나아지기를 바라며 한낱 노랫소리
로 마음을 달랬으리라.

어린 시절 어느 겨울밤 동네 바퀴를 도는데 아낙들 노랫소리가
들려왔다. 잔칫날도 아닌데 함께 어울려 노래하는 건 흔치 않았다.
정든 고향 마을을 떠나 먼 곳으로 이사 가는 아주머니를 송별하는
모양이었다. 그날에 언뜻 들었던 국민 동요 '고향의 봄' 노래는 가슴
을 찡하게 하는 그리움이다.

우리 형제자매는 해마다 서너 번 고향집에 모인다. 부모님이 시
골에 계시고 조부모님 제사를 모셔야 하니 겸사겸사 그렇게 해왔

다. 무심히 흘러가는 세월, 어느새 부모님도 연로하여 친척들과 만
날 수 있는 시간이 점점 줄어들었다. 이런저런 연유로 아버지 생신
무렵 고향집에서 하던 모임을 몇몇 친척들과 함께하기 위해 읍내에
서 모였다.

어느 해 겨울이 다가오는 저녁이었다. 아버지 생신은 주로 점심에
했었는데 그날은 저녁에 하게 되었다. 저녁이라 그런지 회식 분위기
가 났다. 어르신들은 한자리에 둘러앉아 음식을 들면서 일상 얘기
를 나누고, 자식들은 옆자리에서 경청하며 즐거운 한때를 보냈다.

그럭저럭 모임이 끝나고 갈 사람은 가고 남을 사람은 남게 되었
다. 어쩌다 아버지와 어머니, 고모와 숙모, 아들과 사위 등 여럿이
노래방으로 갔다. 웃어르신들과 함께 노래한다는 게 좀 쑥스러웠
으나 막상 시작하니 장막이 거치듯 어색함이 금세 사라졌다. 누가
먼저랄 것도 없이 연이어 노래가 흘러나왔다. 둘러보니 분위기가
심상찮다. 이 어르신들이 흥이 이리 많은지 깜짝 놀랐다. 춤도 저
리 잘 추실까? 눈물이 날 정도로 찡했다. 이런 자리를 더 일찍 자
주 마련했으면 좋았을 텐데.

대다수 연로한 노인이 건강이 안 좋아 요양병원에 머물듯이, 내
어머니도 고향집에서 생활하기가 힘들어 요양병원에 가게 되었다.
기력을 회복하여 퇴원했으면 하는 마음 간절하나 사정이 여의찮으
니, 그게 나를 슬프게 했다. 어쩔 수 없이 형제자매가 돌아가며 병
문안하게 되어, 나도 한 달에 한 번꼴로 어머니를 뵈었다.

한번은 요양병원에 들렀는데, 어젯밤 어머니가 한참을 노래하더
라는 요양보호사의 말을 듣자 온갖 상념이 밀려와 잠시 회상에 잠

겼다. 어머니를 바라보며 어떤 노래를 했는지 여쭈었으나 어머니는 그저 엷은 미소만 지으셨다. 몇 해 전 그날의 노래방이 엊그저께처럼 맴돈다. 어머니와 함께했던 잊을 수 없는 노래방 추억이 점점 멀어지고 있으니 안타깝다. 그때 며느리와 딸도 함께했으면 얼마나 좋았으랴! 아쉬움과 미안함이 밀려온다.

어머니의 노래를 떠올리니 아버지의 춤이 스쳐온다. 시골 마을 어느 어르신의 생신인 것 같은데, 동네 아이들도 그 집에서 놀고 있었다. 갑자기 마루에서 약주를 하시던 아버지와 한 아저씨가 마당으로 내려와 춤을 추셨다. 얼떨결에 보니 화려한 춤사위는 아니지만 두 분이 잘 어울리고 춤 속에는 흥이 깃들어 있었다. 그 후로 아버지가 춤추셨는지는 모르겠으나 한 번도 본 적이 없다. 삶이 여의찮아 흥을 마음껏 발산하지 못한 아버지의 인생을 보듬어보니 죄스러운 마음 그지없다.

경기도 화성에는 홍난파 생가가 있다. 나는 서해의 제부도와 대부도, 궁평리 일대를 다녀오는 길에 가끔 선생의 생가에 들른다. 어떤 명소도 처음 갔을 때가 가장 좋으나 여기는 갈 때마다 느낌이 한결같다. 무엇보다 생가에 가면 '고향의 봄' 동요가 떠올라 흥얼거리곤 한다. 생가 배경이 고향의 봄 이미지를 연상시키고 우리네 시골 마을을 그립게 한다. 초록이 대지를 물들이면 마치 환상의 세계에 온 것 같다. 논밭에는 보리가, 개울가에는 수양버들이, 물 고인 습지에는 돌미나리가 고향의 향수를 자아낸다.

이 소박하고 소담스러운 전경을 바라보고 있노라면, 내 고향 어린 시절 풍경이 겹쳐온다. 들에서 일하는 어르신들, 광주리에 푸성

귀를 이고 오는 아낙들, 소 몰고 가는 아이들의 영상이 생생하게
다가온다. 집집이 인기척이 가득하던 그 시절은 어디로 갔을까? 지
그시 눈을 감으니 그리운 어머니의 노래가 들려온다.

빛바랜 사진

아버지 돌아가시고
유품 정리 중
빛바랜 사진 하나 눈길 끌어가네

할아버지 환갑날 친척들 모습
갓 두루마기 또렷하고
사십여 명이 한눈에 들어오네

반백 년이 훌쩍 지난 사진
어른들 떠난 자리 아이들 메웠으니
한 세대가 가고 또 저물고 있네

여러 가문에서 한집안으로 시집와서
세대를 이어준 여인들
고마운 마음 표현할 길 없네

해마다 곡식이 자라 종자를 번식하듯
인생의 수레바퀴는 돌아가고
오묘한 섭리에 감사할 따름이네

어린 시절 할머니 방에는 흑백 사진이 담긴 액자 서너 개가 걸려 있었다. 그때는 어떻게 사진을 만드는지 참 신기했다. 사진은 대게 백일, 돌, 결혼, 환갑 등 가족 기념일에 찍는다. 할머니는 유독 사진을 애지중지하셨다. 사진을 바라보는 눈빛만 보아도 단번에 할머니 마음을 읽을 수 있었다. 할머니는 늘 출가한 손녀네 사진을 애틋하게 바라봤다.

그 시절에는 어느 집이나 사진틀 한두 개는 안방이나 사랑방 벽에 걸려있었다. 친구네 집에 놀러 가면 사진 속 인물이 누구인지 궁금했다. 한번은 친구 부모님 결혼사진을 보았는데, 사진 속 친구 엄마 가슴에 '영원히'라는 글씨가 쓰여 있었다. 나는 지레짐작으로 세 글자라서 친구 엄마 이름인 줄 알았다. 나중에 그 뜻을 알고 내 무식함이 들키지 않음을 안도하며 쑥스러운 미소를 지었다.

인명은 재천이라지만 부부가 백년해로하고 같은 해에 세상을 버리면 복 받았다는 말이 있다. 내 부모님이 그러하다. 그때는 슬픔이 더욱 깊고 세상을 볼 면목이 없었는데, 지나고 나니 옛말이 부모님 사랑으로 다가온다. 어머니가 먼저 돌아가셨을 때는 아버지가 생활해야 하니 정리할 것이 별로 없었다. 아버지가 돌아가시니 이제 고향집은 빈집으로 남게 됐다. 아버지 상을 치른 후 일상이 바쁜 형제자매는 각자의 삶으로 돌아가고, 나는 큰형님 내외분과 유품 정리를 했다.

말로만 듣던 유품 정리는 마음이 울적하며 묘한 감정이 일어났다. 생각보다 정리할 것은 별로 없고 집 안을 청소하는 정도였다. 그런데 책상 서랍을 여니 사진이 엄청 들어 있었다. 가족, 친척들 사진을 보니 어린 시절이 떠올라 사진들을 듬성듬성 넘겨봤다. 그 중에 유독 눈에 들어오는 사진이 있었다. 할아버지 환갑날, 40여 명의 친척들이 함께 찍은 사진이었다. 한참 동안 사진을 찬찬히 살펴보았다.

마당에서 병풍을 두르고 찍은 사진에는 병풍의 크기에 비해 사람이 많으나 마을 풍경이 고스란히 담겨 있다. 병풍 뒤편 언덕 공터에 우뚝 솟은 아까시나무들, 헛간으로 기억되는 초가지붕, 사진의 밝기가 다른 오래된 빛이 그 시절의 삶을 드러내고 있었다. 세월은 흘렀어도 그날의 소박한 정이 미소를 자아냈다.

반백 년이 지난 사진을 바라보고 있으니, 사진 속 얼굴들이 하나하나 소중하게 떠 올랐다. 몇몇은 누구인지 모르겠다. 한 장의 사진에 할아버지 형제자매의 가족이 주를 이루고 있으니, 한집안의 개념이나 범위가 어렴풋이 다가왔다. 어른들은 두루마기와 치마저고리를 입었고, 아이들은 딱히 무엇이라 말하기는 그렇지만 비슷한 옷을 입었다. 또한 갓과 중절모자를 쓰고, 양복을 입고, 선글라스를 낀 모습이 눈에 띈다.

특이한 점은 엄마들은 하나같이 아이를 안고 있으며, 사진 아래쪽에는 '4294.12.12.(서기 1961년)'라는 할아버지 환갑 날짜가 선명하게 있다. 아이를 안고 있는 어머니 마음은 어떠할까? 그 아이가 자라 사진에 자기가 없다고 해서 원망하거나 개의치 않을 테지만, 내 아이도 고귀한 사람으로서 한 가문의 구성원이라는 사실을 온 집안에 알리는 것일까? 무엇보다 자식을 사랑하는 어머니 마음일 것이다. 또한 사진에 날짜를 넣은 것은 그날을 기념하고 영원히 빛나라는 염원이 담겨 있지 않을까 싶다.

유품을 정리하면서 그 많은 사진 중에 유독 할아버지 환갑날, 조부모님 사진과 친척들이 함께한 사진만은 간직하고 싶었다. 왜 그런 기분이 들었는지 모르겠으나 두 사진만은 챙겨왔다. 사진이 아무리 좋더라도 자기가 없는 사진은 의미가 없거나 덜하다. 독사진은 아니지만 내가 최초로 찍힌 사진이니 내겐 특별하다. 몇 년이 지나고 그 사진은 나에게 결정적인 도움을 주었다. 나는 그 사진등을 첨부하여 법원에 생년월일 정정 허가를 신청한 일이 있었다. 사진에는 어머니가 나를 안고 있고, 사진 날짜가 있어서 법원은 사실관계를 인정해 주었다.

요즘은 참 편리한 세상이다. 특히 스마트폰이 우리 일상을 바꾸어 놓았다. 스마트폰에 여러 컴퓨터 지원 기능이 있으니까, 어디를 가나 스마트폰을 사용하는 이들을 본다. 심지어 걸어가면서도 스마트폰을 보거나 듣는 것은 일상적인 풍경이 되었다.

스마트폰은 휴대전화지만 일상생활에 없어서는 안 될 다양한 기능이 있다. 그중에서도 특별한 지식 없이 사용할 수 있는 게 사진 촬영이다. 절경이나 명승지가 아닐지라도 사람이 모여드는 곳에서는, 누구나 연신 셔터를 누르는 모습을 볼 수 있다. 전문 사진작가에게는 외람되나 누구나 사진작가라고 불러주어야 하지 않을까?

자신만의 사진 세계를 간직하고 활동한다면 이 또한 아름다운 삶이니까.

지나온 시간을 돌이켜 보니 나도 젊은 날에는 사진을 많이 찍었다. 그 사진들은 가족과 함께 여행을 다니면서 찍은 것이 대부분인데, 가끔 볼 때마다 애틋함이 묻어난다. 아이들이 성년이 된 뒤로는 사진에서 멀어졌다. 특별한 건 제외하고 스마트폰 셔터를 누르지 않는다. 그런데 스마트폰 사진과 과거의 카메라 사진을 비교하면 뭔지는 모르지만 다가오는 느낌이 다르다. 어떤 그림을 화면으로 보는 것과 실물로 보는 정도가 아닐까. 어쩌다가 인화된 사진첩을 볼 때 그날의 정서와 추억이 한껏 다가온다.

가끔 할아버지 환갑날 친척들이 함께한 사진을 볼 때가 있다. 사진을 바라보며 여러 생각을 한다. 개개인의 삶을 생각하니 만감이 교차한다. 여러 가문에서 한집안으로 시집온 여인들이 저리도 아름답고 고마울까? 한 세대를 삼십 년이라고 하면 두 세대가 지나갔는데, 이제 삶과 죽음의 경계를 넘어선 분들이 점점 늘어나고 있다. 작은 골짜기의 물이 강물을 이루고 대해로 흘러가듯, 언젠가 이 사진 속 인물들도 다 떠나가겠지. 인생은 그렇게 흘러갈 뿐이다.

밥 짓는 소리

토요일 오전 무료하여
거실 소파에 누워있는데
아내가 미역국을 끓인단다

그저 좋다고 반응하며
살며시 눈 감은 채
가만히 주방의 소리를 듣는다

미역을 볶고 칼질하며
싱크대에서 그릇 씻는 소리까지
저리 조화롭고 아름다울까

어릴 적 동구 밖에서 놀다 오면
구수한 냄새가 퍼지며
부엌에서 나는 소리 같네

어느새 동심으로 가고 있으니
어머니 손맛이 그리웠나
아니면 내 연식이 오래되었나 봐

삶의 터전은 집과 회사라고 할 수 있다. 집은 가족과 함께하는 보금자리고 회사는 일하는 곳이다. 우리의 주거가 대부분 아파트 형태이며 그 구조가 방, 거실, 주방, 욕실 등으로 획일화되어 있다. 중요도로 볼 때 거실이 단연 으뜸일 것이다. 거실은 가족 모두가 휴식하는 공간이다. 그러기에 거실은 편안하고 아늑해야 한다.

거실에는 보통 기본적으로 텔레비전, 탁자, 소파가 있다. 그 공간에서 가족은 휴식을 취하고 텔레비전을 보며 담소를 나눈다. 어떤 때는 웃음꽃이 피어나지만 가끔은 채널 싸움을 한다. 또한 아이는 좌충우돌하며 어질러놓고, 엄마는 말끔히 치우기를 반복한다.

나는 거실의 소파와 한 몸이 되었던 적이 있었다. 특히 주말에 텔레비전을 보다가 나도 모르게 잠드는 경우가 잦았다. 그때는 소파가 그렇게 편할 수 없었다. 소파에서 잠잔다고 아내와 아들에게 핀잔을 들은 적이 한두 번이 아니다. 그래도 어떤 때는 나도 모르게 잠들면 누가 담요를 덮어 주었다.

우리 가정의 휴일 아침 분위기는 참 조용하다. 대부분 늦잠을 자니 아침밥을 생략하게 되고 아이들은 점심때가 되어서야 마주한다. 그 사이 화장실에 가는 등 나왔다가 자기 방으로 들어가는데, 방에서 무엇을 하는지 모르겠다. 나는 아침형이라 아침 시간에 하루 일을 다하는 편이다. 때론 아침을 챙겨 먹느라 분주할 때도 있다. 두 아들에게 좀 일찍 일어나라고 하면 이른 아침부터 시끄러워서 잠을 못 잤다고 투덜댄다.

나는 아침 일찍 일어나면 주로 독서하거나 산책한다. 어떤 것에 집중하면 피로가 몰려오기 마련이다. 그러면 침대에 누워 휴식하거나 여러 생각에 잠긴다. 이런 생활의 패턴이 일상화된 지 오래다.

어느 토요일 새벽, 컴퓨터와 몇 시간 씨름하고 다시 침대에서 잠을 잤다. 잠을 잘 자서 그런지 몸이 개운하여 눈을 뜨니 오전 11시가 되어 간다. 미안한 마음에 슬그머니 거실로 나와 소파에 누워있는데, 아내가 점심에 미역국을 끓인다고 한다. 좋다고 반응하며 눈 감고 있는데 주방에서 음식 만드는 소리가 들려온다. 미역 볶는 소리, 국 끓는 소리, 도마에 칼질하는 소리, 그릇 씻는 소리, 접시 부딪는 소리까지 정말 다양하다. 귀 기울이니 소리마다 미세한 차이와 특징이 있다. 들을수록 정겨워 한편의 오케스트라를 감상하는 것 같다.

어느새 마음은 고향집으로 날아가 동심의 세계를 휘젓는다. 어린 시절 동구 밖에서 놀다 끼니때가 되어 집에 오면, 부엌에서 나는 구수한 내음은 잊을 수 없다. 또한 잔치 준비하는 집에서 아주머니들이 음식 장만하는 풍경은 조화롭고 넉넉하며 정겨움이 넘친다. 특히 마당에 둘러앉아 부침개를 부치는 소리는 듣기만 해도 배가 불렀는데…

고향을 그리면 어머니가 떠오른다. 가족들 먹을 음식을 만들던 고향집 부엌이 다가온다. 매 끼니를 준비하느라 쉴 틈이 없었던 그 시절이 얼마나 힘들었을까? 어머니는 일찍 일어나 아침밥을 짓고,

설거지가 끝나면 들에 가고, 점심때가 되면 돌아와서 바삐 점심을 지었다. 또 집안일이나 다른 일을 하고 저녁을 짓는 일과가 쳇바퀴 돌듯 했다.

어린 시절, 나는 어머니 심부름을 자주 했다. 들에 가서 파를 뽑아오고, 풋고추나 호박을 따오는 등 자질구레한 일은 도맡아 했다. 심지어 그때는 여동생이 어려서 부엌일까지 거들었다. 부엌에서 하는 일이 고작 불 때는 것이지만 음식 만드는 장면을 한눈에 볼 수 있었다.

부엌에는 솥이 3개가 있는데, 솥 2개는 거의 동시에 사용하며 국을 끓이거나 밥을 지었다. 된장이나 간단한 것은 아궁이 잿불에 끓였다. 또한 짧은 시간에 여러 가지 반찬을 만들어야 하니, 어머니 혼자서는 일손이 부족할 수밖에 없었다. 나는 묵묵히 어머니가 시키는 대로 따랐다. 밥솥이 끓어 김이 솥뚜껑을 밀어 오리면 구수한 냄새가 후각을 자극했다. 아궁이 불을 껐다가 다시 살짝 불을 지펴 뜸 들이는 지혜는 아련한 추억의 장면이었다.

그동안 나는 한 끼 먹는 것에 큰 의미를 두지 않았다. 때가 되면 당연한 걸로 생각하며 무덤덤했다. 이제 주방에서 들려오는 밥 짓는 소리를 통해 아내의 노고를 가슴으로 느낀다. 가족을 위해 잠자리를 포근하게 하고, 옷가지를 말끔하게 정리하며, 음식을 정성스레 만드는 아내의 갸륵한 마음을 헤아려 본다.

매일 하는 일이라도 강산이 두세 번 바뀌면 누구나 장인이 된다. 알뜰살뜰 가정을 꾸려온 가정주부들이여, 그대는 멋진 요리사입니다. 음식 만드는 소리를 세상의 아름다운 소리에 등재하며.

누룽지 한 그릇

집 떠나 생활한 지
어느덧 십여 년이 흘러
많은 세월 외식하며
여러 음식 맛보았네

아침에 먹는 누룽지 한 그릇
홀로 먹을지라도
성찬은 아니지만
어떤 음식보다 담백하네

누룽지 끓이면
그 소리 보글보글 구수하고
세상을 다 가진 양 여유롭고
기름진 음식에 찌든 몸 치유하네

손수 끓인 누룽지
아내의 정성이 담긴 멸치볶음
걸인의 밥상이 아닌
산해진미보다 나은 맛이네

인간은 일하는 동물이다. 맞는 말이지만, 동물이라는 어감에 뭔가 좀 슬픔이 서린다. 동물은 먹이 사냥으로 생존하며, 인간은 일을 함으로써 삶을 영위한다. '일하지 않는 자 먹지도 말라'라는 말이 있듯, 사람은 자신이 노력해서 얻은 대가로 의식주를 해결해야 한다. 일에는 즐거움이 있고 어려움도 있으며 여러 감정이 공존한다. 그러한 장소를 일터라고 하며 범위를 좁히면 직장이다.

직장에 다니는 것은 재미있다. 그런데 직장이 한곳에만 있어서 장소 이동이 필요 없거나 여러 곳에 산재하여 이동해야만 하는 경우가 있다. 어느 것이 좋은지는 모르겠으나, 나는 후자에 속하여 인사이동으로 여러 지역을 다니며 근무했다. 자녀들이 초등학교 저학년 시기였던 때는 이사를 여러 번 다녔으나 수원에 정착한 후에는 주말 가족으로 살았다.

아침에 누룽지를 끓여 먹은 것은 천안에서 근무하고부터다. 십여 년을 주말 가족으로 살았는데 아침에 무엇을 먹었는지 딱히 생각나지 않는다. 음성, 홍천, 원주에서 생활할 때는 아침을 먹기는 했는데 음식을 한정하기가 어렵다. 그 후 충주에서는 숙소가 사업단 내에 있고 직원들이 공동으로 생활하다 보니 사생활에 제약이 따랐다. 그리하여 아침에 보관하기 쉬운 식빵과 베지밀을 먹었다. 식사는 간편했으나 나중에는 몸에 좋지 않다는 느낌이 들었다.

언젠가 고향집에 형제자매 가족들이 모였을 때, 학교급식 일을 하는 막내 여동생이 누룽지 여러 봉지를 가져와서 나누어 주었다. 급식으로 밥을 준비하다 보면 어떤 날은 밥이 남아 할 수 없이 누룽지를 만드는 모양이다. 그 누룽지를 끓여 먹어보니 매우 맛이 있었다. 시중에 파는 누룽지와는 뭔가 다른 시골집 가마솥에서 끓인 누룽지 같았다.

우리 사업단이 충주에서 천안으로 이동하여 원룸에서 생활하게 되었다. 그때 원룸이 주거생활에 필요한 시설을 잘 갖춘 보금자리라는 것을 알았다. 혼자 사는 즐거움을 만끽하는데 딱 하나 아쉬움이 있었다. 아침은 어떻게 해결할까? 문득 스치는 것이 여동생이 준 누룽지였다.

누룽지를 끓여 먹자면 냄비, 그릇, 수저 등 식기류가 필요하다. 그것들을 사러 입소문으로만 들었던 근처 '다이소'에 갔다. 매장을 둘러보니 다이소는 생활용품에서 사무용품까지 다 갖춘 종합 쇼핑몰 같았다. 그래서인지 남녀노소를 막론하고 고객이 붐볐다. 특히 젊은이가 많아 활기가 넘쳤다. 또한 가격이 저렴하여 몇만 원이면 한 살림을 장만할 수 있었다. 마음에 드는 용품을 사서 숙소로 돌아가면서 참 편리한 세상에 산다는 걸 새삼 느꼈다.

누룽지를 끓여 먹는 것은 단순하지만 숙련이 필요하다. 처음에는 한 끼 먹는 누룽지의 양과 물의 양, 가스불의 세기를 몰라서 시행착오를 거듭했다. 한번은 누룽지의 양이 많아 한 끼 식사를 능가하는 것이었다. 버리기가 뭐하여 남겨두었다가 저녁에 와서 먹은 일이 있다. 물의 양과 불의 세기에 따라 맛이 다르다는 것도 알았다.

나는 일찍 자고 일찍 일어나는 편이다. 이른 새벽에 일어나면 개인적으로 그날 할 일을 아침 7시 전에 끝낸다. 그래야 회사 일도 즐겁게 할 수 있다. 그 후 누룽지를 끓여 먹는데, 7시 30분까지 마무리하고 출근한다. 그 길지 않은 시간이 즐겁고 소중함을 느낀다. 먼저 누룽지 한 움큼을 냄비에 넣고 물로 씻어내고 다시 물을 맞추어 가스레인지를 점화한다. 주방과 방 사이의 문을 열어놓고 책상에 앉아 가볍게 책을 본다. 물 끓는 소리, 김에 서린 냄새, 책장이 넘어가는 분량으로도 불을 꺼야 하는 때를 알 수 있다.

보글보글 누룽지 끓는 소리와 구수한 냄새가 청각과 후각으로 들어올 때, 그냥 세상이 아름답고 삶이 즐거워진다. 덩달아 내 몸은 편안함과 아늑함으로 힐링한다. 책상 위에는 손수 끓인 누룽지 한 그릇과 아내의 정성이 담긴 멸치볶음만 있을 뿐인데, 왜 이리 꽉 차 보일까? 누룽지는 찬이 없어도 먹을 수 있는 음식이다. 그 구수한 맛이 모든 걸 다 누르며 누룽지에 여타 반찬이 다 들어 있는 것 같다. 더구나 고추장이 들어간 멸치볶음이 맛에 날개를 달아준다.

왜 누룽지 한 그릇이 산해진미보다 나은 맛으로 다가올까? 그것은 우리의 식생활에 있지 싶다. 어떤 이는 사 먹는 밥이 맛이 있다고 하면서도 먹고 나면 '역시 집밥이야!' 한다. 주로 외부에서 끼니를 해결하는 직장인은 더욱 그렇다. 식당 음식은 조미료가 많이 들어가고, 대부분이 기름진 식재료를 사용함으로써 담백하지 않다. 또한 회식 때는 술과 곁들어 먹으니 그 효능이나 맛이 상쇄될 수밖에 없다.

사람은 식생활을 통해 식욕을 돋우고 미각을 찾기도 한다. 현대

사회는 갈수록 식생활이 다양해지고 있다. 특히 직장인은 인간관계의 한 축이 식사 문화에 있다고 봐도 무방하다. 그 많은 세월 함께 지내며 어울리던 때를 돌아보면, 그 중심에는 여러 음식이 있고 왁자지껄한 분위기가 흘렀다. 또한 업무적으로 타 조직원과 만날 때도 식사하자는 제안은 자연스러웠다. 그냥 아는 이에게도 마주치면 밥 한번 먹자는 얘기는 일상적인 인사가 되었다. 다만 그 식습관이 지나쳐 마음은 즐거우나 몸이 피곤할 수 있다. 맛있는 음식일수록 지방과 양념이 과다하니까.

누룽지 한 그릇이 그리 대단할까? 객관적으로 그렇게 볼 수는 없다. 그렇지만 남들에게 하찮아 보이는 것도, 어떤 이에게는 무지 소중하고 가치가 있다. 평범한 음식이라도 때와 장소, 환경이 어우러지면 최고의 밥상이 될 수 있다.

요즈음 나는 혼자가 아니기에 아침에 누룽지를 먹지 않는다. 2년 넘게 아침에 누룽지를 끓여 먹던 그 길지 않은 시간이, 달빛이 은은하게 창을 타고 오는 듯하다. 어쩌다 설날 근무하게 되어 미소 지으며 감사하게 먹던 누룽지 한 그릇의 밥상은 잊을 수 없다.

그리운 소백산

아침 안개 드리운 계곡 길 따라
꿈속 헤매듯 몽환이 이어지고
풍기로 넘어가는 고갯마루 오르니
먼 산 가득 흰 구름 피어나네

독수리 날개 펼친 듯 유장한 산이
자태를 드러내며 마음을 끌어가고
푸른 기운에 젖어 맑은 공기에 취해
아득한 그리움에 한없이 빠져드네

봉우리를 잇는 백두대간 굽이마다
자연의 숨결 쉼 없이 솟아나고
처연히 견디어 온 인고의 세월
비바람 눈보라에도 미소로 반기네

소백산은 내 산행의 첫발을 떼게 한 곳이다. 그 산과 본격적으로 인연이 된 것은 중앙고속도로 건설사업소에 근무하고서다. 사업소가 터전을 잡을 즈음, 나는 소백산이 품은 영주시 풍기로 가게 되었다.

아직 겨울의 기운이 남아있는 2월 하순 첫 출근 날이었다. 풍기는 내 고향 예천과 인접한 데 나와는 별다른 인연이 없었다. 처음 가는 길, 마음은 들뜨고 뒤숭숭했다. 가까우면서 먼 이웃 마을에 가는 기분이었다. 고향집에서 산과 들녘을 마주하며 황량하고 스산한 길을 따라 고갯마루에 오르니, 저 멀리 깊고 유장한 산이 나타났다. 잠시 차에서 내려 소백산을 그윽이 바라보며 반가운 미소를 지었다.

소백산을 처음 본 것은 고교 시절 흑백 텔레비전 영상이었다. 딱히 기억나는 장면은 눈 속에 처연히 서 있는 주목의 군락지 풍경이다. 살아서 천년, 죽어서 천년이라 불리는 주목이 아니던가. 그다음은 중앙선 열차를 타고 차창으로 언뜻 보며 '아, 소백산!' 하며 스쳐 갔다. 그리고 마주한 건 청년 시절 몇몇 친구와 등산하러 갔을 때다. 그때는 혈기 왕성하여 희방사에서 연화봉으로 가는 깔딱고개를 수월하게 오르고, 비로봉 정상 몇백 미터 앞에서 달리기하던 기억이 선하다.

나는 2년 가까이 풍기에 살면서 소백산을 20번 넘게 오른 것 같다. 자신이 사는 지역의 인근 산을 제외하고 유명한 산이라도 두 번 이상 오르기가 쉽지 않다. 눈 감고 있어도 소백산을 떠올리면 여러 모습이 다가온다. 넓은 풀밭에 피어나는 야생화의 숨결, 등산로를 오르내리며 만난 지인들의 고운 마음, 산정에서 바라본 막힘 없는 풍광, 어쩌다 비를 만나 생각에 젖던 시간, 가파른 구간을 오르며 유독 힘들었던 순간 등 다양하게 나타난다.

소백산은 백두대간이 지나가는 충북 단양과 경북 영주에 걸쳐있는데 국립공원으로 지정되어 범위가 상당히 넓다. 주봉인 비로봉을 중심으로 남서쪽 연화봉과 북동쪽 국망봉이 주를 이룬다. 등산로는 희방사, 삼가동, 초암사, 죽령, 천동계곡, 어의곡 코스가 있다.

희방사 코스는 희방사를 둘러보고 희방폭포의 시원함을 볼 수 있지만, 연화봉에 이르는 깔딱고개 돌계단을 올라야 하는 어려움이 있다. 죽령 코스는 백두대간 능선을 따라가는데, 다른 등산로보다 길고 포장 임도라서 지루하나 조망은 더할 나위 없다. 삼가동 코스는 비로봉을 오르는 가장 무난한 등산로로 산객이 많이 찾는다. 초암사 코스는 죽계구곡을 따라 운치 있는 초암사를 지나 국망봉으로 이어지는데, 등산로가 험한 편이지만 숲이 처녀림을 연상케 한다. 천동계곡 코스는 계곡을 따라 오르기에 시원한 물소리를 들으며 자연 경관을 감상할 수 있다. 어의곡 코스는 접근성이 떨어져 그 당시에는 가보지 못했는데, 훗날을 기약하며 남겨두었는지 모르겠다.

소백산은 이름난 산들과 비교하면 다소 평범하지만 유장하다. 그래서 산객이 많이 찾는 것 같다. 비로봉에 오르면 태백산, 속리산이 보일 만큼 조망이 좋으며 드넓은 초지가 펼쳐진다. 봄여름의 푸른 초원이 겨울이 되면 하얀 평원으로 변신한다. 백두대간의 능선을 따라 나란히 솟아있는 국망봉, 비로봉, 연화봉이 독수리 날개를 펼친 듯 위용을 드러낸다.

사업소에 근무한 지 2년이 되어 가는 12월 하순, 나는 본사로 가게 되어 소백산을 떠나야만 했다. 떠나오던 날 겨울 소백산을 바라보니 아쉬움과 허전함이 밀려왔다. 아직 소백산 철쭉제를 보지 못했는데, 언젠가 다시 와야겠다 싶었다. 소백산이 등산의 맛을 알려주었으니, 앞으로 여러 산을 오르리라.

소백산을 떠난 후 어느새 강산이 두 번 바뀌었고, 나는 즐겁고 활기찬 마음으로 은퇴했다. 경제적인 일은 아니지만 여러 가지 하고 싶은 것에 심취했다. 그중에 우리나라 시군 단위 지자체를 둘러보는 여행 계획이 있었다.

은퇴한 이듬해 5월 하순, 아내와 단양으로 여행을 갔다. 주목적은 소백산 등산이었다. 단양에서 소백산을 오르는 등산로는 천동계곡과 어의곡인데, 우리는 가보지 않은 어의곡 코스를 택했다. 전날 단양군 소재지를 둘러보니 '소백산 철쭉제' 현수막이 여기저기 걸려있었다. 이른 아침 간단히 요기하고 남한강을 낀 도로를 따라 어의곡리로 들어섰다. 여기저기 펜션이 있으나 주변 환경은 정비되지 않는 시골 마을이었다. 어렵게 탐방로 입구를 찾아 지원센터를 지나가도 사람이 보이지 않았다.

한참을 가니 하나둘 등산객이 나타났다. 계곡을 따라 등산로가 나 있다. 계곡은 깊은데 비해 물이 적게 흐른다. 계곡에는 바위와 돌이 많고 길은 갈수록 가파르다. 무척 힘이 들어 천천히 가다 쉬고를 반복하다 보니 앞서가던 아내가 보이지 않았다. 한참을 지나 능선길로 접어드니 아내가 기다리고 있었다. 아내는 몸이 괜찮은지 묻고는 왜 이런 길을 택하여 생고생하냐며 푸념했다. 할 말을 잊은 채 산 정상을 오르는 등산로 중 거리가 짧을수록 길이 가파르다는 것을 새삼 느꼈다. 그렇지만 어의곡 등산로는 수림이 잘 조성되어 있었다.

드디어 비로봉에 올랐다. 그런데 즉각적으로 반응하는 아내의 감탄사가 터지지 않았다. 나도 마찬가지였다. 정상 주변을 잘 다듬어 놓은 것은 좋은데 이십여 년 전의 느낌이 없었다. 그때는 비로봉에 오를 때마다 색다른 감흥이 있었다. 또한 산을 오르며 철쭉을 보지 못하여 그 기대가 여지없이 무너진다. 아차, 철쭉군락지는 연화봉 쪽인데…. 탄식이 절로 나왔다.

소백산에 아주 오랜만에 갔는데 만감이 교차했다. 이십여 년이 지나 그리운 소백산과 재회하니 감개무량했다. 산은 그대로 있는데 나만 변했네. 그 시절 함께했던 인연들이 주마등처럼 스쳐 간다. 그들은 어디서 무엇이 되어 살아갈까? 비로봉에 오르는 모든 등산로를 다 돌아보았다는 것에 의미를 가져본다.

가을비 오는 새벽

꿈에서 깨어나 묵상하고
추석의 피로 산책으로 비우려
새벽공기 어떤지 창을 여니
생각지도 못한 비가 오네

산책을 늦추고 빗소리 들으며
지긋이 눈 감고 상념에 잠기니
창을 타고 오는 선율 안온하고
비는 골고루 대지를 적시네

빗소리에 실려 오는 인연들
안쓰러움에 눈물 머금으며
빗물이 만물을 차별하지 않듯
가슴으로 온 세상을 품으리라

추석이 오면 들판에 오곡이 익어가는 풍경이 아름답고, 고향집에 가족이 모여 얘기하는 모습이 정겹다. 설이든 추석이든 명절은 언제나 설레고 따뜻하며 넉넉하다. 그렇지만 지나고 나면 피로감이 몰려와 생각만큼 즐겁게 보냈는지 갸우뚱할 때가 있다.

이번 추석에도 고향을 다녀오는 등 무난하게 보낸 것 같은데 아직 추석 연휴의 피로가 쌓여있다. 연휴 마지막 날 새벽에 눈이 떠져 마음 정리할 겸 어딘가에 남아있는 찌꺼기를 비우려고 산책하려고 했다. 바깥공기가 어떤지 창을 여니 생각지도 못한 비가 온다. 우산 쓰고 나갈 볼까 했는데 청승맞을 것 같아 거실 창가에 누워본다.

창을 타고 오는 울림이 은은하다. 빗소리는 때와 장소, 계절에 따라 다르다. 무엇보다 듣는 이의 감정에 좌우된다. 봄에 듣는 빗소리와 가을에 듣는 빗소리는 느낌의 차이가 있다. 봄에는 만물이 소생하기에 비가 대지를 촉촉이 적시기를 바라는 마음이 앞서고, 가을에는 곡식을 거두어야 하니 비가 성가시겠다는 생각이 뒤따라서 그런 것 같다.

매일 맞는 새벽이지만 오늘은 남다르다. 특히 가을이 깊어지는 새벽에 비를 맞이하는 때는 그리 흔치 않다. 추석 연휴가 끝나는 날, 새벽 빗소리를 들으니 엊그저께 다녀온 고향집이 선명하게 그려진다. 한 가정을 이루고 각자 살아가는 형제자매, 거기에 딸린 인연들을 생각하니 왠지 미안함에 가슴이 아린다. 어떤 인연으로 한 집안 사람이 된 여인들이 안쓰러울 때가 있다. 명절맞이는 남자보다 여자가 더 힘들다. 지나고 나면 며느리는 녹초가 된다.

사람은 삼 세대가 함께 살아간다. 예전에는 대가족을 이루고 살았으나 지금은 핵가족으로 살고 있다. 그렇더라도 마음은 삼 세대가 공존한다. 우리의 삶이 그렇게 짜여 있다. 할아버지, 아버지, 손자 세대가 잘 어울려 삶을 풍요롭고 편리하게 만들어 가는 사회가 이상적인데 이제는 다양하게 변화하고 있다.

과거는 사라지고 미래는 오지 않았으니 지금 여기가 중요하지만, 지난날을 회상하고 싶을 때가 있다. 그중 하나가 설날이나 추석이다. 그 시절이 그립다기보다 현재와 비교하여 함께한 집안사람들의 범위다. 긴 세월의 흐름 속에 사라져간 할아버지와 아버지 세대들, 성장하여 가정을 이루어 어르신들의 자리를 메운 우리 세대들의 모습이 신기하다.

명절을 맞으면 청년 시절에는 할아버지 세대가 집안의 중심이 되기에 종조부, 당숙, 육촌을 볼 수 있었다. 오륙십 명이 한 집에 모이니 분주하고 시끌벅적했다. 그러다가 장년 시절에는 아버지 세대가 중심이 되어 숙부, 사촌, 종질을 볼 수 있었다. 이삼십 명이 되다 보니 그것도 적은 인원이 아니었다. 세대가 바뀌고 시대가 변하니 분위기가 확 달라졌다. 이제는 나 중심이라 할 수 있으나 명절에는 가끔 큰형님 댁에서 형제들과 만난다. 가정을 이룬 조카와 질부, 종손자를 보고 있으면 또 하나의 인생이 흘러가는 수레바퀴를 보는 듯하다.

어렸을 때는 명절을 손꼽아 기다렸는데 이제는 명절이 다가와도 무덤덤하다. 그동안 제례 문화도 많이 변했다. 예전에는 차례와 제사 지내는 절차나 상차림에 있어서 문중마다 집안까지도 차이가 있는 등 복잡하고 까다로웠다. 전통을 고수하는 것도 의미 있지만 간소하게 개선하는 것이 현실적이지 않을까?

설, 추석에 차례를 지내고 가족 간의 화합을 도모하는 우리 고유의 풍속은 점차 사라지고 있다. 명절 연휴가 사오일이나 되니, 여행을 즐기는 신풍속이 자리 잡은 것 같다. 공항에는 해외에 나가는 여행객으로 붐비고, 국내에도 이름난 곳에는 많은 사람이 찾는다. 시대와 현실에 부합하는 흐름이 아닐는지.

우리 사회는 물질적으로 하루가 다르게 변화하고 발전하나 정신적으로 빈곤하다. 이런 현상에 기인하여 잔인하고 야만적인 사건이 끊임없이 일어난다. 근본 요인은 생활 철학과 문화의 부재라고 본다. 인간다움은 도덕과 예절에 있다. 도덕과 예절은 성장하면서 자연적으로 얻어지는 게 아니라 누군가로부터 배우고 실천해야 한다. 이는 학교 교육만으로는 완성할 수 없으며 가정에서 윗세대에게 배우고 생활화해야 한다. 가정은 존경과 사랑이 흘러야 한다.

매년 명절이 지나면 안타까운 소식이 매스컴에 오르내린다. 대부분이 일어나지 말아야 할 사건·사고들이다. 더욱 안타까운 것은 가정불화로 인한 싸움이다. 부모와 자식, 형제간의 재산 다툼 등으로 일어나는 끔찍한 사건을 접하면, 어떻게 인간이 저럴 수 있는지 삶이 슬프고 사람이 밉다.

명절에 유독 이런 생각을 해본다. 사람은 사회적 존재로서 상호 관계를 통하여 살아가는데 거기에는 서로 간에 좋음과 싫음, 옳음과 그름이 있다. 이러한 것이 사회에는 이해관계 등으로 그럴 수 있다고 하더라도, 혈연으로 맺어진 가정에서도 똑같이 일어나니 받아들이기가 쉽지 않다.

인간관계에 있어서 가족은 서로 이해하고 양보하며 도와야 한다는 생각이 전제되어서 참아왔을 것이다. 명절에 가족이 만나면 그동안 하지 못한 얘기를 나누며, 술잔을 곁들이면 옛날얘기까지 다 나올 수 있다. 말이 많아지면 거슬리고 서운하고 야속했던 일까지 등장하게 마련이다. 그 쌓인 감정이 한꺼번에 폭발하며 싸움으로 이어질 수 있다. 누구나 힘들게 살아왔다며 사회환경에 불만이 많을 수 있다. 그것을 자기 잘못으로 돌리기보다는 남 탓하는 경우가 다반사다. 불만을 토로할 데가 없어 가족에게 하다 보니 분풀이가 되어 싸움으로 번질 수도 있다.

사람은 설, 추석만큼은 조상을 숭배하고 부모에게 감사하는 마음을 가져야 한다. 명절이 자식에게는 그저 그렇더라도 부모에게는 의미가 크다. 가령 농촌에서 소박하게 살아가는 사람도 작은 바람이 있다. 그것은 명절에 자식들과 만나 오순도순 얘기를 나누는 게 아닐까? 명절이 다가오면 부모는 자식을 손꼽아 기다리며, 먹거리를 장만하여 돌아갈 때 차에 한가득 실어준다. 그게 자식에 대한 사랑이며 부모의 낙이지 싶다.

명절 풍습은 시대의 흐름에 따라 많이 변했다. 그동안 명절을 단순하고 모나지 않게 보낸 것 같은데, 이제 부모님이 안 계시니 고향집에서 명절 쇨 일도 없다. 그렇지만 부모님의 은혜와 형제자매의 고마움은 깊이 간직하리라. 앞으로 명절에 무엇을 하며 어떻게 보내야 할지, 가치 있는 나의 명절을 만들어야겠다.

폐지 줍는 할머니

이른 아침 출근길
폐지 줍는 할머니를 보니
어머니가 떠올라 눈시울이 젖는다

손수레에 가득 실은 폐지를
끌고 가는 무표정한 모습
안쓰럽고 고단해 보인다

저 할머니 인생이 어떤지
삶이 힘들어 보이지만
한때는 젊음도 꿈도 있었으리라

백 세 시대를 맞아
요양병원에서 여생을 보내는 것보다
소일하는 건강이 그나마 위안이다

손수레 끄는 할머니의 잔영이
힘겨운 일상이 닥칠지라도
세상에 감사하며 살라 하네

아산-천안 건설사업단에 근무하던 때다. 사업단은 대게 건설 노선의 효율적인 관리를 위해 시내 외곽에 설치한다. 또한 사업 초기에는 임시 사무소를 개설할 수밖에 없는데, 뜻밖에도 동천안우체국 사옥의 일부를 임차하여 사용하게 되었다. 그 당시 이 지역은 신 행정도시로 숙소 구하기가 어려웠다. 그리하여 나는 9㎞ 정도 떨어진 도심에서 생활하며 출퇴근하게 되었다.

아침 8시 전, 사무실에 도착하는 것이 내 일상이지만 그것보다 일찍 출근하는 또 다른 이유가 있었다. 사업단까지는 이십여 분이 걸리는데 십여 분 늦게 출발하면 차량이 증가하여 이삼십 분이 지체됐다. 그리고 우체국 사옥에 여러 업체가 들어와 있어서 주차에 애로가 생겼다. 주로 큰 도로로 다녔는데 경부선 철로를 가로지르는 고가도로 옆 도로를 알게 되었다. 이 도로는 큰 도로보다 덜 붐비고 주변에 하천이 흐르는 등 시골 내음이 났다. 이따금 어느 할머니가 손수레에 폐지를 가득 싣고 가는 모습을 볼 수 있었다.

처음에는 도심에서 출근하는 것이 신기했다. 또한 죽 늘어선 건축물, 오가는 사람들, 신호 받는 차량 등 활기찬 모습이 흥미로웠다. 그러나 매일 출근길이 즐거울 수는 없었다.

직장인은 자신의 고유 업무가 있기에 그 업무처리에 집중한다. 퇴근 후에도 진행 중인 업무가 머릿속에 남아있기 마련이다.

토지 보상 업무는 타 업무에 비해 민원이 많았다. 민원인의 요구 사항이 수긍 가더라도 관계 법령에 맞게 처리해야 하기에 신중해야 했다. 생소하고 처음 접하는 민원은 더욱 그랬다.

어느 날 복잡한 업무가 있어 여느 때보다 일찍 출근하게 되었다. 머릿속에는 출근길 내내 그 업무가 맴돌고 있었다. 어떻게 처리해야 할지 생각만 해도 머리가 지끈대었다. 그러던 중에 손수레에 폐지를 가득 싣고 묵묵히 지나가는 할머니를 보게 되었다. 무표정한 모습이 안쓰럽고 고단해 보였다. 갑자기 내 어머니의 삶이 떠오르며 저 할머니 인생은 어떠했을까? 사무실에 도착할 때까지 할머니의 잔영이 떠나질 않았다. 그런데 '그 정도 일 갖고 뭘 고민을 하나, 힘들더라도 세상에 감사하며 사시게' 하는 할머니의 메시지가 내 뒤통수에 와닿았다.

그날 저녁 퇴근 후, 숙소에서 폐지 줍는 할머니의 모습을 그리며 여러 생각에 잠겼다. 어린 시절 시골에는 들에서 일하는 노인들 모습이 자연스러웠다. 어른들은 논밭에서 일하고 아이들도 일손에 보탬이 되는 걸 당연시했다.

그동안 우리 사회는 농경사회에서 산업사회를 거쳐 정보화 시대가 되었다. 사회환경이 급격히 변화했는데 과거와 현재의 단순 비교는 그렇지만, 일하고 싶은 욕구는 같지 않을까? 다만 수명이 점점 늘어나 노년의 삶에 차이가 있다. 그때는 건강이 허락하면 계속 일할 수 있었으나 지금은 노인이 할 수 있는 일이 거의 없다. 공공근로나 허드렛일도 할 수 없는 연로한 노인에게는 폐지 수거가 유일한 일이지 싶다. 사정이 이러하니 참 안됐다.

아침에 폐지 줍는 할머니 모습을 몇 번 본 것 외에는 아는 바가 없다. 어떻게 살아가는지는 더 모른다. 겉모습으로 보아 어쩔 수 없이 폐지를 수거하는 것 같다. 일한 만큼 대가가 주어지면 좋으련만 그렇지 않은 것 같다. 알 수 없지만 상상해 본다. 하고 싶은 일은 아니지만 특별히 할 수 있는 소일거리가 없고, 따분하기도 하며, 몸을 움직이고 싶고, 작게나마 집안에 보탬을 주려는 마음이 아닐까?

우리는 편리한 세상에 살고 있다. 그렇지만 노년을 바라보면 마음이 편치만은 않다. 작금의 현실은 의료 기술 발달로 백 세 넘게 살아야 할지도 모른다. 인간의 수명이 늘어나니 사회문제가 되고 개인에게는 재앙이 될 수 있다. 문제는 일할 수 없는 나이에 겪어야 하는 건강과 경제력이다. 농경사회일 때는 아버지가 자식을 키우며 할아버지를 봉양하고, 세대가 바뀌어도 그대로 반복했다. 그 시절에는 문제가 없었는데 어느 순간 삶의 환경이 변하고 단절되어, 지금의 부모 세대들은 자식의 도움을 받을 수 없는 심각한 처지가 되었다.

누가 이 문제를 해결해야 할까? 정부가 해결해 주면 좋으련만 많은 예산이 필요하니 쉬운 일이 아니다. 거기에 들어가는 돈은 결국 국민의 혈세다. 국민은 복지 사회를 바라지만, 경제력이 뒷받침되지 않으면 꿈에 불과하다. 그렇다면 개인 각자가 책임져야 하나? 부모를 봉양하고 자식을 키우며 열심히 살아왔으나, 자식에게 도움 받을 수 없는 낀 세대는 난감하게도 어떻게 할 수가 없다.

폐지 줍는 할머니의 인생은 어떠했을까? 축복받으며 태어나 사랑받으며 성장했으리라. 한때는 젊음을 간직하고 꿈도 많았으리라.

한 가정을 이루고 자식 키우며 힘 드는 줄 모르고 열심히 살았으리라. 부모를 봉양하고 자식들 앞날을 걱정하며 산 것밖에 없는데, 세월이 흘러 시대가 변하고 늙음이 원망스러울지 모른다.

나는 일 년에 서너 번 요양병원에 가는데 그때마다 참참한 심정이다. 몸이 불편하신 어르신들을 볼 때마다 마음이 편치 않다. 그분들이 측은하고, 헤아릴 수 없는 쓸쓸함을 느낀다. 그 가족의 아픔과 애한을 생각하면 애처롭다. 건강한 노년을 보낼 수 있으면 얼마나 좋겠는가? 폐지 수거하는 할머니가 안쓰러워 보일지라도 손수레를 끌 수 있는 기력이 있으니 다행이다 싶다. 요양병원에서 여생을 보내는 것보다 다소 위안이 된다.

생로병사, 사람은 태어나면 늙고 병이 오고 죽음을 맞이한다. 결국 말년은 요양병원에서 보내야 하는데, 어떤 이에게는 병원비가 굉장히 부담된다. 정부에서 일부 지원하고 있지만, 여생을 요양병원에서 보내야 하는 경우, 정부가 전적으로 부담하는 복지국가가 되었으면 한다.

목욕탕 풍경

한파가 몰아치는 토요일 오후
가라앉은 심신을 풀 겸
오랜만에 온천에 갔다

이발하면서
젊은 아빠들의 세태를 꼬집으며
이발사와 담소를 나눈다

탕 안에 들어가니
여기저기 물장난하는 아이들
남의 시선 개의치 않고 북적인다

성가시어 노천탕으로 가니
뜨거운 온천수가 찬 바람을 감싸며
피로를 확 풀어준다

아이가 물을 튀겨
아빠가 '미안하다고 해야지' 하니
꾸벅하는 꼬맹이 참 예쁘구나

사람은 보통 심신이 피로할 때 잠자거나 운동하거나 목욕한다.
나는 몸이 피곤하면 수면으로 에너지를 보충하고, 마음이 피곤하
면 산을 오르며 복잡다단함을 정리하고, 몸과 마음이 피곤하면 온
천욕으로 기력을 회복한다.

한파가 몰아치는 어느 토요일 오후였다. 추위에 위축되었는지 몸
이 찌뿌둥하여 온천에 갔다. 온천욕을 한다고 해서 특별하다는 생
각은 없다. 다만 온천탕이 일반 목욕탕보다 상쾌하고 청정한 느낌
을 준다. 일반적으로 온천은 목욕탕보다 시설 규모가 크고 노천탕
이 있다.

생물은 생명 활동을 하며 살아간다. 사람도 여타 동물과 마찬가
지로 음식을 먹어야 한다. 우리가 먹은 음식은 소화과정을 거쳐 필
요한 에너지로 사용되고 나머지는 몸 밖으로 배출된다. 그 과정에
서 미세한 분비물은 땀을 통하여 피부에 쌓인다. 이를 때라고 하는
데, 건강과 청결을 위해 자주 씻어주어야 한다. 그런 의미에서 목
욕은 일상생활의 중요한 부분을 차지하고 있다.

피로를 풀려고 온천에 갔는데 머리 깎을 때가 된 것 같아 실내
이발소에 들어갔다. 나는 호기심이 많아 이발하거나 택시를 타거
나 심지어 민원인과 상담할 때도 궁금한 것이 있으면 바로 물어본
다. 오늘도 여지없이 연배 이발사와 담소를 나누었다. 이야깃거리

는 목욕탕에서 느끼는 젊은 아빠들의 아이 키우는 세태를 꼬집는 것이었다.

목욕탕에 들어가니 토요일이라 그런지 이용객이 많았다. 뜨끈한 물에 몸을 담그니 피로가 확 풀렸다. 여기저기 아이들이 물장난하느라 북적였다. 성가시어 평소와는 달리 곧바로 노천탕으로 갔다.

나는 노천탕을 무척 좋아한다. 노천탕에 들어가면 원시인이 된 양 무거운 짐을 내려놓은 기분이다. 물은 뜨겁고 공기는 찬데, 이 둘이 연출하는 조화를 체감하며 하늘을 바라보니 떠가는 구름이 자유롭다. 옥상에서 자라는 상록수는 늘 그 자리를 지키며 변화가 없는 듯하다. 물끄러미 미소 지으며 지난날을 회상하며 상상한다.

그런데 갑자기 내 얼굴로 물이 튄다. 고개를 돌리니 꼬마가 물장난을 치고 있다. 아이 아빠가 바로 물장난을 제지하며 '아저씨께 미안합니다' 해야지 하니, 아이가 쑥스러운 표정으로 꾸벅한다. 그 모습이 참 귀엽고 예쁘다. 목욕탕에서 좋은 분과 건전한 담소를 나누는 것 이상으로 의미 있는 행복감을 느꼈다.

목욕탕에서 아이들은 자주 물장난친다. 그러다가 물을 튀겨 옆 사람에게 불쾌감을 줄 때도 있다. 물장난 그만하라고 주의를 주면, 어떤 아빠는 미안하다는 말은커녕 아이 감싸기에 바쁘다. 어떤 때는 시비가 일어 어른 싸움으로 번진다. 이런 경우 아이의 잘못을 깨우쳐주는 아빠와 아이를 감싸는 아빠의 차이는 무엇일까? 기본적으로 공중도덕과 예절에 있다고 본다. 예절은 부모가 가르쳐 주어야 한다. 부모가 바른 예절을 실천하면 아이도 자연히 따라 한다.

나는 초등학교 저학년 때까지 목욕탕이라는 말을 몰랐다. 목욕탕을 보거나 듣지도 못했으니까. 가마솥에 데운 물로 목욕한 것은 일 년에 두세 번 정도인데, 설날과 추석이 다가오면 어머니가 커다란 고무대야에 데운 물을 채우고 목욕을 시켜주셨다. 그리고 중학생이 되어서는 읍내 목욕탕에서 한두 달꼴로 한 것 같다. 그때는 자주 하고 싶었으나 목욕비가 아까웠다. 그러다가 목욕탕에 가는 횟수가 점차 늘어나서 매주 가다가 지금은 가고 싶을 때 간다.

목욕탕에는 부끄러운 꼴불견 장면이 있었다. 목욕탕 규칙이나 예절을 몰라 그럴 수 있겠으나 빨래하는 사람, 사우나를 하고 땀을 씻지도 않고 탕에 들어가는 사람 등 여러 가지가 있다. 꼴사나운 건 샤워기로 물을 틀어놓고 사용하지 않으면서 때 씻는 이다. 자기 집에서도 저렇게 생활하는지 의아하다. 이쯤 되면 공중도덕 불감증 환자다. 요즘은 어느 정도 시간이 지나면 자동으로 샤워기가 잠기니 다행이다.

두 아들과 함께 목욕탕에 다닌 지가 삼십 년이 넘는다. 아이들이 어렸을 때, 목욕하러 가자고 하면 아주 좋아했다. 목욕하고 음료수 마시는 재미에 신났던 모양이다. 처음에는 두 녀석 목욕을 시켜야 하니 좀 힘들었다. 어느덧 성장하여 제 몸을 씻을 나이가 되자 셋이 서로 번갈아 가며 등을 밀어주었다. 성인이 되어서는 셋이 함께 가지 않고 자연스레 두 아들과 번갈아 가게 되었다. 나는 아들과 깊은 대화는 목욕탕에서 나눴다.

우리 사회에는 이상한 것이 있다. 부모님 말씀 잘 듣고 선생님 지도를 잘 따르면 착하다고 한다. 또한 착한 사람은 예의가 바르다고 한다. 그런데 착하다는 말이 칭찬이 아닌 것 같이 들릴 때가 있다.

대다수의 동화, 드라마, 영화 등에서는 착한 사람이 복을 받는다. 그렇지만 어떤 경우에는 착하면 자기 몫도 못 챙기는 어리석은 사람으로 치부되고, 욕심이 많으면 경쟁에서 이기는 사람으로 평가된다. 그리고 조직이나 회사에서는 착함이 무능함으로 비칠 수 있는 뉘앙스가 존재한다. 강자에게 약하고 약자에게 강한 사람들이 얼마나 많은가? 어떤 사람은 직장 조직에 충실하기보다 사람에게 더 충성하더라.

어쨌든 선량한 사람은 예의를 지키고 규정을 준수한다고 본다. 양보, 배려, 관용, 희생, 존중 같은 가치가 조롱받는 사회는 건강하지 않으며 어느 수준 이상으로 발전할 수 없다. 욕설과 막말, 법을 위반하는 이들이 스타가 되는 사회는 잠깐 반짝일 뿐이다.

물을 튀겨 잘못을 알고 꾸벅 고개를 숙이던 아이가 생각난다. 그 아이는 초심을 간직하며 착한 심성으로 험난한 세상을 잘 살아가고 있을까? 건전한 시민의 덕성이 무능과 동일시되는 시대에 상처받거나 조롱당하지 않고 온전히 헤쳐갈 수 있기를 바랄 뿐이다. 착한 사람이 눈물 흘리지 않는 세상이 되었으면 좋겠다.

시장의 향수

겨울옷이 반가운 퇴근길
전통시장이 입맛을 당겨
손칼국수 한 그릇 먹으니
피로가 눈 녹듯 사라지네

포만감이 온몸으로 퍼져
찬 바람이 더욱 시원하고
점포마다 즐비한 먹거리
마음을 푸근하게 하네

시장통 따라 천천히 걷는데
눈길은 사방으로 분주하고
어느새 시장의 향수가
가슴 깊숙이 들어와 있네

그 옛날 오일장 추억은
구수한 내음으로 날아오고
떠들썩한 시장 풍경이
어머니 모습으로 다가오네

어느 날 현장에 갔다가 사무실로 돌아가는 길이었다. 점심때가 되어 동료 직원이 식사하고 들어가자고 하여 그러자고 했다. 오래전 그 직원은 여기 천안에서 근무하여 음식점 등 주변을 잘 알고 있었다. 가까운 전통시장에서 손칼국수를 먹자는 제안이었다. 나는 입맛을 다시며 좋다고 했다.

시장 입구에 다다르니 따뜻한 느낌이 확 다가오고 '중앙시장' 간판이 눈에 띄었다. 시장 이름만 보아도 오래되고 지역 중심 시장이라는 생각이 들었다. 어느 지자체든 상설시장이나 중앙시장의 명칭을 갖고 있으니까. 음식점을 찾으며 주변을 둘러보는데 시장 규모가 그리 크지는 않았다. 손님도 옛날 오일장과 비교하면 한산했다. 요즘 시장은 새로 단장하여 산뜻하다. 가장 큰 변화는 시장 통로가 지붕으로 덮여있다. 옛날 시장은 비가 오면 우산을 쓰고 장을 보아야 하니 좀 불편했다.

우리는 두리번거리며 시장통을 따라가다 소문난 칼국수 점을 찾았다. 음식점 안으로 들어서니 손님이 꽉 차 있었다. 주문하고 기다리며 음식 먹는 손님들 표정을 보니 다들 세상을 잊은듯했다. 칼국수 한 그릇의 행복이 이런 것이구나. 드디어 김이 모락모락 나는 칼국수가 나왔다. 손칼국수에 양념간장을 넣어 맛을 보니 저절로 고개가 끄덕여졌다. 아, 이 맛! 어린 시절 시장에서 먹었던 맛이 아닌가. 칼국수 느낌은 청년 시절 경부선 열차를 타고 대전역에서 십여 분간 정차하는 틈에 가락국수 한 그릇 먹던 기분이었다.

천안에서 근무하며 주말 가족으로 생활하다 보니 월요일 아침에는 천안으로, 금요일 저녁에는 수원으로 갔다. 퇴근하면 일주일에 네 끼를 해결해야 하는데 대부분의 식사를 직원, 지인과 했다. 가끔 한 번 정도는 혼자 먹었다. 혼자 먹는 밥이 괜찮을 때가 있었다. 이른바 '혼밥'은 내 마음대로 메뉴를 선택할 수 있고, 밥을 먹으면서 여러 생각을 할 수 있었다. 하지만 아무 음식점이나 들어갈 수 없었다. 1인분 주문이 안 되는 음식이 있었고, 어떤 때는 혼자 먹으니 왠지 눈치가 보였다.

거리에는 스산한 바람에 낙엽이 뒹굴며 어느새 가을이 저물어 가던 어느 날. 일과를 마치고 주차장으로 가면서 오늘 저녁은 뭘 먹지 고민하는데 떠오르는 게 있었다. 그건 한 달여 전에 먹었던 전통시장 손칼국수였다. 곧바로 시장으로 가서 칼국수 점에 이르니 그날따라 손님이 붐볐다. 서빙 하는 아주머니가 한참 기다려야 된다고 했다.

잠시 망설이다가 처음 시장에 왔을 때 보았던 다른 칼국수 점으로 갔다. 더러 빈자리가 있고 단출한 느낌을 줬다. 주문하니 칼국수를 빚어야 하기에 십여 분 걸린다고 했다. 괜찮다고 하며 자리를 잡았다. 음식이 나올 때까지 그저 지켜보는데 반찬은 김치와 깍두기, 양념간장이며 수저부터 다 셀프서비스였다. 여자 손님이 많으며 가족이나 친구와 온 것 같은데 다들 맛있게 먹었다.

칼국수가 나와서 맛을 보니 국물이 구수하고, 면은 쫄깃하면서도 부드러웠다. 나는 국수나 탕을 먹을 때 싱겁게 먹는 편이어서 별도로 소금이나 간장을 넣지 않고 김치로 간을 맞췄다. 김치를 국물에 넣고 살짝 저으니 고춧가루의 매운맛과 소금의 짠맛이 음식에 스며들고 김치는 부드러워 먹기가 좋았다. 또한 김치를 국물에 넣으면 음식이 빨리 식어 먹기가 편했다. 어떻게 육수를 만들었는지 칼국수가 맛깔나고 깔끔했다. 한마디 덧붙이면 저번에 먹었던 소문난 칼국수 점보다 더 담백했다. 여기 칼국수 점을 점찍어 놓았다.

저녁 후 시장통을 천천히 둘러보니 먹거리가 한눈에 들어왔다. 점포마다 찐빵, 어묵, 옥수수, 족발, 닭강정, 각종 전 등이 즐비하며 다채로웠다. 다 맛보고 싶은데 저녁 후에는 간식을 먹지 않기에 포장해 갈 수도 없었다. 그냥 눈요기만 해도 마음이 푸근했다. 또 옛날이 떠올랐다. 어머니 따라 시장에 가면 그 맛나 보이는 먹거리가 그림의 떡이었다. 한두 가지 먹으면 행운이며 그 시절 형편은 그랬다. 그러한 시절이 있었기에 세상을 꿋꿋이 살아갈 수 있었지 않나 싶다. 어머니와 함께 간 옛 시장의 추억이 다시 살아나니 고마울 따름이다.

전통시장에 여러 번 가다 보니, 다른 음식을 맛보고 싶은 충동이 인다. 자세히 살펴봐도 특별한 건 없는데. 그러던 어느 날, 퇴근 후 칼국수를 먹으러 전통시장에 가게 되었다. 어렵게 주차하고 시장 초입으로 갔다. 시장 안으로 들어가려는데 허름한 가설 건물 앞에 설치한 가마솥에서 김이 끓어올랐다. 걸음을 멈추니 선짓국 식당이었다. 충동적으로 가마솥에 끓이는 선짓국을 먹고 싶었다. 여기 선짓국은 소뼈를 곤 국물에 선지와 시래기를 넣고 끓였다는데 별미였다. 그 후 몇 번 먹었는데 그래도 손칼국수가 내 입맛에 더 맞았다.

전통시장에서 칼국수를 먹을 때마다 칼국수 한 그릇의 따뜻한 행복을 느낀다. 그리고 매번 시장을 레퍼토리처럼 둘러보며 시장의 향수에 젖는다. 시장은 언제나 재미난 책을 보고 또 보는 것처럼 흥미가 있다. 요즘 시장은 예전과 다르게 변화된 풍경이 있다. 어린 시절에는 먹거리 하나를 팔더라도 상인이 점포에 나와 행인에게 맛, 영양소가 어떻다는 등 열렬히 알렸는데, 이제는 그런 풍경은 사라지고 밖에서 잘 볼 수 있게 진열해 놓고 판매한다. 먹거리를 눈으로 맛보고 옛날을 그리워하며 천천히 지나가는 내겐 천만다행이다. 쑥스럽고 민망한 마음을 갖지 않고 자연스레 즐길 수 있으니까.

전통시장에 가면 물건을 저렴하게 살 수 있고, 맛집을 만날 수 있으며, 푸근함을 가득 담을 수 있다. 그리고 전통시장은 사람 내음과 풍요로움이 피어난다. 나는 칼국수 한 그릇의 행복을 넘어 그윽한 추억과 마주한다. 그곳에는 소박한 어머니의 모습이 있다. 시장을 둘러보면 어머니가 뒤따라오시는 것 같다.

오래된 느티나무

고향 마을 고갯마루에
오랜 풍상을 겪은 느티나무
처연히 서 있네

눈감아도 떠오르는 훤한 모습
비바람 눈보라 몰아쳐도
불평도 성냄도 없어라

쉬어가는 어르신들 굽어보고
놀이하는 아이들 반기며
쉼터를 만들어 주었지

천세를 누릴 것 같던 수호신도
이젠 노쇠하고 기력이 떨어지니
새들만이 슬피 우는구나

고향을 상징하는 것 하나를 꼽으라면 무엇일까? 명승고적이 있는 곳이면 그것을 언급하겠지만, 평범한 농촌에서 자란 사람들은 우람한 나무를 선택할 것 같다. 나무는 몇백 년 동안 서서히 자라면서 세대를 이어온 사람들과 동고동락한다.

어떤 나무가 마을의 당산나무나 정자나무 역할을 하는가? 오랜 세월 느리게 자라며 사람들과 친근하게 살아가는 느티나무가 아닐는지. 유서 깊은 마을에는 오래된 느티나무가 있다. 느티나무는 경기 양평의 용문사 은행나무나 경북 예천의 석송령보다 이름나고 화려함은 덜할지라도 마을을 수호하며 사람들의 쉼터가 되어준다.

내 고향 마을에는 오래된 느티나무가 있다. 그곳은 마을을 감싸며 뻗어가는 야산이었는데 마을과 들판을 오가는 고갯마루다. 느티나무 주변에는 큼직한 소나무 십여 그루가 조화롭게 마을 쉼터를 만들어 준다. 또한 아이들은 학교를 오가며 느티나무와 마주한다. 마을 사람들은 그곳을 '오미꼬'라고 부르는데, 그 유래는 잘 모르겠으나 고개 넘어 들판이 '오미기'라서 그런 이름이 붙지 않았나 싶다.

단오는 초여름의 시작이며 곡식이 왕성하게 자라나는 시기로, 풍년을 기원하며 그네뛰기, 씨름 등을 즐기는 명절이다. 단옷날이면 고향마을 사람들이 그네를 뛰려 오미꼬에 모였다. 그네는 단오 때마다 느티나무에 맸다. 누가 잘 타는지 시합도 하고 흥이 나면 노래와 춤으로 한바탕 즐겼다. 아이들도 덩달아 그네를 뛰기도 했다. 느티나무와 그네, 마을 사람들이 어우러지는 광경은 참 그리운 추억이다.

오미꼬는 여름 한철 마을 사람들의 휴식 공간이었다. 어른들보다 아이들에겐 없어서는 안 될 놀이터였다. 여름방학이 되면 비 오는 날을 제외하고 아이들은 약속이나 한 듯 점심식사 후 오미꼬에 갔다. 느티나무는 뜨거운 햇볕을 가리고 시원한 그늘을 만들어 줬다. 그 아래에서 아이들은 신나게 놀이했다. 쉬러 온 어른들은 아이들 노는 모습을 구경하거나 떠드는 소리에도 개의치 않고 언덕배기에서 낮잠을 잤다. 느티나무는 큰 나뭇가지가 여러 방향으로 뻗어 있어 아이들은 나무에 올라 옹기종기 놀았다. 나무 아래에서 보면 원숭이가 나무를 타는 것 같았다.

어느새 여름방학이 끝나가면 아이들은 바쁘다. 미루어 놓았던 방학 숙제를 하지 않아 날치기하듯 하지만 마음만 분주하다. 9월 초순, 나는 학교를 오가며 오미꼬를 지나갈 때 걸음을 멈추고 느티나무를 바라보곤 했다. 아, 여름방학이 아쉽다. 방학 전으로 돌아가면 얼마나 좋을까? 저 나무 위에서 놀던 때가 그립다. 다시 여름방학이 되자면 일 년을 기다려야 하는데 한숨이 절로 나왔다.

시골 마을은 어디나 커다란 느티나무가 있다. 느티나무는 자라면서 가지가 사방으로 뻗어 그늘을 만들고, 그 아래에는 쉼터가 만들어진다. 날씨가 무더워질수록 어른들은 삼삼오오 모여 나무 그늘의 시원함을 누리며, 세상만사를 논하거나 일상을 얘기한다. 그 풍경이 얼마나 목가적이며 평온한가.

시대가 변하고 세대가 바뀌고 하나둘 정든 마을을 떠나는 세상이 되었으니, 그 옛날의 아름다움은 어디에서 찾아야 하나? 추억 속으로 가면 볼 수 있을까, 어린 시절로 돌아가면 만날 수 있을까, 지그시 눈 감으니 그리움이 밀려온다.

고향을 떠나온 지 20년이 훌쩍 지난 어느 날, 부모님 계시는 고향집에 가게 되었다. 해마다 서너 번 고향에 가기는 했으나 볼일만 보고 돌아왔기에 이번에는 여유롭게 산천을 둘러봤다. 먼저 발길이 가는 곳이 오미꼬였다. 느티나무 앞에 서니 감개무량했다. 느티나무는 옛 모습 그대로인데 인적이 없어 좀 쓸쓸했다.

오미꼬에서 초등학교까지는 들길을 지나 산길을 넘어간다. 거리는 2㎞ 남짓 되는데 어렸을 적에는 멀게 느껴졌는지 모르겠다. 여기서 먼 산을 바라보니 학교 가던 길을 걷고 싶어 들판을 둘러보며 천천히 걸어갔다. 산길로 올라가는 초입에 다다랐을 때 길이 없어졌다. 두리번거리며 찾아보니 산길 자체에 나무가 우거져 수풀이 되었다. 강산이 변한다는 게 이런 것이구나! 무상한 세월을 실감하며 발길을 돌렸다.

다시 오미꼬 느티나무를 보니 추억 하나가 떠올랐다. 매년 정월 대보름 무렵 마을에서는 그해 안녕을 비는 당산제를 지냈다. 새해가 오면 제주를 선정하고, 제주는 당산제를 지내기까지 몸가짐을 단정히 했다. 정월 대보름이 다가오면 제주는 한지를 단 새끼줄로 제단 주위를 두르고 성역을 표시했다.

그때부터 아이들은 당산제를 기다렸다. 당산제에 오르는 음식은 백설기 떡이었다. 그 떡을 먹는 사람은 그해 재수가 좋다 하여, 아이들은 그것을 차지하려고 벼르곤 했다. 당산제 날 자정이 가까워지면, 아이들은 당산제 주위에 몸을 숨기고 기다렸다. 나도 어릴 적 한두 번 가보기는 했으나 춥고 동네 형들과 경쟁하기에는 힘겨워 집으로 돌아가곤 했다. 그 시절을 생각하니 어리석기 짝이 없는 웃음만 나온다. 그때 아이들은 무지 순진했다.

오랜 세월이 흘러 고향에 갔다가 나도 모르게 느티나무를 보게 되었다. 자세히 보니 한쪽 가지에는 잎이 자라지 않는다. 아니, 그 육중했던 가지가 말라가고 있지 않은가. 어느새 연로한 느티나무를 보니 울컥해졌다. 천세를 누릴 것 같은 느티나무도 세월에는 장사가 없는 모양이다. 오랜 풍상을 겪은 느티나무 쉼터에는 모두 떠나가고 새들만이 슬피 우는구나!

설악산 메아리

동해의 푸른 파도 끝없이 손짓하고
설악의 영봉은 그리워 눈웃음 흘리는데
애틋하고 고마운 이와 마주하며
철 따라 고운 팔색조의 향연 보지 않으리

만나고 헤어지는 운해의 어울림 보며
급박했던 삶의 현장을 잊고
짜증 나던 일상에서 벗어나
한순간이나마 아름다운 사람이 되려나

울산바위의 전설이 하늘을 덮는 설악은
그리운 사람이 보이는 곳
밤하늘 별들의 사랑이 흐르는 곳
어린 시절 연가가 들리는 곳

먼 훗날을 기약하는 젊음이여
네 아픔을 내 일로 여기는 소중함이여
사모곡을 죽도록 부르고 싶은 효심이여
오라, 청초호의 푸른 물에 눈 시린 설악으로

일 년을 살아도 십 년을 산 것 같이 느껴지는 곳, 그곳은 바로 강원 속초다. 속초는 설악산의 정기가 흐르고, 동해의 푸른 바다가 끝없이 펼쳐진다. 철 따라 곱게 단장한 산에는 쏟아지는 폭포가 시원하고, 넘실거리는 바다에는 고깃배가 두둥실 떠 있다. 영봉의 우람한 자태와 항구에 드나드는 배가 멋을 더한다. 산과 바다가 만나는 곳에는 청초호, 영랑호가 고즈넉하게 자리하고 있다.

나는 어떻게 속초에 살게 되었나? 그것도 일 년을 살고 십 년을 얻었을까? 너무나 신기하여 인연으로 돌려야겠다. 처음 속초라는 지명을 알게 된 것은 TV 드라마 「꽃피는 팔도강산」이었다. 어렴풋이 고깃배가 드나드는 항구의 한 장면이 떠오른다. 그리고 중·고등학교 수학여행으로 설악산에 갔는데 비룡폭포, 울산바위, 비선대 등 두 번의 코스가 비슷했다. 다만 중학교와 고등학교 때의 분위기는 사뭇 달랐다.

그러다가 강산이 한 번 바뀌고 직장을 다니게 되었다. 한국도로공사에 입사할 당시에는 고속도로 노선이 아주 적었다. 경인선, 경부선, 호남선, 남해선, 영동·동해선, 중부선뿐이었다. 그런데 어떻게 고속도로가 없는 속초에서 근무하게 되었을까? 그것은 속초에 한국도로공사 설악연수원이 건립되었기 때문이다. 그 시기만 해도 '콘도'라는 이름이 생소할 때였는데, 임직원들의 앞날을 내다보는

혜안이 있었다고 볼 수밖에 없다.

나는 신입직원의 딱지를 떼고 인사이동 때 본사에 갈 기회가 있었다. 그렇지만 생활환경이 이를 받아주기 어려웠다. 본사에 근무할 형편이 안 됐다. 그 당시 건설사업소와 설악연수원 근무자에게 임차보증금 지원제도가 있어서 설악연수원에 가게 되었다. 이보다 앞서 부모님과 함께 생활 연수를 하며, 이런 곳에서 근무해 보고 싶은 충동이 작용하지 않았나 싶다.

1990년 12월 하순, 설악연수원에 근무하게 되었다. 연수원의 주요 업무는 직원 가족이 함께하는 생활 연수와 직원 교육이었다. 겨울철에는 아이들 방학으로 가족이 함께할 시간적 여유가 있어서 대다수 직원이 연수원 입소를 희망했다. 누구나 하얀 겨울을 즐기고 싶었을 것이다. 그 시절에는 진부령스키장이 인기 있었다. 나는 생활 연수 운영을 담당하여 스키 장비 임차계약을 하러 진부령스키장을 방문했다. 처음 보는 스키장, 설원으로 덮인 풍경은 신선했다.

겨울철 속초는 생각보다 눈이 많이 내리고 무척 춥다. 이틀 눈이 내리면 1미터 이상 쌓인다. 휴전선을 마주 보는 철책에서도 겪어보지 못한 눈을 몇 번 경험했다. 온 천지가 눈으로 덮인 어느 날, 직원 가족들은 버스를 타고 미시령을 넘어 스키장으로 갔다. 오후가 되니 또 눈이 내렸다. 현장에서 눈이 많이 쌓여 미시령으로 갈 수 없고, 동해안 쪽으로 내려갈 수 있을지도 지켜봐야 한단다. 날은 저물고 조마조마하게 기다리는데, 어렵게 진부령을 내려왔다는 전언이다. 안도의 한숨을 쉬며 하늘을 바라보았다.

　겨울이 가고 3월이 되면, 새롭게 생활 연수 계획을 수립하고 연수 코스 다변화를 모색한다. 이를 위해 미시령, 용대리, 관광민예단지, 한계령, 낙산사로 이어지는 설악산 둘레 도로 탐방에 나섰다. 마음의 봄은 시작됐지만 날씨는 겨울을 벗어나지 못한 채 말이다. 차가 미시령으로 접어드니 눈이 펄펄 내린다. 나뭇가지에는 눈이 하얗게 쌓이는데 도로에는 눈이 내리자마자 녹는다. 눈 덮인 터널을 지나가는 기분이다. 새로 부임한 부원장님도 동승하고 있었는데, '속초가 이런 곳인가!' 감탄하며 신기해한다. 미시령을 지나가며 바라보는 설악산 울산바위의 모습은 겨울 왕국의 환상을 보는 듯하다.

　나는 속초에 일 년 남짓 살면서 여러 곳을 탐방했다. 그것은 업무와 연관도 있지만, 자연의 숨결이 나를 이끌고 갔다. 그 당시에는 생소했던 인제군 서북쪽에 숨어 있는 연화동 계곡, 양양군 어성전리, 인제군 귀둔리 필례지구는 아직도 잊히지 않는다.

　삶은 사람과의 관계다. 때로는 혼자가 좋을 때도 있지만, 사람을 떠나서는 살 수 없다. 직장도 각자의 일터이기는 하지만, 사람과 사람이 어우러져 삶을 만들어 가는 곳이다. 나는 연수원에 근무하면서 여러 분야에서 일하는 직원과 그 가족들을 만났다. 설악산을 품은 속초가 좋다 하여도 내게는 도공 가족이 더 소중했다. 떠나면서 좋은 구경 잘하고 편히 쉬었다 간다는 말 이상으로 그들의 밝은 표정을 잊을 수 없다.

　설악연수원은 시설의 규모로 봐서 객실이 60여 개나 되고 대형 강당, 사우나 시설, 테니스장 등이 있어서 콘도나 고급 호텔로 보면 된다. 연수라는 말은 배운다는 의미가 강한데, 여기서는 힐링이 더 어울린다. 생활 연수에 입소하면 3일 동안 설악산을 비롯한 주변 명승지를 자율 관광하는데, 연수원에서는 2일간 단체 관광을 지원한다.

교육은 좋은 것이지만, 교육받는 사람은 늘 피곤하다는 말이 있다. 그런데 연수원에서 직원 교육은 그리 부담감이 없으며, 같은 직종이나 타 직종 직원들이 참여하며, 서로를 이해하고 친목 도모가 주목적이다. 다만 설악산 대청봉에 오르는 극기 훈련이 있는데, 갈 때 표정과 돌아왔을 때의 표정이 완전히 다른 것을 볼 수 있다.

연수원 근무가 단순할 것 같지만, 어디서나 일하는 방식은 같다. 생활 연수나 직원 교육에 있어서 신경 써야 할 부분이 많고, 여러 사람이 오고 가니 에피소드도 많다.

한번은 생활 연수와 직원 교육이 동시에 있던 날이었다. 지하 사우나실에서 평소에는 샤워만 할 수 있고 사우나는 일주일에 한 번 가동했다. 사우나는 오후 늦게 가동하는데 많이 붐볐다. 생활 연수 가족과 직원들이 함께 사우나를 하는데, 사장님도 연수원을 방문하여 사우나하고 있었다. 사장님의 사우나가 끝나고, 나는 각종 물품의 정리정돈 상태를 살피며 로비를 지나가게 되었다. 그런데 몇몇 교육 온 직원이 '아까 사우나실에서 사장님과 많이 닮은 사람이 있더라' 하며 얘기를 나눴다. 순간 웃음을 참으며 사장님이 맞다고 하려다 그냥 지나쳤다.

이듬해 2월, 나는 본사로 발령이 났다. 막상 떠나려니 발걸음이 무거웠다. 속초가, 설악산이, 연수원이 깊숙이 내 가슴에 자리하고 있어서 몇 년 더 근무했으면 하는 미련까지 남았다. 아쉬움에 무작정 속초 바닷가를 거닐었다. 아무것도 모르는 꼬마 녀석을 데리고 먼 훗날을 그려보며….

시간은 쉼 없이 흘러가도 속초와의 인연은 계속되었다. 다시 연수원 근무는 하지 않았지만 자주 들렀다. 갈 때마다 연수원 직원들이 반갑게 맞아주어 무척 고마웠다. 설악연수원은 언제나 고향집에 간 느낌이다. 속초 그리고 설악은 그리운 사람이 보이고, 밤하늘 별들의 사랑이 흐르며, 어린 시절 연가가 들리는 곳이다.

2

행복한 꽃길

자연에 빛과 그림자가 있듯
삶은 행복과 불행이 교차한다.
그것은 제로섬 게임과 유사하여
한쪽이 늘어나면 다른 쪽은 줄어든다.
지금 여기에
소망의 꽃씨를 뿌려보렴!
저만치 꽃길 따라
고즈넉한 풍경이 반기리라.

겨울로 가는 산야

낙엽은 찬 기운으로
산길에 하나둘 쌓여가고
억새는 바람결에
이리저리 멋 나게 춤춘다

돌아보면
삶은 흔적 없이 사라지고
힘겹던 긴 시간
한순간임을 알려준다

봄날에 피어오르던 아지랑이도
여름날에 무성했던 녹음도
가을날에 곱던 들꽃도
한낱 추억으로 멎는다

단풍이 아름다운 것은
뜨거운 햇빛이 있어서이고
바람이 차가운 것은
새로운 준비를 알리는 것이겠지

겨울이 엄습하면 힘겨울지라도
언 땅을 뚫고 새싹이 나오듯
야인의 삶을 흠모하며
자연의 순리에 몸을 맡기리라

2018년 12월 퇴직하기 며칠 전, 나는 인트라넷에 '세월의 미소를 지으렵니다'라는 석별의 글을 올렸다.

30년 하고도 덤으로 1년 전, 도공호에 승선하며 반짝이는 길을 보았습니다. 내 앞에 비치는 길은 많은 번민과 커다란 변화를 가져왔습니다. 그 길을 다시 걷고 싶지는 않습니다. 그러나 나의 길을 성실하게 걸었고, 추억은 보배로운 것이 되었습니다. 소중한 보람이 있었지만, 과오도 많았습니다. 하지만 그것을 후회하지 않습니다. 세월은 강물처럼 흐르겠지만 나를 허물고 한계를 뛰어넘어 열정이 숨 쉬는 그곳으로 가렵니다. 도공 가족 여러분, 그동안 무지 고마웠습니다. 위대한 분들의 건승을 빌게요. See you some day!

만나면 기쁨이 있듯 이별은 아쉬움이 있다. 그렇다고 말이나 글을 장황하게 늘어놓으면 성가실 것 같아 짧게 썼으나 한편으로 허전함이 남는다. 그래서 내 자료를 들척이다가 '겨울로 가는 산야'라는 글을 첨부하게 되었다.

글은 묘하다. 자기가 쓴 글은 더욱 자신에게 영향을 미친다. 십여 년 전에 느끼고 생각했던 한 마음이 자연을 벗 삼아 산천과 조화롭게 살아가고 있으니 놀라우며 경이롭다. 이는 글의 힘에서 오는 것이 아닐까? 무엇이든 마음속에만 간직하면 쉽게 잊히고 퇴색하지만, 글로 표현하면 많은 에너지가 모여 실천 의지가 한 곳으로 응축된다.

나는 춘천과 양양을 잇는 홍천-양양 건설사업단에 합류하여 2009년 2월 초순에 현장을 답사했다. 노선을 따라가는 내내 차디찬 산에는 눈이 희끗거리고 산을 넘는 고갯길은 험준했다. 처음 대면하는 인제의 상남, 기린면은 원시의 자연 그대로였다. 현장을 오가며 주변 풍광에 매료되어 자연이 주는 태곳적 아름다움에 취하곤 했다.

어느덧 봄이 오는가 싶더니 여름이 지나고 가을이 저물고 있었다. 그러던 어느 날 산야에서 하늘에 떠가는 구름을 보고, 계곡에 흐르는 물소리를 들으며, 숲속에 이는 바람 소리를 스치면서 자연에 동화되어 갔다. 어느새 세월이 흘러 자연인을 닮아 갔다. 이러한 삶이 조금 일찍 정들었던 회사를 박차고 나올 수 있게 하지 않았나 싶다.

생명은 태어나면 언젠가 죽음을 맞이하듯, 직장도 때가 되면 떠나게 됐다. 일터를 마무리하고 삶의 변화를 맞는 것은 설렘도 있지만 두려움도 있었다. 그나저나 회사에서 마지막을 어떻게 보내야 할까? 그냥 몸만 빠져나오는 게 아니라 이사 가듯 의외로 정리해야 할 게 많았다. 대다수가 가는 추억여행은 생략할 수 없었다.

퇴직하기 전, 그해 11월에 한 달 휴가를 냈다. 여행을 어디로 갈까? 망설이다 아내와 상의하여 신입 시절과 신혼을 보낸 경주에 가기로 했다. 그 시절 경주는 누구나 여행하고 싶은 곳이었다. 우리가 살 때 가보지 못한 곳을 중심으로 늦가을 정취가 묻어나는 풍광을 스치며 여정을 따라가 봤다.

처음 들른 곳은 옥산서원이었다. 이 서원은 그냥 길 따라가다 이정표를 보고 들어가는데 가까워질수록 멋을 더했다. 웅장한 나무들이 가을을 끌어와 아늑하게 품었다. 우리나라 서원은 다 고풍스럽지만, 이언적 선생을 모신 옥산서원은 예스러우며 그윽한 향기가 피어났다. 서원 앞에는 고즈넉하게 물이 흐르는데 거울같이 맑다. 하천 바닥과 둘레가 암석으로 이루어져 독특하며 빼어난 경치를 자아낸다. 시냇물 가운데 자리한 너럭바위 일대를 세심대라 하는데, 마음을 씻고 자연을 벗 삼으라는 뜻이겠지. 솔숲을 거닐면서 언젠가 다시 와봐야겠다고 다짐했다.

들르고 싶었던 경주 양동마을에 갔다. 마을 입새를 지나 개울을 따라 조금 걸어가니 눈이 휘둥그레지고 입이 딱 벌어졌다. 이게 뭐지? 하천 양쪽 산기슭에 초가와 기와집들이 조화롭고 평온하게 자리하고 있었다. 가옥은 평지에 짓는 걸로 알았는데 산기슭과 중턱을 따라 층을 이루는 모습이 새로웠다. 어떻게 이런 발상을 했는지, 우리 선조들이 위대할 따름이다. 마을을 둘러보니 여기는 전통문화와 한국의 정취가 살아 숨 쉬는 곳으로 조선시대의 문화 기행을 온 것 같았다. 가옥들이 주는 옛것의 멋스러움을 느낄 수 있고, 안채와 사랑채가 분리된 독특한 구조를 볼 수 있었다. 저물어 가는 가을에도 이리 좋은 데, 산꽃이 흐드러지게 피는 봄이 오면 무엇이 이보다 아름다우리!

어느덧 햇살이 약해지고 서녘 하늘 해님을 바라보며 김유신 장군 묘역으로 가고 있었다. 흥무공원 주차장에서 묘역으로 올라가는데 입구부터가 남달랐다. 묘지 앞에 서니 감개무량했다. 흥무대왕은 김해김씨 중시조로 까마득한 내 할아버지신데 가까이 살면서 찾아뵙지 못하여 죄스러웠다. 처음으로 묘지를 참배하며 묘비석과 둘레석, 청솔로 둘러친 묘역이 웅장하여 여기가 신라의 왕릉인가 싶었다. 하기야 삼국통일을 이룬 신라의 명장이니 이보다 더하다고 해도 과분하지 않으리.

이튿날은 직장 초년의 삶을 함께했던 추억을 떠올리며 그 자취를 따라가 봤다.

처음 대면하는 경주 최부잣집, 나는 왜 이제야 왔는가? 대릉원 근처에 살면서 여기까지 2㎞ 남짓 되는 거리인데 무언가를 놓친 것 같았다. 이상하게도 그 시절 주변에서 최부잣집을 얘기하는 이는 없었다. 경부고속도로 건설 당시 최부잣집 땅이 고속도로에 편입되어 국가에 기부했다는 말은 어렴풋이 들은 적이 있다. 나는 최부잣집 이야기를 다룬 드라마 「명가」를 보고 깊은 감명을 받았으며, 그 집안의 내력 가문 6훈 등을 살펴본 바가 있어 약간 위안이 됐다.

계속 이어진 여정은 경주 남산을 훑어보며 형산강을 건너 국도를 따라 울주군 언양에 이르렀다. 언양은 내게는 결코 잊을 수 없는 삶의 터전을 닦아준 추억이 서린 곳이다. 그런데 내가 처음 발을 들어놓았던 부산도로관리소는 고속도로 확장과 신설로 인해 흔적 없이 사라졌다. 퇴근 후 자주 들르던 음식점들은 크고 작은 건축물이 들어서서 상전벽해를 실감케 하는 알 수 없는 모습으로 서 있었다. 아, 세월이 많이 흘렀구나! 나도 변하고 소박한 읍내도 변하며 모든 게 시간이 가면 그렇게 되는 걸 느꼈다.

저녁 무렵 경주의 동궁과 월지에 갔다. 주차하고 들어서니 누각과 연못이 조화를 이루어 한 폭의 수채화 같았다. 정면 한쪽에는 대학생으로 보이는 숙녀가 물 만난 고기처럼 연신 카메라 셔터를 누르고 있었다. 낮에 석남사 절집 뒤편 석탑 뜰에서 친구로 보이는 두 여인이 다정스레 담소하는 모습이 참 아름다웠는데, 홀로 여행을 다니는 이 아가씨도 더할 나위 없이 멋졌다.

어둠이 내리니 갑자기 연못 가장자리를 따라 화려한 조명이 야경을 밝혔다. 조명이 비친 연못을 보고 달이 비치는 연못이 월지(月池)구나 생각했다. 연못 따라 돌면서 연못에 잠겨있는 불빛을 바라보며 지난날을 회상했다. 그동안 숱하게 여행을 다녔는데, 회사에서 마지막이 된 이번 경주 여행이 가장 뜻깊고 잊을 수 없는 여행이라 잘 보관해야겠다 싶었다. 입사할 때의 기분만큼 그곳이 좋았다. 이제부터 즐겁게 또 다른 나의 길을 가리라 생각했다.

인생은 처음부터 끝날 때까지 한결같을 것 같지만 시기마다 상당한 차이가 있다. 더구나 인생 2막이라고 하는 은퇴 후의 삶은 의외로 다르다. 그런 것을 느낄 때마다 퇴직의 마지막 장면을 들쳐 보며 미소를 짓는다.

내 퇴직의 마지막 인사말에 생각지도 못한 댓글이 주렁주렁 달려 있었다. 나는 그 댓글을 보며 또 하나의 보람을 찾았다. 댓글 하나하나에 감사의 마음을 전하고 싶었지만 오픈된 지면이라 그러질 못했다. 그분들의 마음을 소중히 간직하고, 먼 훗날 다시 보려고 하나로 모아 가져왔다. 다 애틋하나 그중에 몇 글을 나열해 본다.

10년이 지나도 1년이 된 듯한 사람, 1년이 지나도 10년이 된 듯한 사람. 선배와의 인연은 긴 시간 전이지만 그 인연이 지금도 잔잔한 미소로 기억됩니다. 항상 건강과 행복이 함께 하시길 기원합니다.

방글라데시 파드마대교에서 시공감리로 근무하는 김○○ 차장입니다. 선배님과 같이했던 행복한 시간 너무 소중했습니다. 후에 시간 되시면 옛이야기를 하면서 밤새도록 소주를 곁들이며 선배님과 담소를 나누고 싶습니다. 항상 건강하시고 행복하세요!

용지보상 등 업무 지식과 열정이 대단하셨고 많은 도움도 받았던 게 기억납니다. 건강하시고 즐거운 시간 보내십시오. 존경합니다.

승진에 안달하거나 작은 거에 연연하지 않고 항상 늘 담대하게 살아가시는 모습, 후배의 귀감이 됩니다. 항상 응원합니다.

묵묵히 맡은 일 열심히 하시고, 후배들 따뜻하게 배려해 주시고, 민원인들께 성심껏 응대해 주시던 모습이 생생합니다. 늘 건강하시고, 즐겁고 행복하시길 바랍니다. 함께 해 주셔서 감사드립니다. 고맙습니다.

책과의 대화

새벽에 일어나 책장을 훑어보며
가지런한 책들과 눈 맞춤 하네

책과 나누었던 시간 흐릿하여도
제목마다 독특한 울림 다가오네

책에는 작가의 숨결이 일렁이고
내겐 향기로운 생명이 피어나네

대화자 없는 고독한 현실이지만
책과 친구 되어 세상을 사유하리

책은 독자에게 어떤 의미로 다가올까? 그 가치는 표현할 수 없을
정도로 무한하다. 어떤 이에게는 의미가 덜할 수 있지만, 누군가에
겐 없어서는 안 될 중요한 것이다. 사람들은 책을 통해 지식과 지혜
를 얻으며 세상을 알차게 살아간다. 책에는 작가의 생각이 담기고
감정이 녹아 있다. 독자는 그것을 흡입하며 살아가는지도 모른다.

독서가 언제부터 내게 취미를 넘어 삶의 한 축으로 자리 잡혔을
까? 돌아보니 30여 년의 세월이 훌쩍 지났다. 큰아들이 꼬마였을
때 가벼운 교통사고로 입원했는데, 그날 저녁 아들의 옆에서 이재
운의『소설 토정비결』한 권을 하룻밤에 다 보았다. 그 후 책 읽는
게 취미가 되어 일주일에 한 권 정도 읽게 되었다. 서점에 들를 때
마다 다음에 읽을 책을 골라놓는 등 어느새 독서에 중독되었다.

본격적으로 독서하던 초기에는 소설 위주로 읽었는데 점차 인문
학 쪽으로 시야가 넓어졌다. 철학, 사상, 종교 분야에 심취하다 보
니 자연히 소설에서 멀어지고 인문학에 집중했다. 또한 그 당시에
는 소설은 허구인데 보지 않아도 되지 않을까 하는 생각이 들었다.
소설의 묘미만 생각했지, 소설이 주는 심원한 의미를 몰랐다.

어느 날 무심히 책장을 바라보며 책 제목을 훑어보는데 어떤 책
은 내용이 전혀 떠오르지 않는다. 특히 인문학은 더욱 그렇다. 감
명 깊게 읽었던 것 같은데, 내 기억의 문제인지 시간만 허비한 것

같아 좀 씁쓸했다. 아무튼 흘러간 세월이 야속하고, 이제는 다독보다는 정독으로 느리고 천천히 책과 대화하리라.

삶이 묘한 것은 어떤 계기로 세상이 달리 보이거나 인생관이 바뀔 만한 생활의 변화다. 그것도 우연에 의해서 그러한 전기를 맞을 때 더욱 신비롭다.

나는 여름휴가로 가족과 함께 경남 하동 평사리 최참판댁을 두세 번 들렀다. 이 고택은 참 운치가 있다. 우리나라 고택 정원으로서의 품위, 격조, 위상을 한껏 보여준다.

한동안 최참판댁을 잊고 있다가 십오여 년이 지나 다시 찾게 되었다. 세월은 말없이 흘러 고택 주변도 변화가 있었다. 올라가는 길 양옆으로 초가 상점이 가지런했는데 신식 가옥으로 정비되어 있었다. 지난날의 아쉬움이 남지만, 이 또한 세월의 한 축으로 봐야겠지.

이보다 큰 변화는 박경리 문학관이 우람하게 세워진 것이다. 고택을 둘러보고 문학관으로 들어섰는데 마당에는 박경리 동상이 할머니가 옛이야기를 들려주듯 여행객을 맞았다. 문학관으로 들어서면 제일 먼저 보이는 "그래, 글기둥 하나 붙들고 여까지 왔네."라는 글귀가 가슴을 뭉클하게 했다. 그리고 문학관 안내문을 보면 더욱 숙연해지고 발걸음이 떼지지 않았다.

"1969년에 집필을 시작하여 1994년에 탈고한 대하소설 토지. 만 25년의 창작 기간을 거쳐 완성된 토지는 원고지 약 3만 1천 200여 장, 전체 5부 25편 362장의 규모로 약 600여 명의 인물이 등장합니다.

박경리 문학관을 다녀와서 600여 명의 등장인물이 궁금하고, 그
것에 매료되어 오랜만에 다시 소설을, 우리나라 최고의 역작『토
지』를 읽게 되었다. 1부 1편 1장과 2장을 읽을 때까지는 이 방대한
책을 읽어야 하나 망설여지기도 했지만, 3장부터는 작가의 숨결에
끌려 책에서 나올 수 없었다. 책 속으로 빠져들수록 우리는 지금
천국에 살고 있다는 느낌을 받았다. 그 시절과 비교하니 현실에 불
평하고 불만을 가졌던 게 부끄러웠다.

무엇보다 자연이라든가 사물을 표현하는 작가의 글귀가 시적이
었다. 시어가 흐르는 문장을 접할 때마다 한 번 더 읽어보고 감탄
하며 필사도 해보았다. 그중에서 추석놀이 오광대의 장면은 보고
있는 것처럼 선하여 옮겨본다.

타악도 사람도 함성도 한 덩어리가 되어 울리고 움직인다. 구경꾼도
산천도 모두 한 덩어리가 되어 울린다. 날카롭고 둔중한 소리에 하늘
과 산과 강물이 돌고 사람이 돌고 땅이 돌고 단풍 든 나무들도 우쭐
우쭐 춤을 춘다.

또한 사람의 소중함과 사랑의 고귀함이 흐른다. 무당의 딸로 태
어나 한 남자를 사랑하며 기구한 운명으로 한 많은 삶을 살다 간

월선이, 그의 죽음과 장례를 치르는 장면에서 눈물이 났다. 천한 신분이었지만, 죽음의 의식이 한 사람의 삶을 드높여 주고 있으니 말이다.

나는 70여 일에 걸쳐 『토지』 20권을 읽으며 마지막 문장 '푸른 하늘에는 실구름이 흐르고 있었다'를 보는 순간 환희의 신비를 맛보았다. 아, 삶은 아름답구나! 또 다른 세상이 다가왔다.

『토지』는 평사리 최참판댁을 배경으로 전개되는 소설이지만 그 범위는 우리나라, 중국, 일본을 넘나든다. 주요 장소로는 평사리, 지리산, 하동, 진주, 통영, 부산과 서울을 위시하여 잃어버린 고토인 간도의 중심인 용정, 연길, 회령, 훈춘, 연해주, 하얼빈과 저 멀리 상해까지다. 일제의 강제 침탈로 나라를 빼앗겨 그 암흑기를 겪어야 했던 우리 민족의 슬픈, 아니 위대한 대서사시다. 여기에는 동학농민운동의 정기가 서려 있고, 독립운동의 기상이 어려 있다. 또한 친일과 반일, 민족주의와 공산주의가 대립하던 아픈 상처가 응어리져 있다.

이 책에는 600여 명의 방대한 인물이 등장하는데, 특히 등장인물에 소개되는 50여 명은 모두가 주인공이듯 선과 악을 떠나 자세히 다루어지고 있다. 그 개개인의 삶과 내면의 세계까지 섬세하게 그려져 있다. 작가의 헤아릴 수 없는 능력에 경탄하며 25년의 긴 세월의 노고에 숙연해질 따름이다.

나는 『토지』를 다 읽고, 그 세월을 체험하느라고 몇 날 밤을 제대로 잠을 이룰 수 없었다. 그 시대가 어떠했는지를 가슴에 담으며 진짜보다 더 정확한 현실이었다고 믿고 싶다.

인간은 두 세상을 기억할 수 있을까? 설령 우리의 의식이나 영혼이 윤회한다고 해도 지금의 삶밖에 모른다. 동학혁명이 일어났던 1894년에서 광복이 된 1945년까지 내 할아버지와 아버지, 얼굴을 모르는 증조할아버지가 일부나마 살았던 시절인데, 그 시절을 내가 본 것 같이 생생하니, 내 눈가에는 야릇한 웃음이, 입가에는 회심의 미소가 드는 것은 어떤 조화일까?

그 후 소설에 각별한 관심을 가지고 김주영의 『객주』, 최인호의 『길 없는 길』, 김종록의 『풍수』, 황석영의 『장길산』 등을 읽었는데 소설이 주는 즐거움이나 의미는 제쳐두고서라도 그들은 하나같이 역사와 사실관계에 충실했다는 것을 느꼈다. 장장 22권으로 된 이이화의 『한국사 이야기』는 살아있는 우리 민족의 역사책이다. 학생들이 무미건조한 역사 교과서보다 이 책들을 반복하여 읽으면 훨씬 더 유익하지 않을까? 앞으로도 소설가들의 대표작을 찾아 쏠쏠한 재미를 가져보리라.

연꽃 향연

드넓은 호수에 불볕 쏟아져도
연은 싱그러움 더하며 웃는다

회산백련지에 펼쳐놓은 연꽃 향연
향기는 후각으로 자태는 시각으로

갓 피어난 꽃송이 한껏 맵시로
어여쁘다 못해 수줍은 새색시여라

무더운 여름 숭고한 꽃 피우려고
누추한 흙탕물 속에서 인고했지

세상에 제아무리 잘난 이도
연꽃보다 더 화려하고 청정하라

아, 연꽃! 연꽃을 보면 화려함과 청정함이 다가온다. 연꽃은 무더운 여름날에 피어 더욱 숭고하고, 흙탕물에도 더럽혀지지 않아 매양 고귀하다. 드넓은 호수에 연꽃이 군락을 지어 장관을 이룬다. 그 하나하나의 모양은 같으면서도 다른 느낌을 준다. 연꽃을 바라보면 소외된 세상, 소원했던 인생살이가 비 갠 하늘처럼 맑고 깨끗해진다. 연꽃은 신성하고 신비로운 꽃이다.

이렇게 연꽃에 마음이 끌리기까지는 많은 세월이 지나야 했다. 연꽃을 처음 본 것은 실물이 아니라 그림이다. 그것도 고향 마을 어르신들이 돌아가시면 보게 되는 상여에 그려져 있는 연꽃 문양이다. 그때의 연꽃은 귀신이 연상되어 으스스하고 두려웠다. 그런 시기가 지나고 연꽃의 의미를 알게 된 것은 절에 가면서다. 불상이나 스님 자리의 장식에는 으레 연꽃 문양이 있다. 연꽃은 불교의 정신을 잘 드러내는 꽃으로 불성을 상징한다. 연꽃은 흙탕물 속에서 피어나 늘 청정함을 유지한다. 이렇듯 연꽃에는 중생도 열심히 불공을 드리고 심신을 닦으면 극락에 다시 태어난다는 염원이 담겨 있지 싶다.

2006년 7월 하순으로 접어든 무더운 날이었다. 나는 고충 민원을 조사하러 전남 무안으로 갔다. 민원 조사를 마무리하고 돌아오려는데, 무안군 담당 공무원이 내주에 연꽃축제를 한다며 안내하여 회산백련지 연꽃축제장에 들렀다.

한여름 무더위에 찾은 회산백련지는 정말 대단했다. 바라보는 순간 내 마음을 사로잡으며 압도했다. 그동안 고충 민원을 처리하며 받았던 스트레스가 백련같이 하얗게 사라지고, 새로운 에너지가 홍련처럼 붉게 솟아났다. 전남 무안의 회산백련지는 규모가 대단했다. 둘레가 3㎞이고, 면적이 33만㎡인 동양 최대의 연꽃자생지였다. 오후 2시가 지났는데 하늘에는 칠월의 불볕이 마구 쏟아졌다.

연꽃으로 어우러진 회산백련지는 더위 속에서도 한결 시원했다. 바람에 실려 오는 향은 살짝 후각을 자극하고, 은은한 연꽃의 자태는 사정없이 시각을 끌어갔다. 연꽃축제 준비를 위해 생태탐방로를 비롯하여 홍보전시관, 수상유리온실, 전망브리지 등의 공사가 막바지에 접어들어 더욱 바쁜 모습이었다. 거대한 호수에 펼쳐지는 연꽃의 장관은 이루 다 표현할 수 없다. 호수를 가로지르는 탐방로를 걷고 전망브리지에 오르니 장엄한 연꽃의 파노라마가 펼쳐졌다.

무안에서 수원으로 돌아오면서 멀고 긴 시간 내내 회산백련지 연꽃에 묻혀있었다. 집에 오자마자 아내에게 연꽃 이야기를 늘어놓았다. '백문(百聞)이 불여일견(不如一見)'이라는 고사성어가 있듯, 풍광은 아무리 설명을 잘해도 듣는 이에게는 확 다가오지 않는다. 묵묵히 듣고만 있던 아내에게 여건이 되면 함께 회산백련지에 가자고 했다. 그 후 누구에게나 연꽃 얘기만 나오면 회산백련지가 으뜸이라고 했다. 그리고 회산백련지 연꽃 추억에 가려져 다른 곳의 연꽃은 무덤덤하게 다가오고 성에 차지 않았다.

2019년 8월 중순, 아내와 남도 해남 가는 길에 회산백련지에 들르게 되었다. 13년 만에 다시 찾은 회산백련지, 호수를 바라보는 순간 탄식이 절로 나왔다. 연꽃으로 화려하게 수놓았던 지난날의 호수와 연꽃이 지고 가을로 가는 호수는 왜 그렇게 달랐을까? 한동안 멍하니 호수를 응시하며, 빙그레 웃는 하늘을 바라봤다. 그리고 강산이 훌쩍 바뀐 그 시간을 되새겨봤다. 회산백련지는 예전과 다름없는 모습으로 잘 다듬어진 자연 그대로인데…. 처음 호수를 대면했던 그때의 추억이, 연꽃으로 장관을 이루었던 그날의 감동이 무척이나 강렬하게 내 가슴속에 남아있었으리.

잠시 생각해 본다. 무엇이 이런 현실을 만들었을까? 그것은 다름 아닌 비교하는 습성이다. 사람들은 남과 나를 비교하지 말라고 한다. 지극히 당연한 말인데 세상은 그렇지 않으니까. 비교하더라도 공통점이나 차이점을 살피면 좋을 텐데, 우열을 가리려 하니 부작용이 따른다.

사람을 비교하지 말아야 하듯이 자연도 비교하지 않는 것이 바람직하다. 자연은 말 그대로 저절로 생겨나 자연스러움을 간직하고 있다. 생명체는 자연의 요소를 공유하며 살아간다. 자연을 비교하면 자연이 철 따라 빚어내는 섬세한 아름다움을 보지 못할 수 있다. 연은 흙탕물 속에서 더러움을 정화하며 무더운 여름에 꽃을 피운다. 그동안 연꽃의 화려함만 보고, 연이 꽃을 피우려고 인고한 시간을 보지 못한 것 같다.

우리나라는 연꽃 명소가 많고 여름철이면 어디를 가나 연꽃을 볼 수 있다. 그중에 무안 회산백련지, 양평 세미원, 부여 궁남지가 자연스레 떠오른다. 이제 어디의 연꽃이 제일이라 말하지 않으리.

같은 연꽃이라도 그 지역이나 환경에 따라 연출하는 독특한 아름다움이 있으니까. 회산백련지를 나오면서 연꽃이 활짝 피어나는 시기에 아내와 다시 오리라고 다짐하며….

행복한 꽃길

생동하는 사월
아지랑이 하늘거리는 화사한 날
제방길 따라 꽃이 활짝 피었습니다

하천 쪽에는 개나리가
들판 쪽에는 벚나무가
나란히 어여쁜 길을 만들어줍니다

아빠는 유모차를 밀고
아기는 호기심 어린 미소를 짓고
엄마는 얘기하며 다정히 걸어옵니다

꽃길 위에는
개나리 벚꽃이 입맞춤하며
삶을 축복하듯 꽃비를 뿌려줍니다

어느 날 책장을 넘기다가 책에 실린 사진을 보게 되었다. 순간 그 것에 몰입되어 뚫어지게 감상하고 있었다. 꽃길 사이로 엄마와 아빠가 귀여운 아기를 유모차에 태우고 걸어오는 장면이었다. 사진에서 묻어나는 이미지에 가슴이 뭉클했다. 왜 이리 세상이 아름다울까? 사진 한 장에 마음을 빼앗기다니.

꽃이 활짝 핀 봄날이나 단풍이 붉게 물든 가을날이 아니어도, 휴일 야외로 나가면 여러 가족이 한때를 즐기는 풍경을 볼 수 있다. 행복해 보이는 가족이 많은데, 특히 아기와 젊은 부부가 어우러진 모습은 어디 한군데 나무랄 데가 없다. 어떻게 치장하고 나왔든 외모에 상관없이 다양한 장면으로 눈길을 끈다.

사람은 똑똑하고 영리한데 어떤 면에서는 참 무디다. 그 가운데 하나가 그 당시에는 모르거나 느끼지 못하다가 세월이 흐른 뒤에 그때가 참 좋았다고 한다. 누구나 타인의 행복은 잘 포착하는데 자기의 행복은 찾지를 못한다. 먼 훗날 지난 시절의 미소 지을 수 있는 영상이 떠오르면 다행이다. 아마 그것은 신이 인간에게 갈무리해 준 축복이 아닐는지.

까마득한 과거를 헤아려 보니 엊그저께 같은 날들이 선명하게 다가온다. 우리 가족이 완전체를 이루며 경주에 살 때다. 아기는 따스한 봄날에 피어나는 싱그러운 새싹이며 집안에 펼쳐놓은 보물단지였다. 회사에서 돌아오면 아기는 입가에 반가운 미소를 머금으며 옹알이했다. 그 모습이 어찌나 사랑스러운지 세상을 환하게 했다.

아기를 키우다 보면 눈에 넣어도 아프지 않을 때도 있지만 성가실 때도 있었다. 밤에 잠을 안 자고 칭얼거리거나 낮에 틈만 있으면 마당으로 기어나갈 때였다. 칭얼거릴 때는 마음에 차지 않거나 놀아달라는 거고, 마당으로 나가려고 할 때는 새로운 걸 보고 싶어서인지 모르겠다. 이상하게도 아기는 유모차를 태워주면 잠을 잘 잤다. 나는 가끔 저녁 후 아기와 유모차 산책을 했다. 유모차를 밀며 대릉원 주변을 돌아가다 보면 어느새 아기는 잠들어 있었다. 차를 타면 쉬 잠이 오는 것처럼 유모차도 그런 원리인지.

아기가 이웃들에게 사랑받는 것도 아기의 복이다. 화장품 점포를 운영하는 아가씨가 우리 아기를 무척 귀여워해서 점포에 데려가 자주 놀아주었다. 아기를 안고 있는 모습이 이모 같고 부러웠는지, 이웃 아주머니가 '우리 아기는 귀엽지 않은가 봐'라며 시샘하더라고 하는 것이다.

또한 속초에 살 때는 아이가 걸어 다녔으나 말이 좀 늦었다. 앞집 할아버지는 아이를 만나면 남달리 예뻐해 주셨다. 한번은 할아버지가 아이를 집으로 데려가 치킨을 함께 먹으며 무슨 말인지는 모르겠으나 둘이 말싸움하더라는 것이다. 그 댁 할머니가 우리 집에 와서 '아이들에게 관심이 없던 양반이 별일'이라며 전해주었다.

삶은 시공간의 연속으로 인생은 변화하며 새로움을 만난다. 한가한 어느 날, 따분함이 밀려와 휴대폰 갤러리를 훑어보았다. 사진을 뒤적이다 눈길이 가는 사진 하나에 멈췄다. 유채꽃이 노랗게 핀 넓은 꽃밭에서 노란 유니폼을 입은 유치원 아이들 사진이다. 지난날을 더듬어 가니 바로 그날이 떠오른다.

아, 여기저기 꽃이 만개한 그날이네. 나는 한마음 연수 일환으로 삼척 환선굴을 견학하게 되었다. 동굴 입새에 이르니 유채꽃이 활짝 핀 꽃밭이 시선을 사로잡았다. 차에서 내려 바로 꽃밭으로 가서 셔터를 눌렀다. 꽃밭에는 노란 꽃들이 물결을 이루고, 노란 옷을 입은 유치원 아이들이 놀이하느라 정신이 없었다. 따뜻한 봄날 어미 닭이 병아리를 데리고 나들이 나온 것 같았다. 어떻게 저리 귀엽고 아름다울까? 이보다 더 아이들의 천진함을 어디에서 찾을 수 있나. 내가 우리나라 동굴 중 최고라고 여기는 환선굴의 신비보다 유채꽃과 어우러지는 아이들이 더 인상적이었다.

가끔 아침에 산책하러 아파트를 나설 때 젊은 엄마들과 아이들이 어린이집 차를 기다리는 광경을 본다. 그 옆을 지날 때 왠지 기분이 좋다. 심지어 엄마들이 모여 수다 떠는 모습까지 아름답다. 참 좋은 시절이라고 미소 지으며, 저 엄마들도 나와 같은 마음일까 자문해 보곤 했다. 아마 지금은 그런 걸 느낄 겨를이 없다고 단정 짓는다.

아이들은 어렸을 때 엄마 아빠와 한 몸으로 움직인다. 부모가 가자고 하면 어디나 잘 따라나선다. 나들이나 여행을 가면 아이들은 자기의 생각, 기분, 감정 등 좋고 나쁨을 다 표현한다. 먼 훗날 아이들이 성장하여 어렸을 때를 물으면 거의 기억을 못 한다. 그렇더라도 부모는 얼마나 네게 잘해 주었는데 하며 서운해할 필요는 없다. 아이들이 있어서 젊은 날의 추억이 있고, 그것은 아이들이 준 선물이라고 생각하면 삶이 좀 더 아름답지 않으려나.

초간정의 망중한

초간정에 올라 송림을 바라보니
나무들 끄덕이며 얘기 나누네

청아한 시냇물은 기암괴석을 품고
시원한 바람은 나뭇잎을 보듬네

정자 마루에 앉아 한시름 놓으니
물소리, 풀벌레 소리와 하나 되네

목재 향기 없어도 그 모습 예스럽고
옛 선비 떠났어도 숨결 가득하네

10년 넘게 주말 가족으로 살아오면서 독특한 생활 습관이 내 삶의 일부를 바꿔 놓았다. 주중에 공휴일이 끼면 집에 가지 않고 주변 명소를 탐방했다. 단순하고 하찮은 것들이 쌓이다 보니 나의 특별한 일상이 되었다. 덤으로 얻었다고 생각하니 더 즐겁고 신나게 다녔다.

2018년 6월 지방선거일이었다. 사전투표를 하고 그날의 일정을 미리 계획해 놓았다. 한국도로공사 문경휴게소에 근무할 때라 가까이 있는 고향 주변을 둘러볼 요량이었다.

그날 아침 선영에 들렀는데 햇살은 눈 부시고 초목은 더욱 싱그러웠다. 조부모님 산소는 손질할 데가 별로 없는데, 부모님 산소는 묘 쓴 지 2년쯤 되어 둘레에 잡풀이 많이 나 있었다. 오랜만에 일을 하니 힘이 들고 땀이 비 오듯 했다. 대충 잡초를 제거하고 다음 일정으로 가까이에 있는 금당실 마을로 갔다. 이 마을은 정감록 십승지의 하나로 초가와 기와집이 잘 어우러진 돌담길이 참 고즈넉했다.

점심 식사 후 그날의 주 목적지인 초간정으로 향했다. 초간정은 경북 예천에 있는 초간 권문해 선생이 건립한 누정이다. 주차하고 주변을 둘러봐도 나들이객이 눈에 띄지 않았다. 명승지에 나 혼자뿐이라는 게 기분을 묘하게 했다. 송림이 발길을 끌어 나무 사이로 걸어보니 수려한 나무들이 서로 얘기를 나누는 것 같았다. 나는 여러 번 초간정에 왔었으나 그날처럼 나무 하나, 돌 하나까지 자세히 살펴보지는 않았다.

문득 50여 년 전, 초등학교 가을 소풍 때 초간정에 간 그날이 떠오른다. 그때의 기억은 하천을 가로질러 놓인 출렁다리를 건너는 아이들 모습이다. 그런데 생각지도 못한 장면이 저 푸른 솔밭에 나타났다가 사라진다. 1학년 때 지도해 주신 선생님이 초간정 건너편 초등학교로 전근 가셨는데, 소풍을 함께 온 우리 학교 관리사 아저씨와 만나 아이들 쪽으로 걸어오며 호탕하게 웃는 모습이다. 어떻게 그날의 기억이 떠오르는지 신기하다.

초간정은 건물을 기준으로 앞에서 보면 누각이고 뒤에서 보면 정자다. 하천 제방 역할을 하는 바위에 높지 않게 석축을 쌓아 그 위에 건물을 지었는데, 그 형태는 매우 특이하다. 정면 3칸·측면 2칸의 누정으로 대문 방향에 2칸은 온돌방이고, 나머지 4칸은 대청마루로 온돌방을 두르고 있다. 대청마루에서 보면 시냇물은 기암괴석 사이로 흐른다. 먼 산 계곡에서 흘러온 물에 씻긴 암반은 맑고 투명하며 긴 세월을 전해준다. 날씨가 더울수록 대청마루는 시원하다. 잠시 누워보니 천장의 마룻대와 서까래가 가지런하게 얹혀 있는 모습이 예스러웠다.

정자는 풍류를 즐기고 자연 속에서 안식하는 것을 생각하는데, 여기 초간정은 학문과 집필의 공간임을 느끼게 했다. 초간 선생이 저술한 우리나라 최초의 백과사전인 『대동운부군옥』, 『초간일기』 등을 떠올리니 선생이 어떤 삶을 사셨는지 절로 머리가 숙여졌다.

종일 집필에 몰두하고, 해 질 녘 대청마루에서 암반과 어우러지는 물소리를 들으며, 지긋이 세월을 관조하는 모습이 얼마나 낭만적이고 멋스러우리!

초간정은 고향집에서 시오리 정도 떨어져 있어서 고향을 오가며 마음만 먹으면 쉽게 들릴 수 있으나 헤어지려니 아쉬움이 남다. 초간정의 풍광에 마음을 빼앗겨서인지, 아니면 허망한 욕심 때문에 그런지 모르겠다.

잠시 옛사람들의 삶을 떠올려본다. 어떻게 원림의 삶을 살았을까? 왕조시대는 신분의 구분이 있어 모든 게 불평등한 사회였다. 근본적인 차별로 궁핍하게 살다 간 백성에게는 외람되지만, 정자를 짓고 원림을 가꾸며 산 선조들이 멋지지 않은가. 초간정을 둘러보며 그 옛날 여건이 된다고 해도 아무나 이런 삶을 영위할 수 없다는 생각이 들었다. 누정이나 원림은 나라와 백성을 사랑하고 부단히 학문과 수행에 정진한 선조들의 기상과 숨결이다.

여행을 다니다 보면 누각, 정자, 고택을 많이 접하게 된다. 이것들은 하나같이 주변의 풍광을 돋보이게 하고 옛 향기가 묻어나며 고풍스럽다. 온라인에 어떤 명소를 검색하다 보니 우리나라 3대 정원·민간 원림이라는 수식어가 붙어있다. 다시 찾아보니 영양 서석지, 담양 소쇄원, 보길도 세연정이 대표적이다. 어떻게 이런 수식어가 붙었는지는 모르겠으나 당연히 그만한 가치가 있다고 본다. 우리나라 방방곡곡에는 이것들과 비교해도 될 만한 원림이 많다. 초간정 또한 그 반열에 올려놓고 싶다.

그동안 나는 초간정을 단순히 풍류와 운치가 있는 정자로만 보아왔는데 초간정 주변을 둘러보니 자연과 잘 어울리는 초간 원림으로 보인다. 초간 선생이 가꾸어 온 초목과 마주하며, 금곡천의 돌과 바위를 씻기는 물소리를 들으며, 고결한 옛 선비의 숨결을 따라 원림을 천천히 걸어보리라.

도심의 출근길

아침 거리의 풍경
출근길은 상큼하고 분주하며
역동의 하루를 맞는다

교차로 신호를 기다리면
여러 군상이 나타나
일상의 단면이 그려진다

스마트폰에 열중하는 이들
밤늦게까지 음주한 사람
한눈에 드러난다

맵시 나게 단장한 아가씨도
폐지 줍는 할머니도
세상을 밝게 하는 꽃이다

아침마다 꽃을 보니
출근길이 즐거우며
오늘은 몇 송이 꽃을 보려나

아침에 차를 시동하여 천천히 건물 사이를 지나갈 때, 거의 같은 장면을 보게 된다. 편의점 앞 야외 테이블에 앉아 커피 마시는 숙녀의 그림 같은 풍경이다. 순간 상상하며 지나간다. 커피를 아주 좋아하는구나. 커피 마시며 사색하는 모습이 참 낭만적이네. 이른 시각에 부지런하지 않으면 할 수 없는 저 여유가 부럽기도 하다.

그런데 어느 날 아침, 같은 시각에 지나가며 옥에 티를 보게 되었다. 그것은 다름 아닌 그녀의 흡연하는 모습이었다. 그 후에도 몇 번 그런 모습을 보고 어쩌다 담배를 피우는 게 아니라 오래된 습관이라는 느낌을 받았다. 그런데 그것을 알고부터 내 마음을 끌어가던 신선한 풍경이 아침 이슬이 사라지듯 무덤덤하게 바뀌었다. 흡연 장면을 볼 때마다 나의 감정과 생각에 문제가 있지 않을까 생각했다. 세상에는 호불호가 있는데 내 고정관념에 사로잡혀 있지는 않은지. 어쨌든 그녀를 미워하지는 말아야지.

집을 출발해 차가 대로에 진입하고 백 미터쯤 가면 사거리가 나오는데, 거의 교차로 신호를 받고 지나가게 된다. 직진 신호가 될 때까지 시간이 길게 느껴진다. 그렇지만 지루하지 않다. 그 짧은 시간에 많은 것을 볼 수 있으니.

출근 시간에는 차량이 붐비며 많은 사람이 횡단보도를 건너간다. 대부분 젊은이다. 직진차로 왼편에는 여러 대의 차량이 누군가를 기다리고 있다. 특히 회사 통근 차량이 눈에 띈다. 어떤 때는 차량이 멈추면 여러 사람이 탑승하는데 그냥 미소 지어본다. 아주 오래전 회사 차량으로 통근하던 때가 그리워졌다.

교차로 앞에서 기다리는 사람들을 보면 흥미롭다. 남성보다 여성에게 더 눈길이 간다. 멋있게 단장한 숙녀들은 생기로운 꽃 같다. 잘 차려입은 옷차림이 외모와 조화를 이룰 때 참 아름답다. 각자 개성이 있는데 저들이 모델이라면 누구에게 최고 점수를 주어야 할까? 쉽게 순위를 매길 수 있을 때보다 우열을 가리기 어려울 때 기분이 더 좋다.

길지 않은 신호 대기 시간이 참 재미있다. 사람들의 얼굴만 보아도 표정이 제각각이다. 환하게 미소 짓고 있는 사람, 뭔가 고민이 있을 듯한 사람, 급하게 오느라 숨을 몰아쉬는 사람 등 다양하다. 그런데 스마트폰을 보는 사람이 의외로 많다. 단순히 메시지 확인 정도가 아니라 신호 바뀐 줄도 모르고 열중한다. 심지어 스마트폰을 보며 횡단보도를 건너간다. 어떤 때는 좀 안쓰러운 모습도 있다. 축 늘어진 어깨를 보니 과음으로 인해 피로가 쌓인 듯하다.

그다음부터 도로는 주변을 살펴볼 겨를도 없이 차들이 쌩쌩 달린다. 몇 번의 교차로를 지나도록 횡단보도를 건너는 사람이 거의 없다. 건물만 덩그렇게 솟은 도심의 풍경은 삭막하고, 신호가 바뀌었는데도 꼬리를 이어가는 차량이 얄미워진다.

한바탕 차량 전쟁을 치르듯 도로는 꽉 막힌다. 거우 좌회전하며 동쪽으로 가다 보면 어느새 경부선 철로를 가로지르는 고가도로가 나타난다. 고가도로 너머로 독립기념관을 품은 흑성산이 우뚝 솟아있다. 맑은 날 아침마다 흑성산 해돋이를 보는 것도 쏠쏠한 재미가 있다.

해 뜨는 광경이 장관을 이룬다기보다 매일 같은 시각인데 흑성산을 중심으로 떠오르는 해의 위치가 조금씩 변화하는 게 흥미롭다. 해 뜨는 시간은 지구가 기울어진 채 태양 주위를 공전하기에 위치가 바뀌기 마련인데, 그것을 일 년 내내 관찰할 수 있으니 이 얼마나 행운인가. 그렇지만 날마다 보면 그 변화를 느끼지 못하고, 일주일 정도 틈이 있으면 그 차이를 알 수 있을 때가 많다.

밤이 긴 동지에서 밤이 짧은 하지로, 다시 낮이 긴 하지에서 낮이 짧은 동지로 해가 이동하는 걸 보면 계절의 변화도 알 수 있다. 해는 흑성산을 중심으로 겨울에는 남쪽 능선에서 북쪽 정상으로, 여름에는 북쪽 정상에서 남쪽 능선으로 서서히 움직이는 걸 볼 수 있다. 사실 동지 때는 해가 아직 뜨지 않았고 하지 무렵에는 해가 이미 중천에 떠올라 있는 시간이긴 하다.

회사 가까이 가면 마음이 숙연해진다. 이는 폐지 줍는 할머니를 보기 때문이다. 그 할머니를 만나면 짠하지만, 보이지 않을 땐 무슨 일이 있나 걱정이 앞섰다. 노년이 행복한 사회가 되어야 할 텐데, 그런 세상은 아직 요원한 것 같다.

나는 일찍 출근하는 편이었다. 아침에 텅 빈 사무실을 홀로 맞이하는 기분은 짜릿했다. 도심은 어디나 주차 문제가 심각하고, 도로의 교통은 10분 늦게 출발하면 20분 더 지체됐다. '일찍 일어나는 새가 벌레를 잡는다'라는 속담을 새기며, 기분 좋게 여유를 가지면 덩달아 얻는 것도 많았다.

생명이여

이른 아침 먼동이 터오면
푸르른 들녘의 곡식
햇살 머금으며 일어나네

냇물은 부단히 흐르고
이슬 맺힌 풀잎
청아한 물소리에 미소 짓네

너럭바위에 앉아 눈 감으니
생명의 숨결
신비한 에너지로 다가오네

자연에는 위대함이 있어
하찮은 생명 하나에도
숭고한 아름다움이 피어나네

아, 고귀한 생명이여
삶을 사랑하고 경외하며
모두 친구 되어 살아가렴

여행을 다녀보면 고장마다 특징이나 특색이 있다. 어떤 곳은 다음에 또 와야지 하는 생각이 든다. 무엇이 나를 끌어당길까? 명승고적 같은 것이 있어서 그렇겠지만, 평범한 들판을 지날 때도 마음을 끄는 곳이 있다. 여러 생각을 해보아도 딱히 단정할 수는 없으나 땅의 기운이 아닐는지. 그러한 땅은 주변 환경과 잘 어울리며 평온하다.

나는 여러 지역에서 근무했다. 어느 지역이나 장단점이 있으며 거기에 맞춰 살다 보니 다 기억할 만한 곳이다. 강원도 홍천에 근무할 때다. 홍천 읍내는 소도시로 집 구하기가 쉽지 않아 어렵게 도심 외곽 원룸형 아파트에서 생활하게 되었다. 주변을 둘러보니 황량한 겨울이라 모든 게 겨울잠을 자듯 움츠러 있었다. 그렇지만 산천 들판이 어우러져 뭔가를 끌어드리는 기운을 느끼게 했다.

봄이 오니 산과 들에는 새싹이 돋아나기 시작했다. 하루가 다르게 초목은 연둣빛으로 물들어 갔다. 동틀 무렵 초원으로 나가니 상쾌하고 싱그러웠다. 들녘에는 농사 준비하느라 논밭이 잘 다듬어져 있고, 하천에는 물 흐르는 소리가 생기롭고, 임도에는 새들이 지저귀며 아침을 깨웠다.

그러던 어느 날, 어느 때와 다름없이 산책하는데 몸이 찌뿌둥하여 들판 둘레길을 달려보았다. 그런데 이삼백 미터를 지나니 숨이 차서 더 이상 달릴 수가 없었다. 어, 마음대로 되지 않네. 충격을 받고 매일 조금씩 거리를 늘려 한 주가 지나니 1킬로미터는 거뜬히 달릴 수 있었다. 점차 거리가 늘어나 5킬로미터를 달리게 되었다. 달리고 나면 그렇게 상쾌할 수 없다. 사람들이 이 맛에 조깅하는 구나.

조깅 후에는 제방을 산책하며 하천 너럭바위로 갔다. 흐르는 물 소리를 들으며 무성하게 자라는 갈대를 바라보며 물속에 노니는 고기떼를 응시하곤 했다. 둥근 해가 떠오르고 아침 햇살이 물 위에 비치면 환상의 세상이 펼쳐졌다. 어느 순간 생명의 숨소리가 다가온다. 생명이란 무엇인가? 하천 따라 돌아오면서도 생명이란 화두가 나를 잡고 있었다. 그리하여 생물에 관심을 가지게 되었다.

학창 시절 내가 아는 생물학은 진화론 정도였다. 생명은 어류에서 양서류, 파충류를 거쳐 포유류로 진화하여 오늘날 사람이 되었다. 또한 생물학이 획기적으로 식량을 증산하는 녹색혁명, 농작물이나 가축을 개량하는 육종을 연구하는 학문 정도로 알았다. 생물학은 그 범위가 무척 넓고 분야도 다양하다. 생물 공부는 하면 할수록 어렵지만, 새로운 걸 알 수 있으니 흥미롭다. 인간이 진화하여 여기까지 온 것은 신비와 기적이다. 박테리아, 동식물, 인간 등 지구상에 존재하는 모든 생물은 하나의 조상에서 시작되었다는 걸 접했을 때 허탈하고 얼떨떨했다. 그렇지만 생명은 고귀하며 우리는 겸손하게 생명을 바라보아야 한다.

어린 시절 시골에는 벌레, 곤충을 비롯하여 물고기, 개구리, 뱀이 많았다. 산과 들, 냇가로 나가면 쉽게 볼 수 있었다. 지금은 화학비

료 농약을 많이 사용하여 그 흔한 메뚜기, 개구리, 뱀도 거의 볼 수 없다. 나는 친구들과 학교를 오가며 뱀을 보면 혐오스러웠고, 친구들이 두려워해서 죽이곤 했다. 아직도 생명을 살생했다는 그때의 죄책감이 트라우마로 남아있다.

우리 식탁에 많이 올라오는 닭·돼지·소고기를 먹으며, 이것이 인간이 저지르는 살생이 아닐는지 생각한 적이 있다. 어떤 경우에는 살생이 될 수도 있으나 자연계의 거대한 먹이사슬로 보면 살생이 아니다. 식물은 무기물을 유기물로 변환시키고, 초식동물은 식물을 통해 먹이를 얻고, 육식동물은 초식동물을 잡아먹는다. 그리고 인간은 필요에 따라 동물을 음식으로 섭취한다. 다만 안타까운 것은 동물도 평균수명이 있는데, 그 권리를 다 누리지 못하고 죽는 것이다.

어느 날 평소처럼 조깅하고 하천 너럭바위로 갔다. 전날 밤에 비가 많이 와서 그런지 갈대가 하천 변에 누워 있었다. 하찮은 풀이라고 해도 쓰러진 모습이 안쓰러웠다. 며칠이 지나니 언제 그랬느냐는 듯 꼿꼿이 서 있다. 참 놀랍다. 갈대는 바람이 세차게 몰아쳐도 꺾이지 않고, 유연하게 쓰러졌다가 기운을 회복하여 다시 일어나는구나!

그해 여름, 홍수가 날 정도로 비가 많이 와서 너럭바위를 알아볼 수 없게 모래가 쌓이고 갈대는 떠내려갔다. 싱그럽던 하천이 이렇게 망가질 수 있구나. 그 모습이 삭막하여 당분간 발길을 끊었다. 몇 개월이 지나 다시 너럭바위에 가게 되었다. 이게 웬일인지, 모래가 다 씻겨가고 갈대가 새롭게 잎을 피우고 있다. 자연은 신비하고 성스럽기도 하다. 홍수나 태풍이 오염된 하천을 청소해 주니 나쁜 것만은 아닌 듯하다. 자연은 스스로 다스리고 치유하도록 내버려 두어야 하지 않을까?

은퇴 후, 나는 매주 월요일 서수원의 칠보산에 오른다. 등산은 운동이 목적이지만, 계절의 변화를 관찰케 하고 자연과 교감으로 몸과 마음을 치유해 준다. 장마철 비가 오락가락하는 날이었다. 비를 맞으며 능선길을 오르는데 두꺼비 두 마리가 길옆에 나와 있었다. 개구리도 아닌 두꺼비를 보다니 반가워서 눈물이 나려 했다. 아직 숲은 살아있다고 생각하며 기분 좋게 지나갔다.

아침부터 비가 많이 오는 어느 월요일이었다. 월요일은 산에 가는 날이었는데, 칠보산에 가기가 여의찮아 팔달산으로 갔다. 수원 화성 둘레길을 따라가는데 비가 억수로 쏟아졌다. 빗속을 걷는 것이 낭만까지는 아니지만 재미있었다. 어느새 비가 잠잠해져 성곽 주변을 둘러보니 녹음이 짙은 나무들로 싱그러웠다. 그런데 포장길 위에 지렁이 여러 마리가 나와 있었다. 지렁이는 땅속이 질퍽하여 나왔나 보다. 토양을 기름지게 하는 지렁이가 믿음직스러웠다.

생명은 소중하다. 이 땅에 서식하는 풀과 나무, 벌레와 곤충까지 어느 하나 소중하지 않은 것이 없다. 우리는 이 땅을 다른 생명들과 공유해야 한다. 생물을 이해하면 생명의 신비가 다가온다. 아, 생명이여!

새벽기도

바깥 공기 쐬러 창을 여니
찬 바람이 삶의 소중함을 일깨워 주고
가로등 불빛은 밤을 지새우며
오가는 사람들을 보살피고 있습니다

새벽이 밝아오니
물상이 하나둘 깨어나고
차량 행렬은 도로를 질주하며
전조등으로 역동의 하루를 알립니다

새날을 기뻐하면서도
먼 길 가야 하는 마음 착잡하지만
걱정 앞서고 고난 많은 이들에게
희망과 용기 내라고 두 손 모아 봅니다

그대여, 삶이 힘들지라도
감사하는 마음 간직하시고
산다는 것은 고귀한 생명이며
새벽을 맞는 것은 축복입니다

매일 맞이하는 해와 달, 별들은 똑같을까? 무심한 마음으로 보면 당연히 같을 것이다. 같은 시각에 동이 트며 솟아오르는 태양을 본다면 같은 태양이라고 하겠지만, 거기에는 우리가 알 수 없는 미묘한 변화와 차이가 있다. 또한 하늘에 이는 자연현상에 따라 천체는 달리 보일 때도 있다. 사람은 늘 그대로 있는 게 아니라 아주 미세하게 변화하니 생각이나 감정도 거기에 따라갈 수밖에 없다. 새해 첫날 해맞이를 하면 평소와 다른 감성이 확연히 다가올 것이다.

우리는 어떻게 잠자리에 들까? 밤이 깊어지고 잠잘 시간이 되었으니 그냥 자는 게 일반적이다. 편히 자고 편히 일어나면 더 바랄 게 없다. 그렇지만 잠자는 것도 마음대로 되는 게 아니다. 잠자리에 들면서 어둠 속으로 사라지는 하루를 돌아보고 내일 아침이 기다려진다면 더할 나위 없겠다. 하지만 하루를 성찰하며 잠자리에 드는 사람은 그리 많지 않을 것이다.

들판에 추수가 끝나고 거리에 낙엽이 뒹구는 늦가을 어느 밤이었다. 입동이 지나서인지 아침저녁 날씨가 꽤 차가웠다. 다음날은 장모님이 입원하신 병원으로 먼 길을 가야 하니 새날이 기쁘면서도 착잡했다. 아내와 함께 가면 좋으련만 사정이 여의찮아 나 홀로 다녀오기로 했다. 잠자리에 들기 전 감사의 미소를 지었다. 내게 사적인 일이 있으면 언제나 연차휴가를 갈 수 있다는 고마운 마음이었다. 휴가는 권리에 앞서 회사의 배려와 직원들의 합심하는 마음이 담겨 있었다. 그러기에 편하게 여유 시간을 낼 수 있었다.

이상하게도 다음날을 기대하며 잠들면 일찍 눈이 떠지게 됐다. 일어나니 이른 새벽이었다. 날씨가 어떤지 발코니로 나가니 찬 바람이 확 들어왔다. 마음이 준비되어 있으면 몸은 자연히 따라가게 마련이었다. 쌀쌀한 바람도 시원하며 상쾌했다. 새날을 맞는다는 것이 이런 기분인가 싶었다.

밤하늘은 어두워도 바깥 풍경을 다 볼 수 있다. 그것은 가로등 불빛이 거리를 밝혀주기 때문이다. 그래, 가로등이 밤을 지새우며 오가는 사람들을 보살피고 있었네. 가로등과 묵언의 대화를 나누는 사이, 어느덧 새벽이 밝아오며 물상이 하나둘 깨어났다. 도로를 질주하는 차량 소리가 들리고 전조등 불빛이 역동의 하루를 알렸다.

다시 방으로 들어가 책상에 앉아 오랜만에 기도했다. 기도는 마음을 경건하게 해 주지만, 나는 기도하는 것이 생활화되어 있지 않았다. 오히려 기도보다 명상하는 편이었다. 자연스레 눈을 감고 두 손 모아 소망을 염원해 봤다. 병원에는 생각보다 환자가 많아 투병하며 몸을 추스르는 어르신들의 쾌유를 빌었다. 또한 큰길 모퉁이를 돌아가면 일터로 가기 위해 차량을 기다리는 일용근로자들의 보람된 하루가 되기를 바랐다.

기도는 창조주나 절대적 존재에게 바라는 바가 이루어지기를 비는 것이다. 또한 사람과 하느님의 대화라고 볼 수 있다. 사람들은 일상에서 무의식중에 무언가를 바라며 살아가니 삶이 곧 기도다. 타인을 위해 하는 기도는 특정한 것에 한정하지 않고 폭넓고 두루

뭉술하게 해도 무방하다. 기도하는 마음 그 자체만으로 경건한 세상이 펼쳐지니까.

그렇지만 자신에게 하는 기도는 이와는 달라야 하지 않을까? '시험에 합격하게 해 주십시오'보다 '시험 합격을 위해 열심히 노력할 수 있게 해 달라'라고 하는 게 바람직하지 않겠는가. 로또 복권을 사지 않으면서 당첨되게 해 달라고 백날 기도한들 무슨 소용이 있으랴.

경남 산청에 가면 동의보감촌이 있다. 동의보감촌은 조선 최고의 명의 허준 선생을 기리며, 한방을 주제로 한 건강 체험 공원이다. 공원을 둘러보다 야외에 시가 전시되어 있어 발길을 멈추었다. 「불기 2563 부처님」이라는 어느 시인의 시가 눈에 쏙 들어왔다.

부처님, 저 취직 좀 되게 해주십시오
네 이놈, 너하고 나하고 자리 바꾸자
너처럼 밥 먹고 앉아 빌기만 하고 싶다

나는 이 시를 읽자마자 웃음이 나왔다. 간명한 시 재치 만점이네. 돌아오면서 생각하니 그 시가 심오하게 다가왔다.

종교에 기복신앙이 흐르듯 기도에도 다소 그런 감이 있다. 기도하면 원하는 것을 다 얻을 수 있다는 생각은 잠시 접어두자. 기도하면 마음이 경건해진다. 경건한 마음은 세상에 감사하게 되고 감사하면 행복해진다. 기도는 내면과 소통하는 것이고 소망을 비는 그 이상의 것이다. 서로를 위해 기도하면 세상이 한층 밝아지겠지요.

빗소리 교향곡

깊은 밤 잠자리에 들어
빗소리 동영상을 터치하니
아늑한 시골집에 폭우가 쏟아지네

비 오는 풍경을 보고 있으니
지난 시절의 희미한 기억들
아련한 그리움이 젖어 오네

자연스레 눈 감으니
반복되는 똑같은 빗소리에도
부드러운 리듬, 섬세한 선율 흐르네

형언할 수 없는 그 소리
들으면 들을수록
온갖 번뇌 다 씻어 주네

무료하지 않은 빗소리 들으니
생각도 거리낌도 사라지며
마음을 달래주누나

자연은 인간이 간여하지 않은 그대로의 현상이다. 그 속에서 모든 생명이 숨 쉬며 살아간다. 세상을 자연과 인간으로 나눌 수 있을까? 그것은 어불성설이며 언어도단이다. 인간은 자연의 일부이기에 자연에 순응하고 도움받으며 살아간다. 자연을 지배하려고 하면 할수록 인간에게는 파멸의 시간만 앞당겨질 뿐이다. 인간이 자연을 사랑하면, 자연은 인간에게 무한한 은혜를 베풀어 준다.

자연에는 신비로운 소리가 있다. 우리는 어디서나 새소리, 물소리, 바람 소리 등을 쉽게 접할 수 있다. 그 소리는 하나같이 평온함과 안정감을 준다. 그중에 나는 빗소리를 좋아한다. 비가 오면 비는 스스럼없이 잔잔한 소리를 내며 온 대지를 적셔준다. 비 내리는 날 산과 들에 나가면 풀과 나무, 곡식들이 빗방울을 맞으며 흡족히 웃는다.

지구의 70퍼센트는 물로 이루어져 있다. 물은 액체, 기체, 고체 상태를 자유롭게 넘나든다. 물은 뜨거워지면 수증기로 변하여 하늘로 올라가고, 이 수증기가 차가워지면 다시 비가 되어 땅으로 내려온다. 비는 무지 양이 많고 자주 오기에 사람들은 비 오는 걸 당연하게 여긴다. 새소리, 풀벌레 소리는 선명한데 빗소리는 딱히 무엇이라 하기도 그렇다. 어린 시절부터 빗소리를 들어왔지만, 그 소리가 주는 의미를 생각해 보지 않았으며 그저 무덤덤하게 지나쳤다.

비 오는 날 거실 창을 열고 빗소리를 들어본다. 아파트 1층에 살다 보니 잘 조성된 정원에 떨어지는 빗줄기가 선명하다. 정원에는 소나무, 단풍나무, 장미, 회양목, 조릿대, 난이 흠뻑 비를 맞고 있다. 풀과 나무, 바닥에 떨어지는 빗소리가 은은히 들려온다. 빗소리는 들을수록 몸과 마음을 치유해 준다. 예전에는 초가 마당에 떨어지는 빗소리 정도로만 알았는데, 귀 기울여 들으니 더욱 신비롭다. 한 편의 교향곡을 듣는 것 같다. 비가 오면 하던 일을 멈추고 빗소리를 듣곤 한다.

정보화 시대가 된 지도 오래다. 나는 정보화 사회에 살면서도 온라인 세상에 둔감했다. 처음에는 그 필요성을 크게 느끼지 못했는데 이제는 한시라도 떠나서는 살 수 없다. 특히 인터넷 동영상은 많은 정보와 지식을 제공한다. 동영상을 열기만 해도 새로운 것이 튀어나오다시피 한다.

어쩌다 빗소리 동영상을 터치했는데 들어보니 일상생활, 자연에서 듣던 빗소리와는 차이가 있다. 무심히 듣는 것과 귀 기울여 듣는 정도지만, 하여튼 선명하게 들린다. 한참 듣다 보니 마음이 편안해진다.

올린 사람이 누군지는 모르겠으나 온라인에 접속하면 빗소리 동영상이 많다. 먼저 그 영상을 만들어 준 이들에게 감사해야겠다. 들판이나 숲속의 빗소리를 비롯하여 2분 만에 잠드는 빗소리, 잠이 솔솔 오는 빗소리, 깊은 수면에 드는 빗소리, 텐트나 지붕 위의 빗소리 등 제목도 다양하다. 그런데 눈 감고 들으면 어디에 떨어지는 빗소리인지 구분이 안 된다. 다만 함석지붕, 포장도로, 숲속에 떨어지는 빗소리 정도만 구분할 뿐이다.

빗소리 동영상은 장소가 같고 내리는 빗물의 양이 비슷하기에 일률적으로 들리는데, 자세히 들으면 미세한 차이가 난다. 그 차이를 설명하기는 어려우나 다가오는 울림이 조금씩 다르게 느껴진다. 그래서인지 지루하지 않다. 아름다운 음악도 반복적으로 들으면 식상한데 빗소리는 그런 게 없다. 여기에 빗소리의 묘미가 있지 않을까?

빗소리의 느낌은 비가 내리며 부딪치는 물체보다는 빗줄기의 굵기에 따라 다른 것 같다. 빗줄기가 굵을수록 빗소리가 크며 느낌도 강렬하게 다가온다. 이에 천둥번개가 동반하면 웅장한 교향곡을 듣는 기분이다. 나는 이어폰으로 빗소리를 듣는데 한쪽으로 들으면 소리가 멀리서 오는 것 같고, 양쪽으로 들으면 소리가 가까이에서 나는 것 같다. 빗소리는 일상이 무료하거나 따분할 때, 아무것도 손에 잡히지 않을 때, 기분이 가라앉았거나 멍할 때 들어보면 딱 좋다. 언제 들어도 마음을 평온하게 해준다. 어느새 빗소리 듣는 게 습관화되어 잠자기 전에도 종종 들어본다.

어느 책에서 '마음의 집'이란 글을 보고 한동안 생각에 잠겼다. 마음의 집은 오직 나 한 사람만을 위한 공간이란다. 그곳에는 아무도 없으며 거짓으로 꾸민 자기 자신도 없다. 오로지 진실한 나 자신, 정신적으로 가장 편안하고 높은 곳에 자리한 자신만이 있을 뿐이다. 이 얼마나 멋지고 가치 있는 생각인가!

이제 내 마음의 집은 빗소리를 들을 수 있는 동영상의 공간이다. 언제든지 들어갈 수 있는 마음의 집에서 빗소리 교향곡을 들으며 마음을 치유하고 상상의 나래를 펴리라.

겨울 들녘

새싹이 대지를 물들이던 때가
엊그저께 같았는데
추수한 들녘은 황량하다

고추를 심던 아낙들 풍정이
소박한 아름다움으로 다가왔는데
흐르는 세월에 묻히는구나

여름의 절정을 보여주던 옥수수도
가을을 채색하던 황금물결도
삶의 흐름이며 여정일 뿐이다

거친 바람이 논밭을 묶어놓아도
엄동이 가고 새봄이 오면
위대한 생명이 대지를 수놓을 텐데

나는 강원도 홍천에서 일 년 남짓 살았다. 한 해가 저물어 가던 겨울에 가서 이듬해 끝자락에 떠나게 되었다. 그 일 년이란 시간이 아쉬우나 강렬하고 알차게 보낸 것 같다. 모든 것은 인연으로 돌리고 겨울은 어디나 춥지만 그곳에서 유독 추위를 느꼈다. 수도계량기 동파를 겪었으니 더욱 그렇다. 하지만 추운 겨울이 있기에 봄, 여름, 가을이 돋보이고 계절의 아름다움을 만끽할 수 있다.

세월은 소리 없이 흐른다. 기다리지 않는 시간은 빨리 가고 원하지 않는 일은 쉽게 일어난다. 인사이동으로 떠나야 하기에 지난 일 년을 함께했던 들녘과도 작별해야 했다. 그래서 한 해가 저물어 가는 겨울 들녘에 나가 있었다. 추수한 들녘은 황량했다. 새들은 어디에 있는지 찬바람만 휑하니 불었다. 이제 떠나야 하는 들판에서 추위도 잊은 채 지난 일 년을 회상해 봤다.

우리 아파트는 읍내 외곽에 있는데 아침에 일어나면 전원 풍경이 한눈에 들어왔다. 제방을 따라 들녘이 펼쳐지니 금상첨화다. 물상이 깨어날 즈음 산책을 하다 보면 논밭에서 일어나는 작은 변화까지 관찰할 수 있었다. 들녘의 하루는 그냥 지나가는 듯한데, 일주일은 느낌이 확 다가오고 한 달은 놀랄 정도로 변화가 컸다.

처음 홍천 땅을 밟았을 땐 낯설기도 하고 세찬 겨울바람에 언제 봄이 오려나 아득하기만 했다. 모텔을 전전하느라 신경이 온통 거소 마련에 가 있어서 그랬던 것 같다. 그냥 있어도 계절은 가고 오지만 어느새 무척 기다리던 봄이 왔다.

삼월 하순으로 접어드니 긴 겨울 움직임이 없던 들녘에도 봄기운이 완연했다. 이른 아침 아담하고 수수한 농촌 마을을 스쳐 가며 들녘으로 나가니 상쾌했다. 아직 들녘은 겨울의 흔적이 남아있으나 논밭은 새 농작물을 맞으려고 서서히 준비하고 있었다. 지난해의 벼 그루터기 사이로 농사의 시작을 알리듯 새싹이 고개를 내밀었다.

어린 시절 이맘때쯤 시골에는 소에 쟁기를 메어 논밭을 경작하는 농부들 모습을 쉽게 볼 수 있었는데, 지금은 다 사라지고 농기계가 대신하고 있다. 농업의 발달은 편리함과 풍요를 가져왔으나 옛날이 그립다. 그런데 논밭에서 일하는 농부들이 눈에 띄지 않는다. 기계농이고 이른 아침이라 그렇겠지만, 휴일 집에 가지 않는 날 들판을 둘러봐도 거의 같았다.

신록의 오월이 되니 산은 초록으로 꽉 찬다. 모내기가 시작되니 벼가 들녘을 연녹색으로 물들인다. 이른 아침에 임도 산책을 하고 돌아가는 길이었다. 마을 앞길로 접어드니 잘 갈아놓은 넓은 밭에서 십여 명의 아낙이 일하고 있었다. 몇백 미터 떨어졌기에 무엇을 하는지 모르겠으나 일하느라 여념이 없었다. 아, 오랜만에 보는 풍정 눈물 나도록 아름다웠다. 작업복 바지를 입고 머리에 수건을 두른 모습이 저리도 멋있을까? 어린 시절 마을 사람들이 한데 어우러져 농사일하는 것 같네.

다음 날 아침, 정성스레 일하던 아낙들의 모습이 떠올라 그 밭으로 나가 보니 고추가 한가득 심겨 있었다. 세상에! 하루 사이에 밑

밑하던 밭이 싱싱하고 파릇한 고추밭으로 변하다니, 사람의 손길은 위대하며 숭고하다. 그 후 들녘을 오가며 고추가 자라는 모습을 살피는 것도 하나의 즐거움이 되었다.

어느덧 계절은 무덥던 여름도 한풀 꺾이고 선선한 바람이 불어오는 초가을이 되었다. 여름의 절정을 보여주던 옥수수밭도 새롭게 정리되어 가을 작물을 준비하고 있었다. 뜨거운 여름을 이겨낸 옥수수는 '옥수수 축제'를 꽃피우고 내년을 기약하며 더위와 더불어 떠나갔다.

가을이 짙어지면 산에는 단풍이 물들고, 들녘에는 황금물결이 일렁인다. 가을을 표현하는 문구는 다양하지만, 농부에게 가을은 결실의 계절이다. 볕 좋은 가을날 누렇게 익어가는 벼가 풍요를 상징한다. 저 벼를 수확하기까지 농부의 노고와 자연의 도움이 있었을 것이다.

추수가 끝난 들녘은 황량하고 쓸쓸하다. 비어 있는 그곳엔 찬 바람이 몰아치는 겨울이 찾아온다. 이제 들녘은 인고의 시간을 보내야 한다. 추위에 겨울 들녘은 모든 게 멈춘듯하다. 그렇지만 논밭은 거친 바람에도 미동도 없이 겨울잠을 자고 있다. 그 속에서 숨 쉬는 미생물, 벌레와 곤충의 알 등 모든 생명체가 봄날을 준비한다.

이제 정들었던 들녘과 헤어져야 하니 아쉬움이 밀려온다. 나는 들녘의 사계를 보며 여기에서 몇 년 더 살고 싶었다. 예상치도 못한 떠남이어서 무척 섭섭했다. 밭둑에 묵묵히 서 있는 겨울나무는, 세상에는 인간의 운명도 있지만 자연에도 섭리가 있다고 한다. 그래, 삶을 불평하고 짜증 내며 조급하게 살아가지 않을게. 겨울 들녘에서 나무와 함께 엄동의 하늘을 응시하며…

경이로운 세상

우리 몸이 경이롭지 않은가
심장은 피를 순환케 하고 위장은 소화하며
백혈구는 세균을 잡아주니

자연은 다양하게 비치지 않나
꽃은 방긋 웃고 나뭇잎은 신선함을 주고
하늘에는 흰 구름 떠가니

일상이 똑같다고 하지 않으려나
마음속 고정관념 굳어진 상념
색안경으로 보고 있으니

이제 깨어나야 하지 않을까
과거의 나 어둠과 침묵에서 나오면
더러움조차 조화로우니

우리의 존재는 사랑이지 뭐야
나 중심에서 벗어나 더불어 살면
세상은 얼마나 눈부시려나

세상은 경이롭다. 우주나 자연을 언급하지 않더라도 삶은 경이로운 것이다. 지구별 속에서 살아가는 생명체는 경이로움 그 자체다. 그런데 우리는 자연의 섭리에 따라 무난히 살아가는 걸 보고 느끼니 당연한 것으로 인식한다. 타 생명체는 제쳐두고 인간만 보아도 얼마나 경이로운가.

우리 몸은 수많은 세포로 이루어져 있다. 하루에도 많은 세포가 사라지고 새로운 세포가 생겨난다. 생명을 유지하려면 음식을 먹어야 한다. 입에서 음식을 씹으면 그 음식은 식도를 통하여 위에서 소화되고, 소장과 대장을 거치며 영양분과 물이 흡수되고, 남은 찌꺼기는 변으로 배출된다. 이 과정이 순조롭지 않으면 몸이 불편하고, 잘 소화되면 먹는 즐거움과 배설의 기쁨이 있다.

인체의 장기에는 주가 되는 오장과 육부가 있다. 오장은 채우고 육부는 비우는 기능을 한다. 이들은 서로 조화를 이루고 있다. 어느 하나가 제 기능을 못 하면 다른 장기가 건강하더라도 소용이 없다. 우리 몸은 중요하지 않은 게 없지만, 오장과 육부는 함께 건강해야 오랫동안 생명을 이어갈 수 있다.

혈액을 순환시키는 심장만 보아도 얼마나 경이로운가. 심장은 2개의 심방과 2개의 심실, 판막으로 구성되어 있다. 심방은 혈액이 들어오는 곳으로 정맥과 연결되어 있고, 심실은 혈액이 나가는 곳으로 동맥과 연결되어 있다. 그리고 판막은 혈액이 거꾸로 흐르는 것을 방지한다. 심장의 구조가 우심방과 좌심방, 우심실과 좌심실로 이루어진 것은 혈액이 온몸순환과 폐순환을 하기 때문이다. 더욱 경이로운 것은 다른 장기와 마찬가지로 심장은 자발적으로 움직인다.

우리는 사람을 만날 때 주로 식사하거나 차를 마신다. 어차피 때가 되면 음식을 먹어야 하고, 사람 간에 더 가깝게 다가가기 위해 그렇게 한다. 그러한 때는 상대에게 집중하느라 특별한 생각은 하지 않는다. 그렇지만 혼자 밥을 먹을 때는 사정이 다르다. 일정이 빠듯하여 빨리 식사하는 때도 있지만, 여유가 있어 천천히 먹으며 여러 생각을 할 수도 있다.

여유로운 어느 저녁, 나 홀로 순대국밥을 먹으러 갔다. 그날따라 한산하여 홀가분하게 음식을 주문했다. 잠시 후 팔팔 끓는 순대국밥을 맛보았다. 오랜만에 먹어서 그런지 별미였다. 식사하면서 순대국밥 한 그릇을 먹기까지 그 과정을 생각해 보았다.

쌀이 식당에 오기까지 농부들이 씨를 뿌려 싹이 나고, 비바람과 더불어 태양은 곡식을 익게 하고, 추수와 도정을 하여 운전사가 식당에 실어 왔다. 또한 돼지고기와 순대 등도 여러 단계를 거쳐 여기에 왔다. 그리고 요리사가 정성스레 음식을 만들었다. 순대국밥 한 그릇 먹는 것에 감사함을 넘어 얼마나 경이로운지.

경이로움은 자연에 널려있다. 봄이면 온 산하에 꽃이 피어난다. 꽃 한 송이는 방긋 웃고, 여러 송이는 활짝 피어 꽃 잔치를 한다. 산수유, 매화, 벚꽃 축제만 보더라도 꽃이 만드는 세상이 얼마나 아름다우랴! 그 아름다움 속에는 자연의 경이로움이 있다.

녹음이 우거진 여름날 숲속에서 나뭇잎이 뿜는 공기는 상쾌하다. 가을이 오면 나뭇잎은 만산을 홍엽으로 물들인다. 꽃보다 화려한 단풍은 사람들의 마음을 다 빼앗아 간다. 그러다가 겨울을 맞으면 단풍은 낙엽이 되어 모든 걸 내려놓는다. 황량한 겨울 눈이 내리면 온 세상은 선정에 든다. 잠시 삼라만상은 자신을 잊어버린다. 경이로움은 철 따라 어디에나 있다.

대다수 사람은 일상이 똑같다고 생각한다. 이는 마음속에 고정관념, 굳어진 상념이 있어서 그럴 것이다. 하루의 미세한 변화를 느끼기는 어렵지만 우리는 서서히 조금씩 변화하고 있다. 같은 일을 하거나 한 직장에 다닐 때도 몇 년이 지나야 그 변화를 느낄 수 있다. 세월이 흘러 고향 산천을 둘러보면 누구나 강산이 변했다는 걸 느낄 것이다. 이 또한 지나고 나면 경이로운 현상이다.

세상은 보이는 것과 보이지 않는 것으로 나눌 수 있다. 불교에서 사용하는 말로 살짝 바꿔 보면 보이는 것은 색(色)이요, 보이지 않는 것은 공(空)이다. 만상 만물은 색에서 공으로, 다시 공에서 색으로 끊임없이 변화한다. 변화하기에 무상이라 하고, 변화하는 것이 색이든 공이든 영원한 것이 없기에 무아라고 한다. 현실적으로 스님들 외에는 이를 느끼며 사는 사람은 거의 없을 듯하다. 다만 죽음의 시간이 가까워지면 알게 될지도 모른다. 만상 만물이 색과 공을 왔다 갔다 하는 것, 서서히 변화하는 그 무엇이 가장 경이롭지 않을까?

어린 시절 시골에는 집집이 잿간과 두엄더미가 있었다. 잿간은 거름으로 쓸 재를 모아 두는 곳이고, 두엄더미는 풀이나 동물의 배설물 따위를 썩혀 만든 거름을 쌓아 놓은 곳이었다. 이 둘은 농사와 불가분의 관계가 있다. 그런데 두엄더미에는 쇠똥, 돼지똥은 물론이고 인분도 뿌려놓았다. 그만큼 거름이 중요했으니까. 인분은 유독 심한 냄새가 났다. 그렇지만 어르신들은 그 냄새에 개의치 않았다. 며칠 지나면 희석되며 자연스러워지니까. 두엄더미에서 풀과 낙엽, 동물의 배설물, 인분 등이 1여 년간 흙과 섞여 부패하면 흙비료가 된다. 농부는 그 거름을 농사하기 전에 논밭에 뿌렸다.

생명체의 배설물은 먹기 전에는 비교적 깨끗했다. 소화되면서 영양분이 몸으로 흡수되고 배설된 찌꺼기는 더러워졌다. 다시 여러 과정을 거쳐 거름이 되고 튼실한 농작물이 되었다. 깨끗함이 더러워지고 더러움이 다시 깨끗함이 되는 과정이 조화로움을 넘어 얼마나 경이로운지.

생명은 경이롭다. 삶은 사랑이다. 경이로움을 보고 사랑을 느끼는 것, 이 또한 행복이 아닐는지.

사월의 눈

간밤에 꽃샘추위로 철 지난 눈이 내려
들판은 시름하며 불청객을 원망하네

벚나무 가지마다 눈꽃이 먼저 피고
노란 개나리 흰 눈은 환상의 몸매여라

갓 나온 버들잎 서글퍼 짜증 내고
야산 나무들 잠시 겨울을 맞이하네

아침 햇살에 눈 녹아 백목련 목욕하고
때아닌 사월의 눈 세상이 눈부시구나

사월이 오면 나는 고향에 간다. 꽃 피는 고향 산천을 보러 가는 게 아니다. 조부님의 기제사가 있어서 매년 가는 편이다. 이제는 부모님이 안 계시어 가고 싶어도 갈 수 없는 처지가 되었다. 지나고 보니 그 시절이 참 아름답다. 어린 시절 할아버지를 따라 논밭에서 뛰어놀던 때가 주마등처럼 스쳐 간다.

어느 해 4월 초순이었다. 간밤에 할아버지 기제사를 지내고 아침에 일어나니 상상도 못 한 눈 세상이었다. 어찌하여 이런 일이 생겼는지 놀라움을 금치 못했다. 폭설은 아니지만 산과 들에는 제법 눈이 쌓였다. 야산에 움츠린 나무는 서글퍼 짜증 내고, 논밭에 뿌린 씨앗은 찡그리는 것 같았다.

고향 예천에서 일터인 충주까지 멀기는 하지만, 이른 아침 출근하면서 차창으로 보는 때아닌 사월의 설경을 바라보며 상념에 잠겼다. 요 며칠 날씨가 포근했는데 어떻게 눈이 왔을까? 삼월에 한두 차례 꽃샘추위는 있었지만, 아무리 생각해도 이상했다.

지난밤 할아버지 기제사를 지내고 작은아버지를 읍내에 모셔다 드릴 때만 해도 춥다는 느낌은 없었다. 그 후에 무슨 일이 있었을까? 이상기후 탓으로 돌려야겠지. 마른하늘에 우박이 떨어지는 것은 종종 보았지만, 꽃 피는 사월에 하얀 세상을 만들 정도로 눈이 내린 적은 처음이었다.

그나저나 논밭에 파종한 씨앗은 어떨까? 새싹을 잘 틔웠으면 좋겠는데 걱정이 앞섰다. 밭둑에 서 있는 나무들을 보니 서글픔이 역력하다. 갓 나온 버들잎은 짜증을 내며 아우성치는듯했다. 땅이 얼 정도는 아니지만 씨앗이 잎을 틔우기 시작했다면 문제가 되지 않으려나. 파종한 씨앗이 무탈하기를 바라는 농심이 스쳤다.

일찍 파종하여 세상으로 나온 여린 싹은 난감하다. 냉해를 입어 다시 씨앗을 뿌려야 한다면 농부들은 얼마나 성가시고 짜증 날까? 문득 학창 시절 사월이 떠올랐다. 사월이 오고 처음 만난 날, 친구는 '사월은 잔인한 달'이라고 읊조렸다. 아마 T.S 엘리엇의 시 「황무지」의 일부를 인용한 것 같은데, 시가 상징하는 의미는 잘 모르겠으나 움트는 새싹에게, 씨앗 뿌린 농부에게 사월의 눈은 분명 잔인하다.

차창으로 스치는 설경을 보니 어린 시절 폭설이 내린 날 아침이 떠오른다. 겨울이면 눈 오는 풍경을 자주 보았다. 그런데 강렬하게 다가온 것은 그리 많지 않다. 어느 겨울 아침에 일어나니 세상이 온통 눈 세상이었다. 앞산과 뒷산, 초가지붕과 장독대, 골목길이 다 눈으로 덮여있었다. 낙락장송 푸르름도 눈이 쌓여 설국의 위용을 과시했다. 설경은 아름다운데 집집이 눈을 치우느라 분주했다.

언제 심었는지는 모르겠으나 시골에도 마을버스가 다니는 도로에는 가로수가 벚나무로 가지런하게 정비되어 있다. 벚나무 길로 접어드니 자연은 눈으로 벚나무를 치장해 놓았다. 조만간 꽃을 활짝 피우려던 벚나무는 꽃망울을 맺으며 꽃 피울 준비를 했는데, 생각지도 못한 눈꽃이 먼저 피어 얼떨떨하게 서 있다. 그렇지만 벚나무에 핀 눈꽃도 색다른 아름다움을 자아낸다. 사월의 봄은 눈꽃 벚나무를 보여주고 벚꽃이 만개하면 눈이 내리는 모습을 연출하려는 것 같다.

차는 또 개나리가 만발한 하천가를 지나간다. 개나리꽃이 하얀 이불을 덮은 듯하다. 눈 맞은 개나리꽃과 꽃에 앉은 눈은 환상의 몸매다. 어찌 보면 개나리가 흰 꽃을 피우기라도 한 것처럼 잘 어울린다. 개나리꽃은 눈의 무게에 눌러 힘들어하고, 눈은 꽃에 사뿐히 앉아 편히 쉰다. 그런데 개나리꽃에 흰 눈이 들어가 눈물을 머금는다. 마치 봄과 겨울이 싸우기라도 하듯 개나리꽃은 "따뜻한 봄날에 웬 불청객이냐?"라며 쏘아붙이고, 눈은 "뭐가 급해 일찍 꽃망울을 터뜨렸느냐?" 하며 응수한다.

둥근 해가 떠오르니 눈이 녹기 시작한다. 먼 산 나무들이 겨울을 맛본 것 같은데 냉수 마찰한 듯 더욱 싱싱해 보인다. 휴게소에 들르니 백목련이 환하게 웃고 있다. 방금 목욕하고 머릿결에 물기가 남아있는 새색시 같다. 백목련은 고운 꽃잎에 달라붙은 먼지를 녹아드는 새하얀 눈으로 씻어내고 마음을 정화하며 잠시 꿈속에 있지 않았을까?

오늘 아침 나는 자연의 눈부심을 보았다. 때아닌 사월의 눈을 맞으며 감흥에 젖기도 했다. 1시간 넘게 출근하면서 꿈꾼 것 같다. 사월의 눈은 움트는 새싹을 서글프게 하고, 논밭에 씨앗을 뿌린 농심을 안타깝게 하지만, 내게는 다시 볼 수 없는 잊지 못할 추억이다. 회사에 도착하니 눈이 언제 왔느냐는 듯 하늘은 높고 푸르다.

마지막 선을 그으며

온갖 정이 흐르던 삶의 터전
올 십이월이면 떠나기로 했네

어김없이 밝아오는 동녘 하늘
활기찬 기상으로 새날을 여네

시한부 배우가 꿈을 연기하듯
소중한 하루 치열하게 살리라

정신없이 일하고 한숨 돌리니
해는 뉘엿뉘엿 서산을 넘누나

파이어족은 경제적으로 자립해 조기에 직장 은퇴를 희망하는 사람들이다. 그들은 직장에 얽매이지 않고 자유로운 삶을 위해 젊은 나이에 은퇴를 목표한다. 또한 어떤 일이나 누구의 간섭을 받지 않고 자신이 원하는 삶을 즐기려 한다. 파이어족이 어디에서 시작되었든지 누구나 여건이 주어진다면 파이어족으로 살고 싶을 것이다. 문제는 재정적으로 뒷받침되어야 하는데 쉽지 않다.

나는 파이어족이란 용어를 접하고 정년까지 근무하지 않으리라는 확고한 신념을 갖고 있었다. 특별한 계획도 없이 직장을 박차고 나가려니 두려움이 밀려와 차일피일 미적대다가 더 이상 결정을 미룰 수 없는 처지가 되었다. 정년이 3년 6개월 남은 시점에서 파이어족을 언급하기에는 부적절 하나 그해 결정하지 않으면 파이어족은 물 건너간다. 재정적인 면을 검토해 보니 다소 부족하지만 가능하리라 판단되어 결심했다.

일터에서 마지막 해를 보낸다고 생각하니 그렇게 시간이 소중할 수 없다. 시간은 평소보다 더 빠르게 흐른다. 직장에서 마무리도 잘해야 하지만 내 인생 2막이 더 중요하다. 그래서 행복 계획을 구상하기 시작했다. 계획서를 일 년 내내 썼다가 지우고 수정하기를 반복했다.

행복 계획은 삶의 목표, 재정 및 건강관리, 독서와 여행, 취미와

문화, 자기 계발 등이었다. 은퇴 교육을 받을 때 만든 것을 토대로 다시 작성해 보니, 추진해야 할 사항이 50여 가지가 됐다. 이걸 어떻게 다 하지 우려했는데 실상 새로운 건 10가지 정도였다. 오히려 계획보다 마음가짐이 중요한 것 같았다. 삶은 건강하고 감동을 주고받으며 가치가 있어야 한다. 행복은 균형과 조화로 내 마음속에 있지 싶다. 인생관을 다시 정립하고 더 느리게 아주 천천히 살아야 겠다고 다짐했다.

막상 퇴사 일이 다가오니 생각보다는 신나지 않았다. 학교를 졸업하고 상급학교로 진학하는 기분에는 못 미치었다. 정든 회사를 떠나려니 아쉽기는 하지만 웃으며 홀가분하게 내 보금자리로 돌아왔다.

쇠뿔도 단김에 빼라는 말이 있듯이 곧바로 실행으로 옮기기 시작했다. 일과, 주 활동, 월 여행 등을 계획하여 실천했다. 그런데 일과가 굉장히 빡빡했다. 젊은 날이 아니라는 것을 망각하고 6개월간 꾸준히 해보니 기운이 달려 수정할 수밖에 없었다. 모든 일에는 극과 극은 피하고 유연하게 대처해야 한다는 걸 절실히 느꼈다.

나는 은퇴 준비를 그런대로 했다고 생각했는데 막상 퇴직하니 계획과 현실은 엄청 달랐다. 그 계획을 실천하려니 몸의 녹슬기가 시작되어 제대로 작동되지 않는다. 자연히 몸에서 정신으로 삶이 변화될 수밖에 없다. 또 하나의 변화는 생활이 자유로우니 조금만 피곤해도 낮잠을 자게 된다. 낮에 자면 밤에 쉬 잠이 오지 않아 생각지도 못한 기억들이 떠올라 가끔은 미칠 것 같았다. 이를테면 나와 관계되고 만났던 이들에게 좀 더 잘해줄걸, 더 좋은 길이 있었는데 왜 어렵고 힘들게 살았는지 등을 말이다.

지난 세월을 돌아보니 회한이 많았다. 내가 세상을 바라보며 추구했다기보다 관심을 가졌던 것을 먼저 정리하고 싶었다. 천체, 생물, 종교, 영혼, 전생, 사후세계 등 다시 공부하다 보니 2년이 후딱 지나갔다. 인생에는 정답이 없지만 지난 삶을 정리하며 비우고 버리다 보니 한결 홀가분해졌다.

가끔은 은퇴한 지 얼마 되지 않거나 퇴직을 앞둔 회사 동료들로부터 전화를 받을 때가 있다. 대다수가 무엇하며 지내느냐고 묻는다. 경제적인 활동이 궁금한 것 같은데, 나는 경제적인 활동은 하지 않는다고 답한다. 그러면 또 무엇을 하냐고 묻는다. 하는 일이 없는 게 아니라 답하기가 궁하다. 그들이 듣고 싶어 하는 것이 아니니까.

은퇴한 사람을 두 분류로 나누면 경제활동을 해야 하는 사람과 일상의 따분함 등으로 힘들어하는 사람이다. 모두 다 은퇴 준비를 제대로 하지 않았다고 본다. 전자는 주변 여건이나 환경이 여의찮아 그렇다고 볼 수 있다. 눈높이를 낮추고 본인에게 맞는 일자리를 찾으면 되지 않겠는가. 후자는 대인관계가 급격히 줄어들어 그런 것 같은데, 나이가 들수록 혼자 할 수 있는 취미 같은 걸 찾으면 좋을 것 같다.

행복 계획을 세우고 몇 년간 시행착오를 거듭하며 이제 내가 주로 하는 것은 세 가지로 좁혀졌다. 그것은 독서와 여행, 그리고 명상이다. 그 속에는 즐거움도 보람도 다 들어있다. 세상에는 흥미로운 것이 많다. 시간을 알차게 그렇지만 느리게 걸어가리라. 모든 인연을 소중히 여기리라. 경제활동에서 벗어남에 감사한다. 내 인생이 언제 끝날지 모르지만, 그날까지 스스로 빛으로 지혜롭게 살아가리.

참 좋은 날

이른 봄 아침 햇살 비치면
고즈넉한 돌담길 따사롭고
뙤약볕이 쏟아지는 여름날
시원한 나무 그늘 참 좋네

속절없이 흐르는 숱한 세월
좋은 날을 맞이하면서도
소중함을 느끼지 못한 채
무심히 보내며 잊고 사네

무언가를 하고 싶을 때는
주변 여건이 따라주지 않고
막상 괜찮은 환경이 되면
다른 걸 하지 않았던가

계절마다 시절인연 따라
하고 싶은 게 많았는데
하나만 더 할 수 있다면
참 좋은 날 세상과 이별하리

설날 열흘 전쯤 한국도로공사 양평 방향 문경휴게소에 가게 되었
는데, 어느덧 무더위가 기승을 부리는 한여름이었다. 로마에 가면
로마법을 따르라고 하듯 업무와 환경이 생소했는데, 어느새 휴게소
일에 익숙해져 있었다. 어느 곳이나 처음에는 낯설지만 적응하면
그런대로 새로운 것이 보였다. 무엇보다 여러 군상의 고객을 접한
다는 게 흥미로웠다.

휴일 근무하던 어느 날이었다. 뜨거운 오후 2시경, 나는 휴게소
실내 매장을 둘러보고 밖으로 나갔다. 태양은 사정없이 내리쬐고
주차장의 반사 열기는 숨 막히게 했다. 휴일이라 주차하기 어려울
정도로 고속도로 이용객이 붐볐다. 이곳 휴게소는 모든 매장이 밖
으로 노출되지 않아 더 청결하고 위생적이었다. 또한 실내가 타 휴
게소보다 여름에는 시원하고 겨울에는 따뜻했다.

한동안 고객의 안전과 동선을 살피다가 휴게소 뒤편 녹지대로 갔
다. 녹지대는 나무가 울창하여 한결 시원했다. 짙은 나뭇잎이 뙤약
볕을 막아주고 바람이 불어오니 나무 그늘이 참 좋았다. 나무 사이
를 걸어가며 오늘이 참 좋은 날이라는 걸 느꼈다. 문득 참 좋은 날
에 죽음을 맞이하면 좋겠다는 생각이 들었다. 왜 그런 마음이 일어
났는지 모르겠다.

오래전 무더운 날, 강원도 홍천에서 민원을 조사하고 돌아오는

길에 은행나무로 잘 알려진 양평 용문사에 들렀다. 대략 사찰을 둘러보고 더위를 피하러 절 뒤편 계곡으로 올라갔다. 시원하게 흐르는 물소리를 들으며 쉬고 있는데, 지금 여기가 생의 마지막이었으면 하는 생각이 일었다. 어쩌다 업무가 누적되어 힘들었는데 최고의 편안함을 느껴서 그런 것 같다. 그렇지만 죽음에 대한 한 생각이 스쳤다. 삶이 고해라고 하지만 죽음은 부모가 돌아가시고, 자식이 장성한 후에 맞아야 순리가 아니겠는가.

참 좋은 날 세상과 이별하고 싶은 마음이 일은 후, 죽음에 대하여 많이 생각하게 되었다. 죽음은 금기시된 말이었는데 이제는 죽음이 두렵다기보다 아무렇지 않게 다가온다. 어떤 때는 "나는 누구인가?"라는 화두를 잡고 있을 때가 있다. 생로병사는 엄연한 진리인데, 인연 따라 시작된 나는 한세상 머물다가 다시 인연 따라 돌아간다고 생각하니 삶이 홀가분해진다.

어느 책에서 병원 환자들이 선정한 삶의 끝에서 가장 후회한 것들을 본 적이 있다. 다섯 가지가 소개되어 있는데, 첫 번째가 원하는 삶을 살지 못했다는 것이다. 어떻게 조사했는지는 모르겠으나 누구나 하고 싶었던 일이 많았을 것이다. 달리 보면 주변 사람의 기대나 남을 의식해서 자신의 삶을 살지 못했다는 것일 수 있다. 그렇지만 현실적으로 원하는 삶을 살아가는 사람은 극소수일 뿐이다. 이를 수긍하더라도 젊은이는 자신과는 먼 훗날의 일이라 생각하고, 나이 든 이는 어떻게 할 도리가 없지 않겠는가.

좋은 죽음을 맞으려면 건강하게 살아야 한다. 건강하게 살다가 세상과 이별한다면 더할 나위 없겠다. 건강은 건강할 때 지켜야 한다.

그래서 내 일과 중 운동이 최우선 순위가 되었다. 특별한 운동은 아니지만 나는 거의 매일 등산, 자전거 타기, 걷기 중 하나를 한다.

인생이 긴지 짧은지는 생각하기 나름이며 모호할 때가 있다. 또한 사회가 발전하고 의학이 발달하여 인간의 수명이 길어지니 그에 따른 문제점도 많다. 나는 몇 세까지 살고 싶은 바람은 없지만 90세를 넘기지 않았으면 한다. 죽음 또한 마음대로 할 수 없는 것이지만, 노년기가 되면 언제 죽어도 좋다. 바라지는 않지만, 느낌이나 집안 내력으로 보아 내 죽음은 90세 가까이 갈 것 같다.

그리하여 몇 년 전부터 내 나이를 만 89세까지 산다는 가정하에 몇 날이 될까를 계산해 보았다. 그리고 월초가 되면 수정한다. 최근에 계산한 내 인생 일수는 32,507일이고, 산 날은 23,962일이며, 살아가야 할 날은 8,545일이다. 수정할 때마다 30여 일이 사라지니 시간의 소중함을 절실히 느낀다. 지난 한 달을 반성하기보다 목표 계획이 지향하는 대로 잘 굴러가고 있는지 점검한다. 앞으로 더 활기차고 보람찬 하루를 보내기 위해서다. 중요한 것은 인생을 누릴 수 있는 시간이 사라지는 것만큼 삶의 가치가 무엇인지 깨닫게 된다.

독서를 좋아하는 사람에겐 애독서가 있다. 그런데 가장 즐겨 읽는 책도 시간이 지남에 따라 순위가 바뀐다. 이는 가치관이나 세상을 바라보는 마음이 조금씩 변해서이지 싶다. 지금 내 최고의 애독서는 불교의 경전인 반야심경이다. 시중에는 반야심경에 관한 책이 많이 나와 있다. 다 훌륭하지만 『이제서야 이해되는 반야심경』을 접하고 새로움을 찾는 마음으로 꾸준히 읽는다. 이 책은 나를 위해 쓴 것 같다. 무엇보다 쉽게 이해된다. 읽을 때마다 의문이 하나둘씩 풀린다. 부처님이 발견한 세상의 원리나 이치에 대해 지혜의 바다를 유영하는 것 같다. 가장 큰 변화는 죽음의 두려움이 사라졌다.

죽음을 생각하면 모두를 사랑하게 된다. 아는 사람은 제쳐두고서라도 거리, 공원, 시장 등 어디를 가도 스치는 사람이 애틋하고 좋아 보인다. 나와 관계없는 전화를 받아도 겸허하게 응대하게 된다. 죽음은 어둡기만 한 것이 아니다. 죽음 앞에서 더 좋은 사람이 될 수 있다. 무탈할 때 죽음을 생각하면 더 유익하겠지.

3

별하늘 그리며

산다는 것은
누군가를 사랑하며
무언가를 그리워하는 것이다.
낙엽이 쌓이듯
세월이 가며 추억이 쌓이니
사랑의 영상이 아른거린다.
그 잊을 수 없는 표정이
별빛으로 내려올 때
또 한 송이 꽃이 피어난다.

아름다운 추억

단풍이 곱게 물든 태조산 공원에
수능을 앞둔 청춘 남녀가
마주 보며 정담을 나눕니다

푸른 꿈이 꽃피던 학창 시절은
어느새 다 지나가고
결전의 날이 다가오고 있습니다

단풍은 내년에도 물들겠지만
마지막 만남이 될지도 모른다며
아쉬운 눈빛을 주고받습니다

저물어 가는 가을 하늘은
야릇한 미소를 머금은 채
초연히 세상을 내려다봅니다

사랑이여 낭만이여
계절이 가고 세월이 흐르면
저들도 누군가의 예쁜 추억을 보겠지요

삶은 아름답고 보람이 있다. 세상은 공평하고 노력한 만큼 돌려 준다. 착한 일을 하면 상을 주고 나쁜 일을 하면 벌을 준다. 이러한 것들은 지극히 맞는 말이지만 그렇지 않을 때도 있다. 우리는 자라면서 성인이 되고 사회생활을 하면서 치우침을 실감하며 살아간다. 이러한 현실은 누구를 탓해야 할까? 한바탕 쓴 웃음을 짓고 인간의 이기적인 욕망으로 돌려야 될 것 같다.

2015년 8월, 우리 사업단은 충주제천고속도로가 준공됨에 따라 아산천안고속도로 건설을 위해 천안으로 가게 되었다. 그 무렵 아산천안 노선은 사업인정고시 중이었다. 토지 등의 보상 업무는 고시가 선행되어야 원활하게 추진할 수 있다. 고시가 나지 않더라도 토지 매수 지시가 있으면 당연히 추진한다. 그런데 본사에서는 어떤 근거도 주지 않으면서 빨리 추진하라는 분위기였다. 그런 사정을 이해는 하는데 참 난감했다. 어차피 모든 일은 현장에서 추진해야 하기에 여러 제약을 무릅쓰고 시작할 수밖에 없었다.

어느덧 여름이 가고 단풍이 물드는 시월이 되었다. 다른 공공기관도 마찬가지겠지만, 우리 회사는 봄과 가을에 체육의 날 행사를 부서 기관 단위로 한다. 언제부턴가 평일 하루 하던 것을 사회의 시선을 의식했는지 주말에 하거나 평일 오후에 반차를 내고 하는 것으로 바뀌었다. 그나저나 그해 가을 체육의 날 행사는 천안 태조산을 산행하고 저녁을 함께하는 것으로 정해졌다.

체육행사 날, 우리 팀은 토지 보상 업무의 특성상 초기에는 민원이 많아 두세 명이 남기로 했다. 그날 오후 4시경 동료와 업무를 마무리하고 태조산 각원사로 갔다. 오랜만에 산사에 가니 참 좋았다. 높푸른 가을 하늘, 물드는 단풍이 어쩌면 저리 조화롭고 아름다울까 생각했다.

산행하는 직원들이 하산하는 중이라서 우리는 자연스레 사방을 둘러봤다. 목마른 사슴이 물을 찾듯, 나는 익어가는 가을날을 만끽하며 이곳저곳을 살피며 걸어봤다. 소나무 사이를 지나는데 깔끔한 교복 차림의 두 남녀가 눈에 띄었다. 몇 걸음 더 옮기며 그들에게 다시 눈길이 갔다. 두 사람은 주변을 개의치 않고 진지하게 얘기를 나누는 것 같았다. 그들은 가을을 즐기러 온 것 같지는 않았다. 하지만 불타는 단풍과 어우러지는 청춘의 풍경이 이다지도 예쁠까 싶었다. 청춘이 피어나는 학창 시절은 아쉽게 지나갈 것이지만, 그 장면만은 영원할 것이다.

나는 그들의 모습을 뒤로하고 각원사 경내로 발길을 옮겼다. 평소 절에 가면 대웅전에 들러 부처님 전에 삼배를 올리는데, 왠지 그들의 영상이 아른거려 그냥 전각 사이를 돌고 있었다. 그들은 왜 이 바쁜 시간에 태조산에 왔을까? 여러 상념이 교차했다. 그중 하나를 상상해 봤다.

"두 사람은 초등학교를 함께 다니며 만남이 이어져 왔다. 어느새 세월이 흘러 고등학교 3학년이 되어 이제 수능이 한 달 남짓 다가와 서로의 마음이 찹찹했을 것이다. 팽팽하던 서로의 힘이 한쪽으로 기울면 그 만남도 식어 갈 수 있다. 청춘은 정열이 불타는 뜨거운 피를 가졌지만, 목표에 도달하지 못하면 쉬 자괴감을 느낄 수도 있다. 얼마 남지 않는 시간 파이팅을 하자며 다짐도 하고, 마지막이 될지도 모른다는 심정으로 볕 좋은 가을날을 느끼지 못한 채 두런두런 얘기를 나눈다. 그러나 서로의 가슴에는 애틋한 사랑이 흐르고 있었으리라."

해가 뉘엿뉘엿 지는 산사를 뒤로하고 만찬 자리로 이동하면서 오래된 청춘의 시간을 되돌려 봤다. 절박하던 시절도, 이루지 못한 꿈도, 패배의 아픔도 세월이 흐르면 아침 이슬 같은데, 왜 과거에 매여 살아왔던가? 누구나 이런 마음을 가슴 한편에 남겨 씁쓸하게 살아가는지도 모른다. 세상의 이치가, 인간의 삶이 다 그러하며 인생에는 꽃길만 있는 것이 아닌데.

사람들은 학생들에게 이런 말을 한다. 학창 시절에는 그 어떤 것보다 공부가 중요하다. 특히 선생님이나 부모님은 늘 입버릇처럼 말씀하신다. 연애는 대학 가서 하고 지금은 공부가 우선이라고. 지극히 당연하지만 듣는 이도 다 알고 있다.

세월이 흘러가면 누구나 깨달음을 얻는다. 인생에서 가장 중요한 것이 무엇인지? 하지만 한번 지나간 시간은 다시 오지 않으며 청춘도 이와 마찬가지다. 삶에는 균형이 있어야 한다. 그 시기마다 놓치면 다시 하기에는 적절하지 않거나 하고 싶어도 할 수 없기 때문이다. 남녀 간의 사랑은 시대를 초월하고 세대를 뛰어넘는다지만, 젊음이 왕성한 시절의 사랑만 할까? 꽃 피고 새 우는 화려한 시절의 사랑이 아름다우리!

사람은 하나의 단점을, 아니 결점을 지니고 있다. 여러 가지 일을 동시에 하기 어렵다. 시간을 잘 나누어서 하면 되는데 그게 쉽지 않다. 어느 한 곳에 신경이 쓰이면 그것만 생각하게 된다. 또한 몇 가지 일이 겹치면 중요하거나 어려운 일이 선행되지 않으면 다른 일도 할 수 없는 게 다반사다. 정신력이 강하지 않으면 그 하나의 일에 매몰되어 허송하기 십상이다. 그렇지만 동시에 같은 시기에 함께해야 하는 것들이 있다.

누구나 청춘을 예찬한다. 청춘 하면 무엇이 떠오를까? 멋지고 상징적인 말이 많지만, 단연 사랑이 아닐는지. 새싹이 피어나듯 꿈 많은 시절의 사랑은 더 자연스러우리. 그 시절의 사랑 때문에 어른들이 우려하는 인생의 변화가 일어날까? 약간의 영향은 있겠지만, 그다지 중요하지 않다고 우기고 싶다. 청춘은 사랑도, 낭만도, 아픔도, 슬픔까지도 다 겪으며 무럭무럭 성장한다. 그러한 향기가 없으면 인생이 삭막하지 않겠는가.

가끔 학교 앞을 지나가다 학생들이 등하교하는 풍경을 볼 때면, 왜 그리 좋은지 절로 웃음이 난다. 남녀 학생이 같이 다니는 모습은 더욱 싱그럽다. 거기에 편승해 아득히 가버린 내 학창 시절도 떠오른다. 학생들에게는 세상을 다 안을 수 있는 부푼 꿈이 있고, 풀과 나뭇잎이 대지를 물들이듯 신나게 뻗어가는 정열이 있다. 잠시 학생들이 사라지는 뒷모습을 본다. 그리움이 많은 좋은 시절이라고 찬사를 보내며 세월이 가면 어떻게 하며 알 수 없는 미소를 지어본다.

우리 가곡 '봉숭아'를 들을 때면 인생의 한 단면이 떠오른다. 1절

가사를 들을 때마다 지나온 인생, 젊은 시절을 회상하며 회한에 젖는다. "울 밑에 선 봉선화야 네 모양이 처량하다/ 길고 긴 날 여름철에 아름답게 꽃필 적에/ 어여쁘신 아가씨들 너를 반겨 놀았도다"

누구나 봉선화처럼 무더운 계절에 아름답게 꽃 피우던 시절이 있었다. 우리는 꽃을 사랑하던 어여쁜 아가씨들과 함께했었다. 나는 무덤덤한 날에도 이 노래를 들으면 눈물이 나려 하던데 울적한 날에는 더욱 그랬다. 아득히 먼 그곳에는 목련이 필 때의 해맑은 기쁨과 모란이 질 때의 찬란한 슬픔이 있다.

가을이 물들면

나뭇잎 사이로
누레지는 풀잎이 보여요

바람 잠든 하늘은
푸른 바다 같아요

과수원의 사과는
탐스럽게 영그는데

가을이 물들면
그리운 사람 오시려나

세상에는 별로 중요하지 않으며 하찮아 보였는데, 지나고 나니 그것을 계속했더라면 좋았을 텐데 하는 것들이 있다. 그중 하나가 내가 처음 입사했을 때 아침에 하는 국민체조였다. 일과시간에 앞서 전 직원이 모여 체조했다. 문득 학교 군대 문화가 연상되어 갸우뚱했다. 그런데 국민체조는 기초 체력을 증진하고 근력과 유연성을 기르는 등 좋은 운동으로 하고 나면 개운했다.

어느 해 오곡이 익어가는 시월의 멋스러운 날이었다. 그날 아침 사옥 앞 넓은 마당에서 체조하며 주변을 바라보니, 나뭇잎 사이로 언뜻 보이는 뒷산의 풀잎이 누레지고 있었다. 산뜻한 봄날 산야를 초록으로 물들이던 풀잎이었는데, 어느새 계절이 가을옷으로 갈아입고 한 해를 정리하며 갈무리하려는 듯했다.

지난봄 새싹이 피어나던 날, 온 산을 다니며 산이 품은 멋을 알게 되었다. 나무들은 잎을 틔우고 매력을 발산하며 산색을 채색했다. 산나물을 뜯는데 고라니와 마주하니 바로 달아났다. 아, 내가 저 순진무구한 생명을 놀라게 했네. 미안해, 귀여운 고라니! 조심스레 산과 호흡하며 산의 미덕을 느껴봤다. 산은 언제나 소박하고 단순하며 자연에 순응한다.

우리 사업단은 충주시 노은면에 있었는데 전원 풍경을 가득 담고 있었다. 먼 산 국망봉에서 뻗어 내린 산줄기 끝자락에 야산으로 둘러싸여 자리했다. 뒤편은 산골짜기로 병풍을 두른 듯하고 앞편은 들녘이 펼쳐졌다. 가까이 농경지 따라 지방 도로가 이어지고 저 멀리 산허리를 감싸며 차량 행렬이 중부내륙고속도로를 달렸다. 이웃에는 탐스러운 사과밭과 그림 같은 전원주택이 멋을 더했다.

바람 한 점 없는 날은 오곡 여무는 소리가 들릴 듯 고요했다. 하늘을 바라보니 간밤에 비가 와서 더욱 맑고 푸르렀다. 가을 하늘은 유난히 파랗다. 바다 같은 하늘을 자유로이 유영하고 싶었다. 하늘이 높은 만큼 그리움도 깊어만 갔다.

어린 시절 가을이 오면 으레 듣는 말이 '가을은 독서의 계절, 결실의 계절'이라는 글귀였다. 독서의 계절은 어느새 진부하여 이제는 잘 쓰지 않는다. 그 시절만 해도 선생님이 가을은 춥지도 덥지도 않아 책 읽기 좋은 계절이라며 독서를 강조하고 독려했다. 그때는 책도 다양하지 않아 관심이 없었다. 결실의 계절은 당연하니 크게 다가오지 않았다.

가을이 익어가면 바로 떠오르는 사자성어가 있다. 하늘은 높고 말은 살찐다는 천고마비다. 이 또한 풍요로운 가을을 비유한다. 우리 사업단은 농촌에 있어 몇 걸음만 나가면 들녘을 볼 수 있었다. 들판의 벼는 황금빛으로 물들고 과수원의 사과는 고운 빛깔을 자아냈다. 그저 바라만 봐도 풍성하며 내 마음도 덩달아 넉넉해졌다.

가을은 결실의 계절, 그 결실은 보람으로 이어진다. 볕 좋은 가을날, 농작물을 보고 강렬하게 보람을 느끼는 것 중 하나가 사과다. 탐스럽게 영그는 사과를 바라보고 있으면 삶이 눈물겹도록 아름답다. 저 사과나무에 주렁주렁 매달려 있는 사과는 그냥 시간이 흐르고 계절이 바뀌어서 보람을 주는 게 아니다.

농부는 수확 후 사과밭을 정돈하고, 이듬해 꽃을 피워 튼실한 열매를 맺도록 거름을 주고, 봄이 올 무렵 가지치기를 하는 등 그 시기에 맞추어 정성을 다한다. 또한 병충해를 없애고 순조로운 발육과 생장을 위해 수십 번 약을 뿌린다. 태풍이 지나갈 때까지 피해를 보지 않을까 조마조마한 시간을 보낸다.

어느 해 태풍이 한반도 중남부를 덮쳐 피해가 컸다. 태풍 중심에서 멀리 떨어진 충주에도 강풍이 불었다. 그때 수확기에 접어든 사과가 떨어져 쓰라린 농심에 아파했다. 그러한 마음도 몇 년이 지나니 쉬 잊어버리고 가을빛을 발하는 사과의 아름다움에 젖어있었다. 아, 이게 아닌데 하며 내가 미워졌다. 가을 들녘은 농부들의 애씀이 함께할 때 진정 낭만이 흐른다.

사업단 뒤편에는 예쁜 전원주택이 홀로 있었다. 직원들은 짬이 날 때 전원주택 쉼터에 들르거나 옆으로 흐르는 실개천을 따라 산책했다. 전원주택에는 은퇴 부부가 사는데 그들은 소박하고 검소하며 늘 반갑게 맞아주었다. 또한 그곳에는 손님이 자주 드나들었다. 주인이 안 계서도 개의치 않고 차를 마시거나 한시름 잊은 듯 힐링하다 갔다. 화가인 여사님은 참 부지런했다. 이른 아침 산책하다 보면 뜰과 텃밭을 손질하고 있곤 했다. 뜰에는 봄부터 가을까지 꽃이 활짝 웃고 있었다.

사월이 되면 전원주택에는 꽃이 만발했다. 텃밭에는 금계국, 수레국화, 개양귀비, 튤립이 꽃을 피우며 봄날을 황홀하게 만들었다. 서늘한 구월이 되면 텃밭에는 배추, 무, 들깨가 자라고 주변에는 코스모스, 구절초가 꽃을 피워 가을을 채색했다.

나는 사업단에서 여러 해 근무하며 자연의 아름다움을 느끼며 잊을 수 없는 추억을 쌓았다. 여느 농촌의 풍경이기도 하지만 마을과 떨어져 있는 색다른 곳이었다. 특히 주변의 가을 풍경은 그 하나하나가 조화로웠다. 하늘은 높고 맑으며 새털구름이 자유롭게 떠갔다. 산에는 단풍이 물들고 풀잎도 누렇게 변했다. 들판의 벼는 황금색으로, 과수원의 사과는 검붉은색으로 가을을 발산했다. 전원주택의 쉼터는 정자같이 아담하고 정원은 나무와 꽃으로 잘 꾸며져 있었다. 마치 원림에 온 느낌이었다. 자연과 호흡하며 그 숨결에 취하곤 했다.

누구나 지난 시절을 돌아보며 회한에 젖을 때가 있다. 그 회한은 후회의 산물이다. 그때 했었더라면 하는 아쉬움이 남아있으니까. 좋은 사람과의 관계라면 더욱 그럴 것이다. 가을이 물드니 주렁주렁 열린 사과는 가을빛을 담아내느라 여념이 없구나! 탐스러운 사과, 너를 보고 있으니 그 옛날 과수원집 아이도 미소 지으며 다가오네.

들꽃 바라보며

봄이 오면 수수한 들판에
사방으로 기운이 퍼지듯
들꽃이 지천으로 피어난다

보아주는 이 없어도
들꽃은 소박한 모습으로
잡풀에 섞여 꿋꿋이 자란다

어린 시절 들길 걷다가
소담한 들꽃 한 송이 바라보며
아리따운 동그라미 그렸지

세월은 소리 없이 흘러가고
가끔 떠오르는 수줍던 얼굴
애틋한 들꽃 되어 웃는다

문득 그리움이 밀려올 때
들꽃은 따스한 빛으로 다가와
사랑의 마음을 가득 담아준다

봄이 오면 들판은 긴 겨울잠에서 깨어나 생명력을 북돋운다. 남풍이 불어오고 봄기운이 대지를 덮으면 들풀은 하나둘 고개를 내민다. 어느새 들풀은 논밭을 뒤덮고 잡풀 사이에는 들꽃이 지천으로 피어난다. 저 들판 언덕 길섶의 이름 모를 들꽃은 보아주는 이 없어도 자생력이 강하며 척박한 땅에서도 잘 자란다. 봄, 여름, 가을에 걸쳐 고유한 자태를 드러내는 들꽃은 언제봐도 애틋하다. 그렇지만 사람들은 들꽃이 흔하고 많아 간과하며 지나치곤 한다.

어린 시절 들길을 가다가 모퉁이에 홀로 소담하게 핀 들꽃 한 송이를 보았다. 그 이름은 알 수 없지만 예쁜 꽃이었다. 꽃을 유심히 보는데 한 아이가 떠올랐다. 들판의 도화지에 동그라미 하나 그리고서 하늘을 보며 웃었다. 내가 아는 들꽃은 민들레, 씀바귀, 냉이, 제비꽃, 할미꽃, 패랭이꽃, 뱀딸기, 토끼풀 정도다.

그런데 들꽃은 초등학교 여자아이들을 닮았다. 그 아이들이 예쁘고 깜찍하나 계절마다 꽃필 때 한 번쯤 바라보는 들꽃처럼 크게 관심 두지 않았다. 나는 같은 반에서 공부하면서도 여자아이들과 얘기한 기억이 없다. 친구들도 별반 마찬가지며 고무줄놀이할 때 방해하던 장면만이 선하다. 학교에 갈 때도 남녀 구분이 분명하며, 남자아이들은 다 같이 줄지어 가는데 여자아이들은 삼삼오오 모여 가는 정도다.

그 시절에는 왜 그랬는지 단언할 수 없지만 우리의 잘못된 생활 문화에서 기인한 것 같다. 남존여비(男尊女卑), 남녀칠세부동석(男女 七歲不同席) 같은 유교의 가르침이 깊숙이 뿌리박고 있었으리라. 우리나라가 해방을 맞고 건국된 지 이십여 년이 훌쩍 지나 남녀평등 사회인데 사회 풍조는 쉽사리 변하지 않는 모양이다. 심지어 남녀 아이들이 함께 있기만 해도 놀림을 받았으니까.

학교 교실의 책상은 두 사람이 앉게 되어있다. 한 책상을 같이 쓰는 아이를 짝꿍이라고 한다. 초등학교 때 내 짝꿍은 둘만 기억난다. 세월이 까마득하고 특별히 기억할 만한 일이 없어서 그런 것 같다. 1학년 때는 남녀가 짝꿍이었는데 남자가 더 많아서 나는 남자아이와 짝꿍이 되었다. 2학년부터는 같은 성별로 짝꿍이 되었다. 이는 오로지 담임 선생님의 재량이지 싶다.

남녀 아이들이 겉으로는 서로 관심 없이 지낸 것 같았는데, 어느덧 졸업하고 상급학교로 진학하게 되었다. 환경이 남녀가 함께 놀이하고 얘기하는 분위기가 아니어도, 원초적인 본능은 서로에게 관심 가지는 게 당연하다. 어린 시절이라도 이성 간에는 서로에게 끌리는 면이 있다. 누구나 한두 아이를 마음속에 간직하고 있지 않았을까? 서로가 말이 없어도 그리움은 싹트고 있었을 것이다.

나는 남자 중학교에 진학했기에 내 마음속에 그려놓았던 들꽃을 자연스레 만나지 못하고 학창 시절을 보내게 되었다. 그 들꽃의 마음이 어떤지 모른 채 세월은 흘러가고 계절이 순환하며 꽃은 피었다 지고를 반복했다. 등하굣길에 교복을 입은 여학생들을 볼 때 한 번쯤 떠오르는 얼굴, 미소 짓는 모습을 그려보았다.

학창 시절 문학을 배우며 잊을 수 없는 게 있다. 교과서에 실린 황순원의 「소나기」와 알퐁스 도데의 「별」이다. 소나기는 도시에서 시골로 내려온 소녀와 시골 소년의 순결한 사랑이, 별은 목동과 주인집 아가씨의 지고지순한 사랑이 눈물겹도록 잘 그려져 있다. 그런 사랑을 꿈꾸며 들꽃을 생각했는지도 모르겠다.

음악은 인간의 감정을 나타내는 예술이며, 그 가운데 노래는 마음을 정화해 준다. 노래는 기쁨, 슬픔, 즐거움, 우울함을 가리지 않고 감성을 일깨워 준다. 누구나 애창곡이 있듯이 내가 가장 많이 감상한 노래는 '꽃잎은 하염없이 바람에 지고'로 시작하는 김성태 곡의 '동심초'다. 가사가 서정적이고 애타는 정이 흐른다. 젊은 날에 자주 들었는데, 들을 때마다 가끔 들꽃이 떠오르곤 했다.

세월이 흐르니 젊음이 가고 어느덧 중년이 되었다. 한가한 어느 날, 누워서 지그시 눈을 감고 오랜만에 동심초 노래를 연속으로 듣게 되었다. 몇 번을 듣는데 젊은 날의 모습으로 돌아가 그 노래를 진지하게 감상하고 있지 않은가. 깜짝 놀라 눈을 떴다. 한바탕 꿈이었다. 어떻게 시공을 초월하여 과거로 돌아갈 수 있는지….

돌아보니 삶은 아쉬움이 있지만 아름다움도 있다. 들꽃도 세월 따라 바람 따라 곱고 멋있게 변모한다. 봄날 들길에서 피어나던 제비꽃 한 송이가 가을날 언덕에서 흐드러지게 핀 구절초로 화하여 바람에 나부낀다.

별하늘 그리며

구름은 나비 되어 허공을 날고
별빛은 꽃잎 되어 한없이 내리네

살며시 별 따라 동심으로 가면
예쁜 미소 고운 눈망울 만나네

이슬 맺힌 눈가에 서러움 일고
아련한 가슴에 그리움 더해가네

숨겨진 가슴앓이 구름에 실어
밤마다 별이 되어 꿈길 나서네

어린 시절 어느 겨울밤이었다. 또래 아이들은 공터에서 한바탕 놀다가 지치면 뒷산 마른 잔디 위에 누워 별빛 하늘을 봤다. 이런 저런 얘기를 나누며 떠들다가 스르르 눈을 감는다. 잠시 밤 구름이 스쳐 가듯 고요와 침묵이 흐른다. 뛰어놀 때는 추운 줄 몰랐는데 찬기가 서려와 추위를 느끼면 하나둘 말없이 집으로 돌아갔다. 눈을 뜨니 어느 날 밤은 내가 마지막이 되었다.

밤하늘을 바라보니 별들이 선명했다. 한참을 응시하니 별빛이 하염없이 내렸다. 쏟아지는 별빛에 도취하여 상상의 나래를 폈다. 별나라에는 어떠한 세상이 있을까? 사람이 살고 있지는 않을까? 혹시 사람이 죽으면 가는 세상, 천당이나 극락이 아닐까? 추운 줄도 모르고 미지의 세계를 꿈꾸며 가슴 한가득 별을 안고 집으로 갔다.

별은 늘 우리 곁에 있는데 특별한 느낌 없이 무심하게 세월을 맞을 뿐이다. 청소년 시절 별을 동경하면서도 밤하늘에 반짝이는 별자리 몇 개 정도만 알았을 뿐 더 이상 나아가지 못했다. 다만 중학교 2학년 때 담임 선생님이 장래 희망을 조사하여, 두 번째 희망으로 천문학자라고 적은 것 외에는 별다른 생각이 없었다. 고등학교 때 문과를 선택하여 별의 세계와는 점점 멀어졌다.

그러다가 세월이 흘러 새천년 맞이에 꿈과 희망이 한껏 부풀어 있었다. 새천년이 되면 새로운 세상이 열릴 것 같은 마음으로 무엇을 할 것인가를 생각하며 서점에 갔다. 여러 책을 살피고 있는데 『재미있는 별자리 여행』이라는 책이 한눈에 들어왔다. 앞표지를 읽어보니 별밤지기의 별 이야기다. 뒤표지에는 이 책이 필요한 사람이라며 여러 내용이 나열돼 있다. '밤하늘을 바라보면 가슴이 두근거리는 사람'을 보며, 그건 바로 난데 하며 미소를 지었다. 그리고 '별과 우주에 관심을 갖고 있는 사람'을 보며, 잠시 멍하니 있었다.

이 책에는 큰곰자리 등 별자리 50여 개가 수록돼 있는데 단번에 이해하기는 어렵다. 그렇지만 우주에는 많은 별자리와 무수한 별이 있기에 별들의 세계로 들어가 보고 싶은 충동이 인다. 우리가 늘 볼 수 있는 별자리는 북쪽 하늘의 별자리이고 계절에 따라 볼 수 있는 별자리가 있다. 가끔 별하늘을 볼 때 먼저 북극성을 찾고, 북극성을 중심으로 큰곰자리인 북두칠성과 그 반대편에 있는 카시오페이아자리를 본다. 이 두 별자리는 동시에 볼 수 있고, 시각에 따라 한쪽만 볼 수도 있다. 겨울철이면 내가 제일 좋아하는 오리온자리를 찾는다. 오리온자리는 아름답고 화려하다. 힘세고 잘생긴 사냥꾼 오리온의 모습을 동경하며.

어느새 지천명의 나이가 되었으나 하늘의 뜻은커녕 별자리도 까마득하게 느껴진다. 그즈음 나는 충주에서 근무하고 있었다. 우리 사업단 주변은 멀리 고속도로가 뻗어가고 간혹 작은 공장들이 있지만, 산과 들녘이 어우러진 전형적인 농촌이었다. 밤이 되면 자연히 별을 볼 수 있었다. 별하늘은 언제나 아름다우며 은은한 분위기를 연출했다.

사업단에서 그리 멀지 않은 곳에 문성자연휴양림이 있었다. 두세 번 휴양림에 갔었는데 한번은 몇몇 직원과 밤에 가게 되었다. 휴양림에서는 숲속의 아늑하고 평온한 정취를 느낄 수 있었다. 그런데 낮에 보는 휴양림과 밤에 맞는 휴양림은 분위기가 사뭇 달랐다. 마치 영화의 한 장면을 보듯 별빛이 밤하늘을 꽉 채워서 그런 것 같았다. 우리는 각자 가고 싶은 숲길을 걷다가 별빛 내리는 능선에 갔다. 쉼터에 누워 세상사 다 잊고 별하늘을 응시했다.

별이 내린다. 별은 꿈을 가득 싣고 내려오며 사랑을 듬뿍 뿌려준다. 별이 내리는 산정에는 그리움이 있다. 아, 마음은 어느새 아득히 먼 동심으로 가고 있다. 어린 시절 순진무구하고 해맑은 얼굴들이 다가온다. 별 하나에 동그라미 하나씩 짝지어서 밤하늘에 수를 놓아본다.

별을 보고 있노라면 삶이 기적이라는 생각이 든다. 지금 보고 있는 저 별은 수십억 년 전에 어느 별에서 떠나온 빛이다. 그 빛과 어떤 인연으로 태어난 한 생명이 만나고 있으니 기적이라 할 수밖에 없다. 다양한 생명이 살아가는 아름다운 행성, 지구의 신비로움이 다가온다.

우리는 하루에 한 번씩 무심코 낮과 밤을 맞이한다. 낮과 밤이 교차하지 않는다면 지구에는 생명이 제대로 살지 못한다. 영원한 밝음과 영원한 어둠만을 상상해 보라. 생명이 없는 지구는 생각만 해도 끔찍하다. 자전하는 행성 우리의 지구가 얼마나 믿음직한지.

또한 사계절은 그냥 오고 가기를 반복하는 게 아니라 모든 생명에게 건강한 삶을 주고 있다. 사계절의 아름다움이 있는 것은 지구의 자전축이 23.5도 기울어져서 태양 둘레를 돌기 때문이다. 적당하게 기울어져 끊임없이 공전하는 지구가 얼마나 멋있는가.

그리고 태양은 지구에 빛 에너지를 방사하는데 어쩔 수 없이 생태계에 심각한 타격을 줄 수 있는 태양풍을 날려 보내고 있다. 이에 지구 자기장은 태양풍으로부터 지구를 보호해 주는데, 그 과정에서 태양풍 입자가 자기장에 유입되면서 북극과 남극에서 오로라를 만든다. 태양풍을 막아주는 자기장이 화려하고 찬연한 오로라까지 보여주니 이 얼마나 사랑스러운가.

밤하늘에는 수많은 별이 장구한 세월 동안 빛을 발하고 있다. 땅에는 다양한 생명이 오묘한 섭리에 따라 살아가고 있다. 우주의 꽃, 별들을 바라보면 초라해 보일지라도 우리는 얼마나 고귀한가. 그리고 그대는 누군가에게 소중한 사랑이 아닌가. 별하늘을 보면 억만년의 신비가 다가온다. 그 빛과 마주하면 아득한 그리움에 물든다. 동심의 세상을 둘러보면 다시 소년이 된다. 이 밤도 눈물겹도록 향긋한 별이 내린다.

어둠이 내리는 칠갑산

벼가 누렇게 익고
단풍이 붉게 물든
칠갑산 자락에 어둠이 내리네

황금물결 불놀이 준비하고
울긋불긋 불 지피니
옛사랑 활활 타오르네

그대는
황금빛 발하는 벼인가
가슴을 불태우는 단풍일까

아, 그리움에 쌓여
벼와 단풍 이불 삼아
밤 깊도록 칠갑산을 넘고 있네

가을이 무르익은 10월 중순이다. 청명한 하늘이 가을빛을 더한다. 꽃이 피고 새싹이 돋아나던 화사한 봄날도, 녹음이 산천을 덮고 무더위가 기승을 부리던 여름날도 어느새 계절의 뒤안길이 되었다. 노란 은행잎 길 따라 황금빛 들녘이 가을을 채색해 놓았다.

나는 고충 민원을 조사하러 충남 아산에 갔다. 오전에는 진출입로 개설 요구 민원이었고, 오후에는 도로에 편입되었으나 그동안 사용되지 않은 토지 환매 요구 민원이었다. 조사해 보니 이 두 민원의 처리 방향이 설정되어 신청인과 의견을 나누며 이해 설득으로 마무리했다.

하루에 같은 시군 지역에서 2건의 민원을 조사하는 것은 드문 일인데, 무엇보다 시간을 아낄 수 있어 여유롭다. 볕 좋은 가을 날씨처럼 상쾌한 기분으로 다음날 민원 조사 예정인 충남 청양으로 향했다.

민원 조사를 자주 가다 보니 일과를 생각하지 않을 수 없었다. 주로 시간 관리인데, 민원 현장에 도착하기까지 어떤 때는 빡빡하고, 어떨 때는 따분할 정도로 여유가 있었다. 차창으로 스치는 가을 풍광을 맞으며 느긋하게 가는데 칠갑산이 떠올랐다. 칠갑산 자락의 장곡사 초입에서 숙박하고, 다음날 새벽 산행해야겠다는 생각이 앞섰다.

어느새 차는 공주에서 청양으로 가는 도로로 접어들었다. 들녘을 벗어나니 도로가 온통 산으로 둘러싸여 있었다. 단풍이 물들어가는 산은 가을의 낭만을 한껏 즐기라고 하는 것 같았다. 때마침 휴게소가 손짓했다. 칠갑산휴게소에서 한 손에 커피잔을 들고 서서히 불타는 단풍을 감상했다. 갑자기 오래전 일이 떠올랐다. 추계체육의 날 행사를 위해 칠갑산 주변을 답사하던 그날의 기억이 생생하게 다가왔다.

드디어 칠갑산 자락 장곡사 초입에 다다랐다. 그런데 숙박시설이 보이지 않았다. 아, 하며 내 착각의 탄식이 절로 나왔다. 그때나 지금이나 장곡사 가는 길 주변에는 변한 게 별로 없는데. 해는 저물고 저녁노을은 하늘로 퍼지고 단풍은 타오르고 있었다. 장곡사 입새에 주차하고 조금 내려가 간판을 보니 장곡사 산장이 '꽃피는 산골 마을'로 상호가 바뀌어 있었다. 음식점으로 올라가니 저만치에 고운 한복으로 치장한 여인이 낙엽을 밟으며 산책하고 있었다. 저렇게 아름다울 수가, 그저 바라보고만 있었다.

잠시 후 여인이 다가와 인사하며 이제 문 닫을 시간이라 했다. 자세히 보니 5년 전에 왔을 때 뵌 장곡사 산장 주인이었다. 나는 반가움을 표하며 전에도 멋있었는데 오늘 보니 세월을 역행한다고 하니, 여인은 깜짝 놀라며 "누구세요?" 했다. 그때의 일을 말씀드리니 "맞아요, 그런 일이 있었지요." 하며 웃었다. 상호가 바뀌어서 주인이 바뀐 줄 알았다고 하니, 손님들이 산장으로 되어있어 오해하는 바람에 바꾸게 되었다고 했다.

날은 저물고 여인의 우아한 잔영을 담은 채 장곡사를 되돌아 나와야만 했다. 칠갑산 자락에 아쉬움이 남아 장곡리로 들어가던 길인 청양 읍내로 가지 않고 작천리, 지천리로 우회했다. 누렇게 익은 벼가 사방을 꽉 채웠다. 벼는 황혼이 밀려오는 칠갑산 자락 들판에서 황금빛을 발하는 게 부끄러운지 고개마저 숙이고 있었다. 아, 황금빛이 이런 것이구나! 평생을 살아도 황금빛의 진수를 모를 뻔했다.

숙소에 들어가 하루를 돌아보는데 칠갑산 정취가 참 아름답게 다가왔다. 어둠이 내리고, 노을은 하늘로 퍼지며, 산은 단풍으로 타오르고, 들판은 황금빛을 발하는데. 두고 온 여인처럼 가을 숲을 거닐던 그 여인의 고운 모습이 아른거리며 무언가를 떠오르게 했다.

캠퍼스 시절 동급생들은 교생실습을 가고, 나는 수업이 없어 약간의 여유로운 시간을 보내고 있었다. 그러던 어느 날, 도서관에 가려고 계단을 오르려는데 도서관 쪽에서 한 여학생이 내려오고 있었다. 그녀는 후배로 내 마음속에 저장해 두었던 예쁜 매력덩어리였다. 우리는 눈인사하며 나는 그 자리에 서 있었다. 그녀가 계단을 내려오자 나도 모르게 그녀의 볼을 살짝 잡았다. 그러자 그녀는 해맑게 미소 지었다. 우리는 한참을 바라보고 있었다. 그때 뒤편에서 다가오는 발소리가 들려 자연스레 서로 가던 방향으로 갔다.

그 장면이 내겐 캠퍼스 시절 가장 아름다운 낭만이었다. 삶은 우여곡절이 많고 뜻대로 되지 않는 게 또한 인생이다. 세월이 많이 흘렀으나 그 시절을 회상하며 미소 지어본다. 그런데 그리움이 더해 가는 건 왜일까? 못다 한 사랑과 미안함이 있어서일까.

꺼진 줄로만 알았던 그 추억이 단풍으로 타오르고, 온 들판에 펼쳐진 황금물결과 하나 되어 장관을 이룬다. 오래전 내 가슴 한편에 숨어버린 그리움이여! 그대는 황금빛 발하며 수줍음에 고개 숙이는 벼인가, 가을을 물들이며 가슴을 불태우는 단풍인가? 그리움이 쌓여 밤 깊도록 칠갑산을 넘고 있네.

술과 친구

친구와 둘이 술잔을 기울이면
맛난 음식보다 담소가 안주 되네

매월 만나는 데도 할 말이 많은지
소소한 사연 끝없이 이어지네

주고받는 얘기 속에 술이 익어가고
건네는 술잔에 정이 넘쳐나네

친구 모습에 인생이 묻어나고
세월 덧없어도 남은 건 죽마고우네

우리 사업단이 충주에서 천안으로 가게 되어 천안 사는 친구와 만나게 되었다. 사업단이 자리 잡고 며칠 후 친구에게 전화하니, 그간 서로의 안부를 물으며 누가 먼저랄 것도 없이 내달에 만나기로 했다. 친구와 나는 시골 초등학교를 함께 다녔지만, 그 후 같은 학교에 다니지 않아 만남은커녕 잊은 채로 각자의 길을 갔을 뿐이다. 또한 같은 반이 아니라서 이름만 알고 얘기를 나눈 기억이 없다. 칠팔 년 전, 내가 동창회 모임에 나가게 되어 다시 보게 되었으나 연락이 뜸한 편이었다.

오래도록 사귀어 온 이를 친구라고 하는데, 그 범주가 넓고 모호하여 정의하기가 좀 그렇다. 사람들은 보편적으로 같은 학교에 다녔던 동창이나 어린 시절 어울려 놀던 아이들을 친구라고 한다. 흔히 서로가 말 놓고 지내는 사이라면 친구가 된다. 우리는 오랫동안 만남이 없었으나 같은 면 지역이고 동창이니 당연히 친구다.

드디어 첫 만남이 이루어지던 날, 우리는 서로를 무척 반가워하며 환한 기운에 휩싸였다. 2시간 가까이 얘기하며 매월 만나기로 했다. 그 뒤부터 만나고 나면 내달이 기다려지고, 그날을 위해 사는 것 같았다. 만날 때마다 소소한 사연 끝없이 이어지고, 느긋하게 술 마시며 에너지를 소진한 뒤에야 헤어졌다. 친구는 오랫동안 천안에 거주하여 맛집을 많이 알아 매번 새로운 음식점을 소개해

줬다. 내가 매월 최우선 순위에 두는 것은 친구와 만남이었다. 회사 동료들이 내게 회식 얘기를 할 때 선약이 있다고 하면, 그 친구와의 약속일 거라고 단정 지을 정도였으니.

우리나라의 대표적인 친구 사이를 꼽으라면, 조선 중기 재상을 지낸 이항복과 이덕형이 아닐까? 두 사람의 얽힌 에피소드가 민담이나 전래동화 등으로 많이 다뤄지면서 흔히 소꿉친구라고 알려졌지만, 그들의 처음 만남은 과거 시험을 봤을 때였다. 그때 이항복은 23세, 이덕형은 18세였다. 이덕형이 『한음문고』에서 이항복에게 보낸 편지가 무려 77통이라고 하니, 서로가 얼마나 막역한 사이인지 짐작이 간다.

옛사람들의 만남은 풍류나 멋이 있다. 함박눈이 쌓이는 밤, 백사 이항복과 서애 류성룡은 술상을 마주하며, 무엇이 가장 듣기 좋은 소리인가를 놓고 담소를 나누게 되었다. 이항복이 "혹자는 가을밤의 가야금 뜯는 소리라 하고 혹자는 손자의 낭랑한 시 읽는 소리라고 하옵는데, 대감께서는 어떤 소리를 제일 치시는지요."라며 류성룡에게 넌지시 물었다. 류성룡은 주저 없이 '술 거르는 소리'라고 했다. 그러자 이항복이 "그것참 듣기 좋은 소리입죠. 그런데 이런 소리도 있사온데, 듣기에 어떠실는지요."라며 말을 이어간다. "뭐니 뭐니 해도 고요한 밤, 특히 오늘같이 소리가 날 듯 주먹만 한 눈만 쌓이는 밤엔 아리따운 여인이 사르락사르락 치마 벗는 소리는 어떠실는지요."라고 하였다. 이에 천하의 서애도 무릎을 치며 탄복하면서 여덟 살 손아래인 백사에게 술잔을 거푸 건네주었다는 것이 아닌가.

친구와 나는 이런 옛사람들의 풍류나 운치 있는 담소를 주고받을 멋이나 재능은 없지만, 왠지 모르게 만나면 즐거움을 누리곤 한다. 우리는 일상생활의 소박한 것에서 인간적이고 사회적인 것까지 하고 싶은 말을 다 한다. 왜 이리 죽이 잘 맞는지 모르겠다. 나는 2년 남짓 천안에서 근무하다가 인사이동으로 떠나게 되었지만, 친구와의 만남은 잊을 수 없는 생각만 해도 그저 웃음을 짓게 되는 그리움이다.

많은 사람을 만나면서 저 사람이 내 친구였으면 하는 바람이 있었다. 친구는 또 다른 나라고 하지만, 내게는 그런 친구가 없다. 같은 분야의 일을 하고 가까이 있어 자주 만나고 추구하는 목표가 같다면 더할 나위 없겠다. 우리나라 철학 삼총사로 알려진 김형석·김태길·안병욱 교수는 이런 조건에 잘 어울린다. 그들은 같은 해에 태어나고, 같은 분야의 학문을 전공했으며, 우열을 가릴 수 없을 정도로 같은 영역에서 오십여 년을 활동했다.

나는 이 세 분을 잘 알지 못한다. 김태길 교수는 수필가 정도로만 알았다. 안병욱 교수는 학창 시절에 『안병욱 에세이』 전집을 읽은 적이 있어 좀 더 친근하게 다가온다. 그리고 신입직원 교육을 받을 때 강연을 들었다. 지금도 생각나는 것은 "둔필이 총명한 머리보다 낫다."라며 기록하는 습관을 강조하시더라. 앞 두 분은 돌아가셨지만, 백세시대를 살아가는 김형석 교수는 아직도 전국을 다니며 강연과 집필에 전념하고 있으니 존경스러움을 넘어 경이롭다. 세 원로 철학자가 남겨준 글을 모아 출판한 『인생의 열매들』을 읽어보면, 그들의 삶을 더 가까이 알 수 있다. 그리고 사랑, 행복, 신앙,

감사 등의 주제에 대하여 같으면서 다른 시각이나 느낌을 비교하며 읽는 재미도 쏠쏠하다.

어느 날 책 소개 동영상을 보고 『우리는 아름답게 어긋나지』라는 책을 도서 목록에 기록해 놓았다. 도서관에 책을 빌리러 갔다가 이 책이 생각나서 찾게 되었다. 책을 살펴보니 번역가이기도 한 두 여성 작가가 공동으로 출간한 책으로 표지도 색다르고 사람의 향기가 물씬 풍긴다.

이 책은 번역 이야기를 편지로 주고받은 것인데 번역가로서 애환과 에피소드, 기쁨과 보람, 어려움과 난처함, 단어 선택과 말투, 빡빡한 일상, 편집자와 번역가의 관계 등 전혀 상상하지 못한 이야기가 전개된다. 몇 편을 읽어보니 단번에 둘도 없는 친구라는 감이 온다. 그들이 친구가 아니라면 이 책은 세상에 나올 수 없겠구나!

특히 감명받은 것은 두 사람이 편지를 주고받았는데 한 사람이 썼다고 해도 무방하리만치 닮았다. 여성 작가의 감성이 돋보이는, 섬세하고 아기자기한 사연으로, 잘 정돈된 세간살이나 예쁘게 가꾼 정원을 보는 것 같다. 그리고 일상에서 쓰는 언어가 논리적이고 고급스러우며, 표현이나 비유가 기발하고 톡톡 튄다.

나는 두 작가를 떠올리며 깊은 생각에 잠겨 본다. 진정한 친구란 무엇이며, 우리는 어떠한 친구를 바라는가?

백합이 지던 날

그대 떠난 날
서러움이 가슴을 적시고
봄을 노래하던 마음 별이 되어

개여울 건너며
살며시 돌아보던 앳된 모습
시공을 날아오고

무심했던 지난 시절
원망하고 후회해도
그 응어리 녹일 수 없지만

그리움의 나래
처연히 허공을 맴돌며
서로가 오랜 침묵했어도

속절없는 가슴앓이
지울 수 없는 삶이니
한 송이 백합으로 간직하리

봄이 멀지 않은 어느 겨울날, 간밤에 먼 곳으로 떠난 한 죽음을 접하게 되었다. 아, 이를 어찌해야 하나! 순간 가슴이 아리며 슬픔에 싸였다. 병원에 입원했다고 했지만, 그렇게 빨리 생사가 갈릴 줄은 몰랐다. 하루 종일 서러움에 일손이 잡히지 않았다. 고인은 왕성하게 활동해야 할 중년의 여인이었다. 이제 그대는 먼 하늘 별이 되어 돌아올 수 없겠지.

그날 저녁 산다는 게 무엇인지 생각하며 사무실에 홀로 있었다. 마음 달랠 길 없어 음악을 들었다. 유일하게 떠오르는 노래가 하나 있었다. 그 노래를 듣고 다시 듣기를 반복했다. 그렇지만 마음은 쉽게 가라앉지 않으며 세상이 더욱 애처로웠다.

그녀와의 인연은 유년 시절의 희미한 기억뿐이다. 학교를 오가며 본 게 전부다. 단순한 얘기라도 나눈 것 같지 않고, 그녀의 모습이 새하얀 백합 같다는 느낌 정도다. 고교 시절 우연히 아버지와의 이야기에서 그녀의 아버지가 나를 언급하더라는 걸 언뜻 들었다. 그때 그녀가 떠올랐을 뿐 세월은 무심히 흘러갔다.

모든 것에는 때가 있듯이 죽음에도 그런 면이 다분하다. 그녀의 죽음을 몇 년 뒤에 전해 듣는다면 안타까움은 있겠지만, 그저 담담했을 것이다. 생과 사의 갈림길은 슬프지만, 죽음을 전해 듣는 사람은 그것을 바로 아는 것과 세월이 흐른 뒤에 아는 것에는 많은 차이가 있다.

나는 성장하면서 마을 어르신들의 죽음을 전해 듣곤 했다. 어렸을 때는 죽음이 두렵거나 무섭다기보다는 나이가 들어 노인이 되니 어쩔 수 없는 일이라고 생각했다. 마을에 초상이 났어도 나와 상관없는 일로 누구네 할아버지, 할머니가 돌아가신 것이구나 하는 정도였다.

조부모님이 돌아가셨을 때는 달랐다. 슬픔에 눈물이 나고 함께했던 시간이 오롯이 떠올라 애달픈 마음 금할 길 없었다. 하지만 장례를 치르고 난 뒤 일상으로 쉬 돌아왔다. 그런데 부모님이 돌아가셨을 때는 이루 말할 수 없이 슬펐다. 장례 기간 내내 눈물이 났다. 그 어렵고 힘들게 산 세월이 하나하나 떠오르며 죄인이 된 심정이었다. 장례를 치른 후 몇 개월간 그러한 마음은 지속되었다.

죽음에도 슬픔의 차이가 있다. 한 핏줄을 가진 사람을 혈육지친이라 하는데 이는 가족의 기본 요소다. 핏줄이 가까울수록, 촌수가 가까울수록 더 슬픈 것은 인지상정이다. 할아버지보다 아버지가 돌아가셨을 때가 더 슬픈 것은 한 세대를 건넌 것도 있지만 책임감 같은 것이 아닐까? 일반적으로 할아버지가 아버지를 키우고 그 아버지는 아들을 키우며, 역으로 아버지가 할아버지를 봉양하고 손자가 그 아버지를 봉양하는 삶이 순리이기에 그런 것 같다. 혈육 관계가 아닌 경우에는 친함이나 존경함에 따라 슬픔의 정도가 다를 수 있다.

삶이 숭고하듯 죽음도 숭고하다. 죽음은 산 자와 죽은 자의 관계를, 비가 대지를 적셔주듯 깨끗이 씻겨줄 때가 있다. 살다 보면 인간관계가 좋을 때도 있고 그렇지 못할 때도 있다. 심지어 서로 간에 악연이라고 하는 사람들도 있다. 나는 직장 생활을 하면서 불이익을 받고 감정이 안 좋은 적이 있었다.

그럭저럭 세월이 흐르고 그네들이 퇴사할 때 마음은 잘 가라고 했지만, 약간의 앙금이 남아있었다. 공교롭게도 그들의 죽음을 접했을 때 야속했던 마음이 봄눈 녹듯 사라졌다. 이상하게도 다툼의 기억은 온데간데없고 허무함이 밀려왔다. 이 또한 죽음의 미학인가!

죽음은 피할 수 없는 것이다. 누구나 태어나면 언젠가 죽음을 맞지만, 나이로 보아 수긍이 가는 죽음이어야 주변 사람들을 덜 아프게 한다. 의학의 발달로 백세시대를 살아가는 세상이라고 하지만, 모든 이가 그렇게 살 수 있는 게 아니다. 평균수명을 누리지 못하고 세상을 떠난 이들을 많이 봐왔다. 죽음을 접할 때마다 고인의 인생이 안타까워 늘 마음이 짠했다. 점점 세월이 흘러가니 죽음이 운명이라는 생각이 들기도 한다.

언젠가 동창들과 만나 우연히 고향 사람들의 근황을 나누는데, 여자 동창이 마을 오빠의 교통사고 부음을 접하고 몇 날을 슬퍼하며 아파했다고 한다. 순간 내가 느꼈던 감정과 똑같구나. 사람이 고귀하고 아름다운 것은 죽음을 성스럽게 바라보는 마음이 아닐까? 죽음에는 알 수 없는 그 무엇이 있는 것 같다.

어쩔 수 없이 떠나간 사람이여, 그리움도 이루지 못한 꿈도 많았을 텐데… 싱그럽고 푸르른 계절이 오면 한 송이 백합으로 피어나라. 아련한 추억은 안개처럼 밀려왔다 구름처럼 흩어진다.

코스모스 잔향

홀로
쉼터에 앉아
별것 아닌
생각이 떠오르는데

상사가 와서
야,
고민이 있니?
없는데요

그럼
가을을 타니?
아침 산길의
코스모스가 아름다워서요

이른 아침에 일어나 창을 여니 가을바람이 신선하다. 가벼운 옷차림으로 별생각 없이 밖으로 나갔는데 발길이 가까운 야산으로 향한다. 산길 옆 산밭에는 들깨, 호박, 배추가 가득하다. 밭둑에는 화사하게 코스모스가 피어있다. 반가운 꽃과 입맞춤하고 싶다. 눈으로 코스모스를 담아왔는데 손에는 잔향이 남아있다.

업무를 하다 보면 쉬고 싶을 때가 있다. 아니, 바람을 쐬며 기분 전환 정도 말이다. 일이 꽉 막혀 답답하거나 중요한 업무를 끝냈을 때, 나는 사내 녹지대 쉼터에 가곤 했다. 쉼터에 가면 왠지 활력이 솟아났다. 어떤 때는 먼저 와 있는 동료들과 한담을 나누기도 했다.

무덤덤한 가을날 사내 쉼터에 갔다. 그냥 벤치에 앉아 무심히 가을을 감상하고 있었다. 그런데 누가 이쪽으로 천천히 걸어왔다. 바라보니 부장님이었다. 자리를 뜨려다 그냥 있었다. 가까워지자 일어나서 눈인사로 마주했다. 부장님이 웃으며 '날씨 참 좋네' 하시더니 '고민이 있는지' 물었다. 없다고 하니, 부장님은 '요 며칠 조용하길래' 했다.

가을에는 산들바람이 불며 다양한 꽃들이 피어난다. 그중에 나는 들녘길을 화사하게 물들이는 코스모스를 좋아한다. 어린 시절 학교를 오가며 다양한 색깔의 코스모스가 바람에 한들거리는 모습이 그렇게 아름다울 수가 없었다. 가을 운동회가 다가오면 학교 주변에는 코스모스가 피어나 절정을 이뤘다. 운동회 연습하다 쉬는 시간에 학교 옆 냇둑으로 가면, 들길 따라 쭉 늘어선 코스모스가 운동회 연습하듯 춤을 췄다. 운동회날 곱게 차려입은 엄마들과 그동안 갈고닦은 실력을 정성스레 보여주는 아이들의 모습이 핑크, 자주, 흰색으로 어우러진 코스모스꽃 같았다. 추억 속에 남아있는 코스모스 필 때의 운동회가 그리워진다.

어느 해 추석 고향 가던 날, 볕 좋은 한적한 시골길 공터에 코스모스가 군락을 지어 활짝 피어있었다. 아내와 차에서 내렸는데, 아내는 "와, 코스모스다!"라며 감탄했다. 나는 하늘거리는 꽃잎을 보며 물끄러미 미소를 지었다.

고향 가는 길은 여러 갈래가 있다. 이번 추석에는 중앙고속도로 영주시 풍기 나들목으로 나와 고갯마루를 넘고 들녘을 가르며 가고 있었다. 이 길은 풍기에 살던 시절 자주 다니던 곳인데, 가을이 무르익는 한적한 시골길이라 무척 좋다. 우리나라는 어디를 가나 코스모스를 조성해 놓은 군락지를 볼 수 있다. 다 아름답지만 그래도 추억이 있는 여기에 핀 코스모스가 더 자연스럽다. 흐드러지게 핀 코스모스와 헤어지려니 아쉽다. 언제 다시 이런 풍경을 볼 수 있을는지. 산들바람에 몸을 맡기고 가을을 노래하는 네 모습, 어느 꽃보다 낭만이 있네.

코스모스 피는 가을이 오면, 아침 산길 밭둑에 피어있던 코스모스가 떠오른다. 그 모습이 예뻐 가득히 담아왔었는데 아직도 내 안에 잔향이 있는 듯하다. 그 후 사내 쉼터에서 부장님과 짧게 나누었던 대화가 커다란 울림으로 다가온다. 내게 관심 가져주었던 부장님이 무척 고맙다. 세월이 흘러 은퇴하고 보니 또 다른 좋은 분들이 떠오른다.

직장 초년 시절, 직원들과 회식하고 2차로 호프집에 가게 되었다. 점차 분위기가 익어가고 하나둘 담배를 피웠다. 나는 담배를 끊었으나 지난날을 떠올리며 담배 한 개비를 얻어 좀 떨어진 자리에서 피워보았다. 그때 부원장님이 다가와서 무슨 일 있느냐고 물었다. 나는 멋쩍어하며 아무 일 없다고 했다. 부원장님은 담배 안 피우던 사람이 피워서라며 웃었다.

가을을 대표하는 꽃이 코스모스라 해도 지나치지 않지만, 코스모스꽃을 마음에 담지 못했던 때가 있었다. 어린 시절 여름방학 때 외가에 갔다가 돌아오며 논둑에 핀 코스모스를 보았다. 일찍 핀 꽃이 예쁘기는 하여도 개학이 얼마 남지 않았다는 생각에 못다 한 방학 숙제가 가슴을 조였다. 그 순간 코스모스꽃은 마음속 어디에도 없었다. 또 한번은 군에서 맞이한 첫 가을 어느 아침, 점호가 끝나고 막사 주변을 청소하는데 이슬 젖은 코스모스꽃이 빙그레 웃고 있었다. 꽃에 화답하지 못하고 무심하게 지나쳤다.

이렇듯 삶은 마음이 무언가로 차 있거나 관심이 비어 있으면 세상을 바로 보지 못한다. 아름다운 걸 보고 아름다움으로 느끼거나 받아들이지 못하면 이 얼마나 슬프랴! 직장, 사회생활을 하면서 내게 관심 가져준 그리운 분들에게 미안하고 한편으로 감사하며, 이제 가을을 노래하는 코스모스와 영원한 친구가 되고 싶다.

참꽃이 필 때면

산골 마을 어여쁜 소녀가
봄이 오면 고운 참꽃을 꺾어와
교실 꽃병에 꽂아 놓습니다

학교를 떠나려니
꿈같은 시절이 아쉬워지며
꽃과 소녀의 영상이 아른거립니다

소녀 가는 길에
꽃 피고 새 우는 봄날을 바라며
기약 없이 살았지요

마음이 잠들면 무심해지듯
정처 없는 세월은 아득히 달아나고
또다시 봄이 왔습니다

그때의 아련한 그리움이
먼 산 진달래로 피어나니
초연히 미소 지으렵니다

하루를 여는 새벽은 축복이다. 새벽은 밝음을 주고 활력을 주며 희망을 준다. 출근하기 전 두세 시간은 황금이다. 나는 이 시간에 주로 독서하거나 산책했다. 아침 산책은 정신을 맑게 하고 흐트러진 마음을 깨끗이 씻어 준다. 산책도 그날 시간적 여유에 따라 다르다. 뒤편 초등학교 운동장, 도심의 외곽, 들판의 과수원길, 좀 떨어진 야산 등 갈 곳이 여럿 있다.

봄이 오는 삼월 어느 날, 여유롭게 산책하러 집을 나섰는데 발길이 '노태산'으로 향하고 있다. 이 산은 천안시 도심 외곽에 있으며 그리 높지 않은데, 산세가 공자가 태어난 중국 노나라의 태산과 유사하여 그렇게 부른다고 한다. 이른 아침이라 날씨가 꽤 쌀쌀하다. 산을 오르면서 주변을 살펴보니 회양목, 산수유, 홍매화가 피어 봄 소식을 알린다. 저편에 분홍 색깔이 아른거려 가까이 다가가니 산기슭에 진달래가 소담하게 피어있다. 반가워서 한참을 바라보았다. 어린 시절 내 고향에서는 진달래를 참꽃이라 불렀다.

집으로 오면서 참꽃 진달래, 진달래 참꽃 하며 잠시 어린 시절로 가본다. 그 당시 유일하게 봄을 알리는 꽃이 참꽃이었다. 보통 시골에는 산수유, 매화, 벚나무가 있는데 우리 마을의 산과 들에는 그런 나무가 없었다. 그 흔한 개나리도 보지 못했다.

그 시절에는 한 해 농사가 끝나면 농한기가 시작되는데, 농촌은 언제나 한가할 틈이 없었다. 새끼를 꼬고 이엉을 엮으며 돗자리를 짜는 등 소소한 일이 많았다. 무엇보다 땔감을 하느라 쉴 새가 없었다. 장정들은 멀리 두메까지 가서 삭정이를 지고 왔었다. 봄이 시작되는 삼월에도 나무하러 다니는 걸 볼 수 있었다. 이웃집 아저씨가 나뭇짐 지게에 참꽃 한 송이를 꽂고 오는 모습을 보고 참꽃이 피었다는 걸 알았다. 그때부터 아이들은 산으로 참꽃을 보러 갔다. 꽃구경한다기보다 참꽃을 따 먹으러 간 것이다. 그 시절 유일하게 먹을 수 있는 꽃은 삼월에 피는 참꽃, 오월에 피는 아카시아꽃, 그리고 유월에 피는 감꽃이었다.

이른 아침 진달래꽃을 보아서인지 '봄이 오면 산에 들에 진달래 피네'로 시작하는 동요를 그리며 하루를 즐겁게 보냈다. 왠지 유쾌한 기분이 집에 돌아와서도 가시지 않는다. 책상에 앉아 뭔가를 생각하는데 갑자기 칠팔 년 전 애틋한 영상이 떠오른다.

어쩌다 나는 시골 초등학교를 졸업하지 못했다. 그렇지만 졸업한 학교보다 먼저 다니던 학교에 더 애정이 갔다. 그럭저럭 세월이 흐르고 뒤늦게 시골 초등학교 동기회에 참석하게 되었다. 처음으로 수도권 지역 모임 날 저녁이었다. 시간에 맞게 가니 여러 명이 와서 떠들썩했다. 인사를 나누는데, 아는 친구도 있고 처음 보는 친구도 있다. 시간이 지나니 또 하나둘 등장한다.

이윽고 어엿한 여인이 들어오는데 내 옆에 있던 친구가 일어서며 "순아!" 하며 부른다. 그 소리가 어쩌나 애틋한지 여운이 남도록 가슴을 찡하게 했다. 얼마나 반가우면 저런 목소리가 나올까? 나는 속으로 '그동안 많이 보고 싶었구나' 했다. 친구가 애틋하게 부르던

'순'이는 봄이 오는 삼월 어느 날, 산골 마을에서 고운 참꽃을 꺾어 와 교실 꽃병에 꽂아 놓았던, 착하고 예쁜 바로 그 '순'이었다.

참 신기하고 이상하다. 하나에 몰입하면 까맣게 잊었던 것들이 떠오르니 말이다. 오늘 밤 칠팔 년 전의 소중한 추억 하나를 찾았다. 내 친구 남자아이와 여자아이는 같은 마을에 살았는데 장성하여 각자의 삶을 살다 보니 만나기가 쉽지 않았나 보다. 그들의 마음이 어떤지는 모르겠으나 상상력을 동원하여 '참꽃이 필 때면'이라는 지고지순한 아름다움을 그려보게 되었다. 그리고 참꽃 따 먹는 영화의 한 장면이 떠올랐다.

영화 「남부군」은 6.25 전쟁 때 빨치산으로 활동하는 남부군과 이들을 토벌하는 국군과의 싸움을 다루고 있다. 이 영화는 한국 현대사의 아픈 부분을 처절하게 묘사해 주는데, 나는 그중 한 장면을 생생하게 기억한다. 토벌대의 추격으로 지리산으로 이동한 빨치산 소대장은 대원들과 흩어지고 굶주림에 지친 몸으로 봄이 오는 능선에 피어나는 진달래꽃을 따서 쓸쓸히 입에 넣는다. 그 진달래는 한이 쌓인 가련한 꽃으로 보였다.

이제 나는 진달래꽃의 좋은 기억만을 간직하고 싶다. 아주 오래전, 내 고향 마을에서는 봄이 오고 꽃이 피면 동네 아낙들은 뒷산으로 화전놀이를 갔다. 화사한 봄날 오후, 아주머니들은 새 옷으로 단장하고 장만한 음식을 갖고 산을 올랐다. 아이들도 덩달아 신이 나서 따라갔다. 산에는 여기저기 진달래가 다소곳이 피어있다. 진달래는 화전놀이가 떠오르는 어머니의 꽃이다.

무엇보다 진달래는 그리움을 불러오고 사랑을 전하는 초등학교

친구들의 추억이 담긴 꽃이다. 꿈처럼 지나간 그 시절, 교탁 위 꽃
병에서 교실을 화사하게 하고 아이들의 시선을 모아 미소 짓던 참
꽃이여!

가을날의 우수

높푸른 하늘에는 바람이 서늘하고
나뭇잎은 춤추며 사뿐히 내려오네

옛사랑의 그림자 어슴푸레 드리워져
마음은 끝 모르게 창공을 날아가네

도시의 잡음은 무작정 흩어지고
저 멀리 기러기 떼 사랑을 앗아가네

고독의 쓰라림은 상처만 덧나게 하고
공존의 그리움은 깊어만 가는데

가을이 저물어 가는 날, 쉼터 벤치에 누워 하늘을 응시한다. 하늘은 푸르고 바람이 서늘하다. 가을볕이 내리는 창공을 보니 문득 이런 생각이 든다. 볕 좋은 가을날 들판에는 곡식이 잘 영글어 간다. 볕이 좋아 곡식이 잘 영글까, 곡식이 잘 영그니 볕이 좋은 걸까? 누가 묻는다면 볕은 이렇게 답할 것이다.

"태양에서 발하는 빛은 늘 똑같이 우주 공간으로 뻗어가고 있을 뿐이라고. 또한 하늘이 맑고 흐리며 바람 불고 비 내리는 것은 모두 다 경이로운 지구에서 일어나는 일이라고. 그리고 그러한 과정에서 일어나는 감정은 고귀한 인간에게 물어보라고."

쉼터 주변에는 크고 작은 나무들이 잘 조성되어 있다. 산들바람에 나뭇잎이 떨어진다. 나뭇잎은 파문을 일으키며 나무 사이를 이리저리 멋있게 춤추며 내려온다. 쉼터 여기저기에 낙엽이 쌓여간다. 봄날 초록으로 갈아입고, 여름날 녹음으로 짙어지며, 가을날 단풍으로 물들었던 나뭇잎은 어느새 떨어지며 낙엽이 된다. 나뭇잎은 삼라만상의 이치를 알려주고 세월의 무상함을 일깨워 준다.

문득 단풍과 낙엽의 차이는 무엇인지 생각에 젖는데, 곧바로 단풍잎 하나가 떨어지며 사뿐히 벤치에 앉는다. 아하, 그렇구나! 단풍은 변하는 과정이고 낙엽은 지는 결과다. 좀 전에는 아름다운 단풍이었는데, 떨어지자마자 낙엽이 되었네. 낙엽이 된 나뭇잎은 곱기는 하나 어딘가 모르게 쓸쓸하고 처량해 보인다. 나뭇잎에 삶이 있다면 그것은 나뭇가지에 정을 맺고 있을 때다. 낙엽은 연초록의 새싹을 틔우던 봄날을 기억하려나, 지나온 긴 여름을 아쉬워할까? 오색으로 물든 단풍이 겨울이 오기 전에 한꺼번에 우수수 떨어지니 외로움은 덜할 것 같다. 나뭇잎은 무성하거나 단풍 들거나 낙엽으로 지더라도 겨울이 지나고 또 봄이 오면 그 가지를 다시 찾겠지.

누구에게나 가을이 오면 찾아오는 손님이 있다. 들판에 오곡이 익어가고 서늘한 바람에 들꽃이 하늘거리면 어디론가 떠나고 싶다. 그것은 해마다 같은 현상이기에 치유할 수 없는 그리움의 병이다. 무더위를 보내고 볕 좋은 계절을 맞으니 마음 한곳이 들뜨게 마련이다. 가을의 절정을 끌어왔던 단풍이 낙엽으로 뒹굴며 쌓여가니, 가을날의 우수가 성큼 다가와 있다.

가을을 탄다는 것, 누구나 가을이 오면 다른 계절보다 더 쓸쓸하고 울적한 감정을 느낀다. 아득히 멀더라도 그곳에는 그리운 사람이 있다. 그리움은 어떤 인연으로 함께한 이가 자신의 인생에 녹아들어 가슴 한편에 남아있는 마음이다. 평소에는 무덤덤하다가도 자연현상과 마주하거나 허전한 감정이 북받치면 어렴풋이 나타나 선명하게 떠오른다.

그리운 사람은 누구인가? 어떤 이에게는 첫사랑이라든가 특정한 사람으로 한정될 수 있겠으나 내게는 그런 사람은 아니다. 그냥 마음속에 담아두었던 이름으로 뭉뚱그려 동화에 나오는 신데렐라 정도다. 인생을 돌아보면 많은 사람을 만나며 살아왔다. 학창 시절부터 죽 인연이 있었던 사람들, 인생의 시기마다 그 주인공이 나타났다가 사라지기를 반복하지 않았던가.

늦가을 늦은 오후 만추의 서정이 흐르는 쉼터에서 하늘을 바라본다. 파란 하늘에 동그라미가 그려지기 시작한다. 미술관에서 그림을 감상하듯 그 인연들을 포착하여 회상에 젖어본다. 예전에는 언젠가 언뜻 만났으면 하는 바람이 있었으나 이제는 아니다. 매력이 뚝뚝 떨어지는 고운 모습, 그리움으로 간직하며 젊은 날을 보존하고 싶다. 젊은 날은 지나갔기에 순수하고 아름다우리!

이제 가을의 낭만이나 우수 같은 수식어를 뒤로하고, 내 본연의 자리로 돌아가려 기지개를 켜니, 높푸른 하늘에는 한 무리의 기러기가 날아간다. 쉼터에 올 때는 소음으로 사방이 시끄러웠는데, 낙엽이 지는 가을 정취에 취해 딴생각에 젖어있는 동안 소음이 어디론가 가버렸다. 쉼터를 떠나려니 주변이 다시 소음에 휩싸인다. 내가 너무 회상에 젖었나 보다. 모든 게 마음속에 있으니 남 탓하지 말아야겠다.

기러기는 추위를 피해 가을에 와서 겨울을 지내다가 봄에 다시 시베리아 등지로 떠나간다. 기러기는 철새이고 V자 형태로 줄지어 날아가는 모습이 특이하다. 어린 시절부터 밤하늘에 기러기가 떼지어 날아다니는 모습을 심심찮게 보아왔다. 기러기는 만남보다는 이별을 상징한다. 오늘따라 멀어져 가는 기러기 떼가 우리네 사랑도 앗아가네.

자기 자신과 소통을 못 하면 고독이 밀려온다. 고독이 몸부림치면 서러워진다. 쓰라린 고독은 아름다움을 삼키고 사랑의 상처도 덧나게 한다. 너와 나, 우리는 공존해야 한다. 이제 가을과 이별하고 겨울을 맞아야 할 때인가 보다.

늦게 핀 해바라기

가을이 익어가는 들길 걷다가
노랗게 핀 해바라기 만나니
놀란 반가움에 가슴이 설레네

허물없이 내리는 햇살 맞으며
늘 겸손하고 꿋꿋한 네 모습
쪽빛 하늘에는 그리움 맴도네

꽃 잔치에 만개하지 못했어도
긴 시간 고운 빛 간직했기에
늦게 핀 여신 되어 웃고 있네

태양이 작열하던 여름 보내고
정열을 품은 채 말없이 핀 꽃
너는 진정 사랑의 화신이어라

한국도로공사 문경휴게소에 근무할 때다. 숙소가 휴게소 내에 있어 출퇴근이 모호했다. 이런 여건은 야간에 일이 생겼을 때 바로 대응할 수 있는 이점도 있지만, 휴게소 관계자들에게 불편을 줄 수도 있었다. 무엇보다 출퇴근하는 맛이 없어 일상이 밋밋했다. 그러니 일과가 끝나면 저녁 후 숙소로 갔다.

그러던 어느 날, 저녁이 지나고 숙소에서 책장을 넘기고 있는데 휴대폰이 울렸다. 휴대폰을 확인하니 반가운 초등학교 여자 동창이었다. 자주 연락하는 편이 아니라서 무슨 일 있나 하며 전화를 받았다. 우리는 서로의 안부를 물었고, 그녀가 휴게소에 들렀다고 하여 잠시 기다리라고 했다.

웃옷을 걸치며 이런 생각을 했다. 만나면 스스럼없이 얘기하는 사이라도 일없이 먼저 연락하기는 쉽지 않다. 특히 남녀 간에는 더욱 그렇다. 그냥 지나칠 수 있는데, 그녀가 내게 전화했다는 건 그녀의 당당함이 아닐까? 똑 부러진 친구, 거리낌 없이 살아가고 있네. 또한 우리 사이에는 신뢰감이 있다는 방증이다.

휴게소 매장으로 내려가니 저녁때가 지나 한산했다. 우리는 반가움을 표하며 커피점 옆 의자에 자리했다. 차를 마시며 이런저런 얘기를 나누었다. 담소를 주거니 받거니 하다 보니 시간이 참 빨리 갔다. 아쉽지만 다음에 만나기로 묵시적인 눈빛을 건네며 작별

했다.

　숙소로 돌아와 바로 잠자리에 들지 않았다. 그녀의 단아한 모습과 애교스러운 목소리가 맴돌아서 그럴까? 그런데 지난해 시월 초순에 꽃 피운 해바라기가 다가온다. 그 해바라기꽃은 누굴 닮았을까?

　가을빛이 풀과 나뭇잎을 물들이던 한적한 날, 나는 익어가는 가을을 보러 수원 시민 농장으로 갔다. 농장은 언제나 싱그러운 모습을 보여주며 즐거움을 듬뿍 담아준다. 농작물은 지나온 노고를 담고 표현하느라 여념이 없다. 들길 따라 걸어가는데 확 들어오는 꽃이 있다. 가까이 다가가니 노랗게 핀 해바라기다. 철이 지나 화려함이 덜하지만, 수수하게 가을을 한층 빛나게 하네. 늦게 핀 해바라기 참 멋있구나!

　어린 시절 들판으로 나가면 종종 해바라기를 볼 수 있었다. 해바라기꽃을 볼 때마다 이상한 생각을 했다. 왜 저 꽃은 저렇게 웅장할까? 꽃은 둥근 쟁반을 보는 듯하고, 키도 크고 곧게 서 있는 모습이 거인 같다. 무엇보다 무더운 여름날 뜨거운 햇빛을 받으면서 저리도 꼿꼿할까? 해바라기는 정열이 넘치며 온 들판을 지배한다.

　요즘은 이상기후 현상으로 계절도 때도 모르고 피어나는 꽃을 심심찮게 볼 수 있다. 그 꽃들이 예쁘기는 하나 안쓰럽다는 생각이 들었다. 그런데 시민 농장 길옆에 핀 해바라기는 달리 보였다. 늦게 꽃을 피웠지만 여름꽃과 별반 차이가 없다. 그 활짝 웃는 모습에 화답하며 바라보고 있었다. 한여름 해바라기꽃 잔치에는 초대받지 못했으나, 뒤늦게 꽃 피우는 네 모습 대견하고 뿌듯하구나!

늦게 핀 해바라기 영상을 간직해왔는데, 오늘 밤 그 주인공을 찾았다. 첫 번째 퍼즐은 좀 전에 작별한 그녀, 내 친구는 아직 고속도로를 안전하게 달려가는 중일 거야. 그녀의 삶이 어떤지 잘 모르지만, 주변 환경으로 보아 힘들게 살아왔다는 느낌이 들었다. 자식의 튼실한 열매를 보며 지금 여기를 살아가는 삶이 지속되기를 바라며 두 손 모아 본다.

돌이켜보면 어린 시절은 주변 환경이 비참했다. 60년대 후반, 나는 초등학교 저학년이었다. 그때는 아이들 대다수가 반짝이는 눈망울, 미소 짓는 입가를 제외하면 꾀죄죄한 모습이었다. 우리는 어른이 되면 무엇을 하며 살아가지. 주변을 둘러봐도 학교 선생님, 면사무소나 우체국에 다니는 아저씨가 전부인 것 같은데 아버지처럼 농사를 지어야 하나? 열심히 공부하면 잘살 수 있을는지 회의적이었다.

상상도 못 하던 세상! 인공지능이 사회 전반으로 급속히 퍼지고 스마트폰이 일상을 지배하는 시대가 되었다. 어떤 세상이 되었든 삶에는 명암이 있게 마련이다. 너와 나는 초등학교 때 무지렁이에 불과했는데, 자기의 삶을 잘 살아가는 이들이 참 대견하다. 만나면 즐겁고 함께하는 삶이 아름답다.

해바라기는 여름의 꽃이다. 해바라기는 태양을 동경하며 정열을 발산한다. 요즘은 어디를 가나 가을에 핀 해바라기를 볼 수 있다. 가을이 오면 들녘 어딘가에 홀로, 삼삼오오로 핀 해바라기를 살핀다. 모든 이가 삶을 관조하며 늦게 핀 해바라기처럼 활짝 피어났으면 한다.

장미꽃 여인의 독백

아침 햇살에 장미꽃이 방긋 웃어
무심결에 입맞춤하니 가슴이 아린다

사랑이 피어나던 장미의 계절
멋진 청년이 다가와 시간 좀 하는데
얼굴이 달아올라 마음에도 없는
핑계를 대고 한동안 가슴앓이했지

거리를 걸어도 허황한 마음에
누군가를 기다리듯 주변을 살피네

장미가 눈부시던 골목 모퉁이에서
마주 오던 그 사람 스쳐 가고
멍하니 서서 뒷모습 바라보며
다가갈 수 없는 슬픔이 원망스럽더라

내 마음 아프게 한 장미 가시 같은 사람
이제는 추억의 향기를 더해 주네

입사 후 강산이 두 번 바뀌고서, 나는 고속도로 건설 현장에서 주로 근무했다. 한 사업단에서 짧게는 1년, 길게는 4년 정도 근무하며 노선 따라 이동했다. 여러 지역을 거쳐 가며 근무하다 보니 이사할 때 불편함도 있지만 지역마다 특색이 있어 새로웠다. 흥미로운 것은 건설 노선 주변에 펼쳐지는 자연의 풍광이었다.

어쩌다 천안에서 근무하게 되었다. 고맙게도 거주하는 원룸 뒤편에는 초등학교가 있었다. 나는 아침형이라 일찍 일어나며 산책하는 게 습관화되었다. 아침에 시간이 넉넉하지 않을 때 초등학교에 가게 됐다. 학교는 직사각형으로 운동장이 넓었다. 교사 뒤편을 포함하여 한 바퀴 걷는데 삼백 미터 정도 됐다. 운동장을 중심으로 정면과 양 옆면에는 장미가 넝쿨을 이루며 담장을 덮고 있었다. 오월에 장미가 피어나면 아름다운 장미 학교가 됐다.

싱그러운 오월, 이른 아침 밖으로 나오니, 숙소 뒤편 초등학교 담장에 장미가 활짝 피어 고개를 내밀고 있었다. 어느새 장미꽃이 이토록 화려하고 우아하게 피었는지 들뜬 마음으로 학교로 갔다. 교문에 들어서자 붉은 장미가 담장이 보이지 않을 정도로 장미 축제하듯 풍성하고 아름답기 그지없었다. 먼저 꽃들과 눈 맞추며 담장을 따라 한 바퀴 돌았다. 곧바로 마음이 강하게 끌리는 곳으로 갔다. 가까이 다가가니 장미꽃이 방긋 웃었다. 장미는 사랑의 여신일까? 나이트클럽에서 엉덩이가 못 참고 춤추듯 장미꽃이 눈부시어 나도 모르게 다가가 살짝 만져 봤다. 문득 스쳐 간 어느 여인이 꽃 속에 어렸다.

뭔가 생각이 나 운동장을 서성이다 교사 앞 계단식으로 늘어선 콘크리트 관람석에 앉아 멀리 떨어져 있는 장미꽃 넝쿨을 바라봤다. 누구나 스쳐 간 인연일지라도 한 번쯤 어떤 것에 연상되어 생각날 때가 있다. 좀 심하면 어떻게 살아가는지 궁금하기도 하다. 장미꽃과 여인을 스케치하며 그녀의 삶을 상상해 봤다.

장미꽃 여인은 정원이 있는 아담한 주택에서 멋스럽게 살아간다. 정원에는 장미, 목련, 매화 등 여러 꽃나무가 있다. 그녀는 정원 가꾸기가 취미다. 꽃이 피어날 때마다 꽃과 눈 맞추며 속삭인다. 세상이 밝아지고 맑아지며 더 아름다워지라고.

신록의 잎새들이 춤추는 오월의 휴일 아침, 가족들은 늦잠을 자고, 그녀는 홀로 정원을 둘러보며 활짝 핀 장미꽃 앞에 서 있다. 지긋이 눈을 감았다 뜨며 미소를 짓는다. 그 시각 대학생인 딸이 일어나 창을 타고 오는 햇살에 끌리어 기지개를 켜며 밖으로 나온다. 정원에서 장미꽃을 보고 있는 어머니에게 간다.

“어머니, 일찍 나오셨네. 장미의 계절, 좋은 아침이에요.”

“장미꽃보다 예쁜 우리 딸, 더 자지 않고 일어났네.”

“엄마는 장미꽃이 피면 언제 봐도 꽃과 하나가 된 양, 거리낌 없이 비우고 아낌없이 주는 성자 같아!”

“애, 비행기 태우지 마라. 칭찬도 과하면 안 함만 못하다.”

“그런 게 아니라 엄마는 유독 장미꽃에 푹 빠지잖아.”

"그건 맞는데, 우리 차 한잔 마실까?"

"네, 좋아요."

어머니와 딸은 베란다 휴게용 의자에 앉아 차를 마시며 얘기를 나눈다.

"해마다 장미가 피면, 꽃을 바라보는 엄마 모습에 장미꽃 추억이 있었나 싶었지."

"그럴 수도 있겠지만, 꽃을 보고 미소 지으면 세상을 다 얻은 기분이다. 감상하는 마음으로 세상을 보면 멋있고 예쁜 것들만 눈에 들어온다."

"네, 알겠어요. 그런데 엄마의 바인더에 있는 연지 아주머니가 주었다는 '고독한 그리움'인가 하는 시 엄마가 쓴 것 아니야?"

"별걸 다 의심하네. 누가 썼다는 게 중요한 것이 아니라 여자들은 젊었을 때 그런 감성이 다 있단다."

두 모녀는 서로를 보며 한바탕 깔깔 웃는다.

내 작은 꽃씨 봄날이 오면/ 예쁜 꽃망울 터뜨리고 싶었는데// 사랑이 피어나던 시절/ 그대는 왜 나를 비켜 있었나요// 그 마음 다 알 수 없지만/ 마주하던 눈빛은 아름다웠잖아요// 어느새 사랑은 말없이 떠나가고/ 그대는 무엇이 되어 어디 있나요// 아, 그 시절 그대를 떠올릴수록/ 긴 고독이 가슴을 적시네요

떠나가는 사람아

들판에 곡식이
파릇이 돋아나던 봄날
우리는 만났지요

벚꽃이 활짝 피어
꽃잎이 흩날리던 청풍호에서
서로를 감싸 주었지요

이 산 저 언덕 바라보고
이 마을 저 동네 찾아가며
아름다운 풍광에 젖었지요

눈 녹아 봄이 오는데
떠나는 그대 뒷모습에
멀어지는 영상이 아련하오

직장 생활의 특징 중 하나가 인사이동이다. 이는 입사하는 사람이 있으면 퇴사하는 이도 있기에 매년 정기적으로 시행된다. 인력은 적재적소에 배치해야 업무의 효율성을 극대화할 수 있다. 또한 회사가 건강하고 유연하게 굴러가자면 인사이동이 필요하다. 그리고 인사이동은 조직에는 활력을 불어넣고, 직원에게는 새로운 마음으로 일하는 변화의 바람을 이끈다.

오래전 음성-제천 건설사업단에 근무할 때다. 우리 팀에서 한 직원이 퇴사하는 바람에 토지 보상 분야에 결원이 생겨, 이듬해 봄 그 자리에 신입직원이 왔다. 토지 보상 업무는 신입직원이 하기에는 벅찬 감이 있다. 나는 음성충주 구간 업무를 하고 있었고, 그 직원은 충주제천 구간 업무를 하게 되어 나와는 직접적인 관계는 없었다.

신입직원이 업무하는데 애로사항이 많을 것 같아 한동안 관심을 가지고 지켜보았다. 그는 말이 적은 조용한 성격으로 건실해 보였다. 무엇을 하는지 모르겠으나 거의 매일 야근을 했다. 몇 개월이 지나 수용재결을 신청하여 깜짝 놀랐다. 수용재결은 소유자와 보상 협의가 성립되지 않을 때 중앙토지수용위원회의 사법적 판단을 받아보는 것이다. 수용재결을 신청할 수 있으면 토지 보상 업무를 섭렵했다고 봐도 된다.

해가 바뀌어 그 직원과 함께 충주제천 구간 업무를 하게 되었다.

처음 노선을 둘러보는데, 그는 막힘없이 도로의 과속 단속 카메라 위치까지 알 정도로 현장을 훤하게 알고 있었다. 직원 잘 만나는 것도 복이라 여기며 일이 잘 풀릴 것 같았다. 몇 주 지나니 과장·대리 인사 발령이 있을 거라 했다. 누가 발령이 나든지 관심이 없었다. 그러던 어느 날, 나는 동료 직원과 현장을 나갔다가 충주댐으로 인해 옮겨진 청풍문화재단지로 갔다. 청풍 문화마을을 둘러보고 문화재단지 입구에 다다랐다.

동행한 직원이 "문화재단지를 보시렵니까?" 물었다. 둘러보고 싶은데 시간이 빡빡할 것 같아 다음에 보자고 했다. 돌아가는 길에 직원이 차에서 전화받는데, 본사로 인사 발령이 났다는 것이다. 나는 입사한 지 채 일 년도 되지 않은 직원의 발령이 불만스러워 "무슨 놈의 조직이 이러냐?"라며 직원에게 그간 사정을 물으니, "며칠 전 본사에서 전화가 오긴 했는데, 어떻게 될지 몰라서 그냥 있었다."라고 한다.

엎질러진 물을 쓸어 담을 수 없듯 인사 발령도 시행하면 끝이다. 좋다가 만 세상을 꿈꾼 듯하다. '인간만사 새옹지마(人間萬事 塞翁之馬)'라는 말로 위안 삼을 수밖에 없지 않은가. 그렇지만 나의 신입 시절을 돌아보며 동료 직원의 본사 입성을 듬뿍 축하해 주었다. 내 얕은 지식이지만 다 전해주고 싶었는데 정말 아쉬움이 남는다. 며칠 후 떠나가는 그의 뒷모습을 바라보니 만감이 교차했다.

그 직원이 떠나고 겨울이 지나 꽃샘추위가 몇 번 반복하더니 서서히 봄기운이 돌았다. 절기는 삼월이지만 아직 산과 들은 황량했다. 들판에 봄풀이 돋아나던 어느 날, 신입직원이 와서 함께 근무하게 되었다. 보상 업무 특성상 신입직원을 달가워하지 않는데, 더구나 여직원이어서 난감했다. 남녀를 차별한다기보다 현장 업무는 민원인과 부대껴야 하는 등 어려움이 많기 때문이었다.

여러 날을 쭉 지켜보며 기본적인 보상 업무를 설명해 주었지만, 이해가 잘되지 않는 모양이다. 신입이고 해서 단번에 알기가 쉽지 않았겠지만, 갸우뚱하게 했다. 이 업무는 적성이 맞지 않은 것 같고 홀로서기는 많은 시간이 필요할 것 같았다. 몇 년이 지나면 다른 업무를 할 텐데 하는 생각도 들었다. 그래도 보상 업무의 기본적이고 전반적인 개요는 익혀야 하지 않겠는가.

꽃 피는 사월 화창한 봄날이었다. 오후에 현장 조사를 나갔다가 짬이 나서 가까이에 있는 청풍호로 가게 되었다. 입새로 들어가는 순간 화사하게 활짝 핀 벚꽃이 황홀하여 깜짝 놀랐다. 호수길 따라 이어지는 벚꽃이 정말 장관이었다. 차창 밖으로 보이는 세상은 무엇이라 표현할 수가 없었다. 동행한 직원은 스마트폰을 연신 누르며 감탄했다.

청풍대교와 청풍문화재단지를 지나가니 '청풍호 벚꽃축제'를 알리는 현수막이 보였다. 이윽고 우리는 벚꽃이 만개한 청풍 문화마을로 갔다. 평일이었고 아직 벚꽃축제가 시작되지 않아 한가한 편이었다. 마을 길 따라 벚꽃에 푹 빠진 두 사람은 각자의 추억을 담느라 여념이 없었다.

벚꽃을 바라보니 꽃 사이로 언뜻 몇 개월 전에 떠나간 직원이 아른거렸다. 함께 있었으면 여기 벚꽃 마을을 거닐고 있었을지도 모르는데. 인사 발령 소식을 듣기 전, 청풍문화재단지를 볼 것인지 물었을 때 함께 들어가 보았으면 좋았을 텐데 아쉬움이 남았다. 오늘 할 수 있는 일, 꼭 해야 하는 일은 다음으로 미루지 말아야 한다. 내일 일은 아무도 모르니까.

어느새 봄꽃은 지고 초록이 대지를 물들였다. 나는 도심에서 자란 신입직원과 들녘을 지나가게 되었다. 그녀는 농촌 풍경에 익숙하지 않은 듯 무심히 갓 파종한 농작물을 바라봤다. 농작물 이름을 물어보니 그 흔한 감자, 마늘, 고추도 모른다. 그랬던 그녀와 나는 계절이 바뀌어 황금빛을 발하는 들녘을 지나가게 되었다. 우리는 차에서 내려 더 가까이에서 벼를 보기 위해 논두렁길을 걸어갔다. 어여쁜 숙녀는 익어가는 벼를 신기해하며 물끄러미 바라봤다. 나는 어린 시절 벼 베는 날 메뚜기 잡으며 뛰어놀던 때를 회상하며 추억에 젖었다.

신입직원과 함께 업무하며 여러 곳을 다녔다. 관공서 등 관련기관을 방문하고, 현장을 나갔다가 돌아오는 길에 시간이 나면 주변 명승지를 둘러보곤 했다. 보상 업무가 힘들 때도 있었지만, 덤으로 얻는 게 지역마다 특이한 풍광이었다.

시간은 소리 없이 흘러가고, 그녀는 일 년 후 관리 분야 업무를 하게 되고, 또 일 년이 지나 본사로 가게 되었다. 그녀와 작별 인사를 하고 현관문을 나서는 뒷모습을 보니 아쉬운 마음 금할 길 없었다.

나는 사업단에 근무하면서 두 신입직원과 함께했는데, 떠날 때의 감정이 어떻게 똑같을 수 있는지 신기했다. 두 직원이 기존 직원들보다 애틋함이 남달라서 그런 것 같다. '만난 사람은 반드시 헤어지게 된다'라는 회자정리(會者定離) 성어가 떠오른다.

구름 연가

물상이 하나둘 깨어나는 새벽
물줄기 따라가는 낯선 계곡 길

개울물 소리에 장단 맞춰 가면
풀잎에 맺힌 이슬 반겨 웃네

물 고인 굽이에서 선잠 자다가
막 깬 구름송이 누굴 기다렸나

기다림에 지쳐 안절부절못하다가
마음을 들켜 황급히 달아나네

나는 새벽을 좋아한다. 먼동이 트는 새벽은 언제나 환한 기운을 준다. 하루의 시작을 알리는 빛을 보라. 얼마나 성스러운가! 동녘 하늘을 헤치며 붉게 솟는 해는 장엄하게 세상을 밝힌다. 하늘에선 축복이 내리고 땅에선 사랑이 피어난다.

충북 충주에서 근무할 때다. 새벽에 눈을 뜨면 어디로 산책할까? 이곳저곳 주변이 전원이라 갈 곳이 많아 행복한 고민을 했다. 야산도 좋고, 들판도 괜찮으며, 길이 없어도 상관없고, 색다른 가보지 않는 곳을 찾기도 했다. 또한 처음 생각과는 달리 엉뚱한 곳으로 가기도 했다.

싱그러운 5월 어느 날, 새벽에 일어나 산책하러 나갔다. 어디로 가볼까 생각하며 기지개를 켜는데, 사업단 옆 개울에서 물소리가 살짝 들렸다. 물이 많지 않아 평소에는 그냥 지나쳤는데 물줄기를 따라 죽 올라가 보고 싶었다. 개울을 건너 밭둑길을 지나 골짜기로 접어들었다. 그런데 개울 옆으로 인적이 있어 어려움 없이 갈 수 있었다. 작은 골짜기로 생각했는데 올라갈수록 계곡이 깊었다.

수림이 우거진 계곡은 나무와 잡풀이 뒤엉켜 하늘만 보였다. 혼자라서 그런지 묘한 생각이 들었다. 졸졸 흐르는 물소리에 장단 맞춰 가는데 풀잎마다 맺힌 이슬이 반기듯 웃고 있었다. 들판에는 이슬 내린 흔적이 없는데 계곡이라 기온 차가 심해서 그런가 보다 싶었다. 조금 더 올라가니 계곡 굽이가 뿌연 것 같았다.

저게 뭐지? 가까이 다가가니 안개는 없고 작은 구름송이가 하늘로 올랐다. 구름송이는 누굴 기다리다 들킨 수줍은 아가씨처럼 부끄러움에 당황하며 어디론가 떠나갔다. 그 자리는 얕은 웅덩이로 물이 고여 있을 뿐인데. 자연에도 사랑이 흐르는구나. 한참을 응시하다 지그시 눈 감고 자연을 의인화해 봤다.

"구름송이는 마음속에 그리워하는 이가 있었다. 보고 싶은 간절함에 밤이 되어 늪으로 내려왔다. 기다림에 지쳐 새벽녘에 선잠이 들었다. 불청객의 발소리에 막 깨어나니 기다리던 임은 오지 않고 새벽이 밝아온다. 안절부절못하다가 마음을 들켜 아쉬움 남기고 달아난다."

잠시 그곳에 머물다가 내려가며 누군가의 사랑을 그려봤다. 어떻게 그런 마음이 일어났는지 그냥 미소 지었다. 세상에는 많은 사랑이 있지만 임 기다리는 마음이 참 애틋하다. 이보다 더 애타는 사랑의 마음이 있으랴!

나는 청소년 시절 우리 가곡을 즐겨 들었다. 수준 높은 시어에 음악을 가미하니 비단에 꽃을 수놓은 듯 시가 더욱 아름답고 쉽게 다가왔다. 가곡을 듣고 있으면 설명이 필요 없이 가슴에 꽂혔으니까.

많은 이가 애창하는 곡, 누구나 한 번쯤 들어보았을 명곡 '임이 오시는지'가 다가온다. 이 노래는 박문호 시, 김규환 곡으로 서정적인 시어가 참 아름답다. 임을 기다리는 애틋한 마음이 우아하고 감미롭다. 어떤 말로 극찬하더라도 군더더기일 뿐이다.

처음 이 곡을 들었을 때는 어여쁜 처녀가 멋진 청년을 기다리는 사랑 이야기로 다가왔다. 여러 번 듣다 보니 들을수록 매료되어 가사를 한번 찾아보았다. 보는 순간 화창한 봄날 대지를 뚫고 풋풋하게 솟아나는 풀잎을 보는 듯하다. 물망초, 강가, 달빛 등 자연에 어우러지는 시어가 조화로움을 넘어 아름다움의 극치를 보여준다.

그런데 2절 가사 '풀물에 배인 치마 끌고 오는 소리/ 꽃향기 헤치고 임이 오시는가'를 보고 잠시 생각에 잠겼다. 여자가 남자를 기다린다고 생각했는데, 남자가 여자를 기다리네. 이런 경우도 있구나. 사랑하는 마음은 남녀를 가리지 않는다. 또한 이 가사 내용을 보면 무르익은 사랑이 아니라 시작하려는 사랑이다. 어느 한쪽에서 혼자 하는 사랑, 쓸쓸한 사랑일 수도 있다. 그리고 세상에는 사랑하는 마음이 있어도 쉽사리 다가갈 수 없는 사랑도 있다. 서로의 수준, 신분, 문화, 환경의 차이에서 오는 열등감 같은 것 말이다.

사회 초년 시절, 나는 회사 행사로 청도 운문사에 간 적이 있다. 절을 둘러보고 운문천을 따라가다 냇물 돌다리를 건너가게 되었다. 때는 화창한 봄 사월이라 초목이 파릇이 돋아나고 있었다. 맑게 흐르는 냇가에는 빨래하는 여러 비구니 스님이 있었다. 파르라니 깎은 머리, 승복을 입은 앳된 모습의 배꽃 같은 여승이 그렇게 예쁠 수가 없어 그만 마음을 빼앗겼다.

그날 이후 봄날이 다 가도록 한 스님이 맴돌고 있었다. 이러면 안 되는데 하면서도 자꾸 생각나니 번뇌만 깊어진다. 가까이 있었으면 빨래하던 냇가로 나가 혹여 볼 수 있지 않을까 기대하며 서성거렸을 텐데. 사랑해서는 안 되는 인연인데 세속을 잊고 구도자의 길을 가는 여승이 부러워서 그랬는지 모르겠다.

사람이 아름다운 건 사랑하는 마음이 있어서다. 누군가를 그리워하고 좋아하는 것은 마음속에 솟아나는 샘물이다. 청춘이 꽃피던 시절에는 사랑의 냇물이 흐른다. 그렇지만 마음대로 되지 않는 것이 사랑이기도 하다. 그래서 사랑이 아름답지 않으려나!

누구나 인생에는 사랑이 있다. 그 사랑 중에는 맺어지지 못하는 사랑이 더 많다. 스쳐 간 인연, 그저 바라보기만 한 사랑, 그리워하며 가슴앓이했겠지. 먼 옛날에 사랑이 있었다네.

4

무엇으로 살아갈까

인생에는

낭만과 보람이 있으며

여백과 미완의 아름다움이 있다.

왜 사냐면

꿈과 희망을 이루고

사랑과 행복을 찾는 열정이 있으니까.

무엇을 위해서라면

만상 만물과 하나 되고

조화로운 사람이 되려고요.

어떻게 사는지 모른다면

상상과 호기심으로 세상을 보며

사색하며 배우고 감사하며 살자.

천 년이 흘러

하늘재를 넘으며 오던 길 돌아보니
먹구름이 몰려와 먼 하늘을 가린다

허망한 천년사직 서러움에 눈물짓고
애처로운 민초의 한 비 되어 내린다

천년을 안고 가신 임, 또 천년이 흘러
무심한 세월은 정처 없이 가는구나

마지막 태자의 흔적 미륵불로 돌아와
오가는 길손 굽어보며 보듬고 있네

예부터 충청도와 경상도를 이어주는 옛길은 죽령, 조령, 추풍령
이다. 문경새재로 잘 알려진 조령은 영남의 선비들이 한양으로 과
거 보러 가고, 보부상들이 다니던 고갯길이다. 조선시대 문경새재
로 통행하기 전에 한반도 남북을 연결하는 교통로는 젊은 세대에
겐 다소 생소한 계립령 길이다. 계립령의 하늘재는 충주 미륵리에
서 문경 관음리로 넘어가는 고개다.

월악산 하늘재 아래에는 미륵사지가 있다. 내가 미륵사지를 본
것은 아주 오래전 회사에서 동계 교육을 받던 때다. 그 시절 교육
일정에 지역문화 탐방이 있었다. 기억나는 것은 본 교육 내용보다
부수적인 미륵사지의 추억이다. 교육생 대다수는 교육을 좋아하지
않으나 교육에는 삶에 도움이 될 만한 교육 외적인 것이 있다.

처음 미륵사지를 보고 깜짝 놀랐다. 잘못 보았나 싶어 다시 쳐다
보니 석탑 뒤편에 거대한 석불입상이 우뚝 서 있었다. 어떻게 이런
석불이 폐사지에 있을까? 다가가 두 손 모아 합장하고 주위를 둘러
보았다. 석불은 높이가 10미터는 되고, 하나의 돌이 아니라 거대한
몇 개의 돌을 조각하여 탑처럼 쌓아 올렸다. 석불 양옆과 뒤편에는
6미터 남짓 높이의 석축이 쌓여있다. 그리고 미륵사지에는 마의태
자와 덕주공주에 관한 전설이 전해 온다. 신라가 고려에 복속되자
마의태자와 덕주공주는 경주를 떠나 금강산으로 가던 중 월악산에

머물며, 누이인 덕주공주는 덕주사를 세우고 마의태자는 미륵사에 석불을 세웠다고 한다.

그 후 미륵사지에 여러 번 갔다. 명절이면 3번 국도를 따라 고향에 갔다가 돌아오며 충주 수안보를 지날 때 들리곤 했다. 미륵사지 초입에는 여느 관광지와 마찬가지로 식당과 상점이 즐비했다. 늦가을로 접어들면 볶은 벼메뚜기를 판매하여 아이들과 먹었던 기억이 선하다. 그보다 미륵불을 보고 있으면 떠오르는 것이 마의태자다. 비운의 태자를 그리면 교과서에 수록된 김해강 시인의 '골짝을 예는/ 바람결처럼/ 세월은 덧없어/ 가신 지 이미 천 년'으로 시작하는 「가던 길 멈추고」가 떠오른다.

이 시는 신라 마지막 왕자인 마의태자를 추모하며 망국의 한과 인생의 무상함을 노래한 작품이다. 처음 이 시를 읽고 뭔지는 모르지만 강렬한 느낌을 받았다. 학창 시절에 배운 시들 가운데 제목을 기억하는 시는 그리 많지 않지만, 이 시는 내 가슴에 남아 간혹 보았다.

마의태자의 전설이나 흔적은 여러 곳에 있다. 충주 미륵사지, 양평 용문사 은행나무, 소백산 국망봉을 오르는 길, 홍천에서 인제로 가는 고갯길 등은 내가 직접 보았던 곳이다. 그런데 의문이 하나 있다. 언젠가 영주 부석사에 들러 안양루를 오르는데 부석사가 경주를 바라보고 있다는 문화해설사의 이야기를 스쳐 들었다. 그 후 부석사에 갈 때마다 저 멀리 남쪽 하늘을 바라보며 신라의 옛 도읍 경주를 생각했다.

부석사는 화엄종의 근본 도량으로 신라 문무왕 때 의상대사가 창건한 절로 신라에서는 뜻깊은 도량이었으리라. 마의태자가 고려에 복속된 망국의 서러움을 뒤로하고 금강산으로 갔다면, 쓰러져 가는 신라를 그리며 삼국통일의 대업을 이루었던 시기에 창건된 부석사에 와보지 않았을까? 또한 험준한 소백산 국망봉을 넘었다면 부석사에 들르지 않았을까 추측해 본다.

신라가 망하고 마의태자가 곧바로 금강산으로 갔다고 보기엔 동선이 맞지 않는다. 마의태자는 신라의 자취를 흠모하고 아쉬워하며 여러 곳을 들르면서 가지 않았을까? 전설은 근거가 있지만 세월이 흐르면서 과장되고 와전되기도 하여 논리적으로는 좀 이해하기 어려운 부분이 있다. 마의태자가 양평 용문사 은행나무를 심었다든가, 충주 미륵사에 석불을 세웠다는 이야기는 하나의 상징적인 의미가 아닐까?

나는 오랫동안 미륵사지를 잊고 있다가 충주에서 근무하며 미륵사지를 찾게 되었다. 그렇지만 미륵사지 인근의 하늘재에 대해서는 크게 관심을 두지 않아 하늘재가 어디쯤 있는지도 몰랐다.

산천이 녹음으로 짙어지던 어느 날, 우연이 필연이 되듯 하늘재를 오르게 되었다. 하늘재는 충주 미륵사지에서 1킬로미터 남짓 거리인데 오르는 길이 밋밋한 등산로다. 고갯마루에 오르니 '백두대간 하늘재'라는 표석이 눈에 들어왔다. 아, 산을 사랑하는 사람들이 이 고개 능선을 많이 지나갔겠구나! 공중화장실이 있는 걸 보니 산객들이 잠시 쉬면서 여러 생각에 잠겼으리라. 특이한 것은 하늘재에서 문경 방면으로 차도가 나 있는데, 충주 방면으로는 차가 지나갈 수 없게 차단하여 등산로로 이용되고 있다. 차로 하늘재를 넘을 수 없어 좀 아쉽기는 하나 자연을 보호하고 순응하는 마음이 아름답다.

하늘재 주위를 둘러보는데 간간이 비가 내렸다. 초목을 적시는 비는 낭만이 있지만 서글프기도 하다. 비 내리는 하늘을 쳐다보니 문득 마의태자가 떠올랐다. 태자는 이 재를 넘으며 어떤 생각을 했을까? 신라의 비운을 슬퍼하며 점점 멀어져가는 서라벌의 하늘을 그리며 뒤돌아보지 않았을까? 미륵사지로 내려가면서 상념에 잠겼다. 한 나라의 흥망성쇠, 마지막 태자, 세월의 무상함, 미륵불의 화신 등 온갖 번뇌에 휩싸였다.

학창 시절 역사를 배우며 찬란한 문화를 꽃피운 신라가 더 오래 지속되지 못하여 아쉬워한 적이 있었다. 그런데 우리나라 역사 이야기를 읽다가 통일신라 말기 3년 동안 왕이 세 번이나 바뀐 걸 보니 허탈해지더라. 얼마나 왕족의 무능과 호족의 암투가 심했으면 그랬을까? 백성의 삶이 애달플 뿐이다.

왕조시대 국가의 평균 존속기간이 중국이 200년, 우리나라는 500년 정도이니 신라 천년은 길다고 봐야 한다. 그런 의미에서 본다면 신라의 망국도 예정된 역사이고, 마의태자의 운명도 번성했던 나라를 잘 마무리하라는 것이 아닐까? 마의태자는 비운의 한을 안아야 했지만, 금강산으로 가야만 했던 발길에는 즐길 수 없는 낭만이 있었으리라.

진안고원에서

진안고원에
비가 억수로 쏟아지던 날
천둥번개가 치고 두려움이 진동한다

물동이로 퍼붓던 폭우는
금세 사라지고
먼 산은 제 모습을 자랑한다

뇌우에 놀란 새들을 감싸던 구름은
보금자리를 만들어 주고
산자락 따라 먼 곳으로 떠나간다

제 한 몸 다하고
미련 없이 떠나는 구름처럼
한세상이 가는구나

오래전 비가 억수로 내리던 날이었다. 나는 도로점용 면적을 축소해 달라는 민원을 조사하러 전북 진안으로 가고 있었다. 일기예보를 들어서 전국적으로 비가 온다는 것은 알았지만, 안성을 지나니 폭우가 쏟아졌다. 고속도로 노면에는 물이 차 흐르고, 쏟아지는 빗줄기로 시야가 흐려 앞이 잘 보이지 않았다. 삽시간에 이토록 많이 오는 호우는 처음이었다.

그럭저럭 진안 현장에 도착하여 민원인과 인사를 나누고 자초지종을 들었다. 그동안 민원인은 국도 옆에서 도로점용 허가를 받아 가감속 차로를 설치하여 영업하고 있었다. 용담댐 건설로 국도가 이설됨에 따라 기존 도로는 마을 도로로 전락하여 장사도 잘 안되고 점용료만 납부해 왔다. 그리하여 실제 점용 면적의 반 정도는 점용할 필요가 없게 되었는데, 점용료만 내고 있으니 점용 면적을 축소해 달라는 것이었다.

이런저런 생각을 하던 차에 국도유지건설사무소 관계자들이 도착하고 진안출장소 소장은 민원을 설명했다. 도로점용을 허가한 토지는 신설 도로가 준공되어 구도로는 마을 진입로로 사용되며, 차량 통행이 감소하여 가속차로를 줄여도 도로의 유지관리에는 지장이 없다는 것이다. 도로점용을 득하기 전 상태로 원상 복구한 후 도로점용 변경을 신청하면 변경 허가가 가능했다. 이 민원의 쟁점

사항은 원상회복 문제였다. 나는 출장소장과 현장을 조사하고 처리 방향을 논의하여 민원을 마무리하였다.

돌아갈 길은 멀지만 민원이 잘 처리된 것 같아 홀가분했다. 아픔이 보람으로 승화될 때 고단함은 잊곤 했다. 갑자기 또 폭우가 쏟아졌다. 민원인과 출장소장에게 애썼다며 인사하고 차를 탔다. 진안고원 길을 지나가는데 천둥번개가 요란하게 치니 난리 난 것 같았다. 순간 두려움에 휩싸였다. 비는 그칠 줄 모르고 온 천지에 물폭탄이 떨어졌다. 피할 곳도 마땅치 않아 천천히 운전할 수밖에 없었다. 한참을 지나니 반갑게도 비가 그쳤다.

그런데 안개로 덮어있던 산천이 서서히 제 모습을 드러냈다. 연극의 서막이 오르는 것 같았다. 먼 산을 힐끗 보니 안개가 포근한 이불 같았다. 어미 닭이 병아리를 품듯 안개는 수림과 그 속에서 놀던 새들을 감싸며 뭔가를 연출하고 있었다. 안개는 어느새 산 위로 피어오르더니 바람에 날리며 구름이 되어 먼 곳으로 떠나갔다. 흩어지는 구름은 아쉬움도 없는 듯 무심히 사라졌다. 아, 한세상이 가는구나! 사십 대 중반을 넘긴 나이지만 처음으로 자연의 오묘한 섭리를 느꼈다. 우리네 인생도 인연 따라왔다가 인연이 다하면 떠나가는 구름처럼 어디론가 가고 있지 않은가.

잠시 무상이라 할까 허무가 밀려왔다. 귀가하는 내내 여러 생각에 잠겼다. 강물처럼 흘러간 세월, 한 번 지나가면 다시 오지 않을 세월에 무엇을 위하여 살아왔던가? 삶을 열정으로 포장하고 끝없는 욕망에 휩싸여 부질없는 인생만 쌓인 것 같았다. 삶의 목표와 인생의 목적을 다시 생각해 봤다. 무엇보다 욕망으로 가득한 마음을 비워야겠다 싶었다. 이런저런 생각을 하니 내 인생관이 바뀌고 세계관이 넓어지듯 꿈틀거렸다.

어느 철학자는 "인생이란 젊은이의 눈에는 끝없이 긴 미래로 보이며, 늙은이의 눈에는 지극히 짧은 과거로 보인다. 인생의 모든 사물은 나이를 먹을수록 점점 꿈과 같이 덧없게 느껴지고, 허무와 무상이 뚜렷이 눈에 보이고 마음에 스며들게 된다."라고 했다.

앞만 보고 달려온 세월, 영원히 젊음을 간직할 것 같던 시절도 어느새 지나가기 마련이다. 누구나 지천명의 나이가 되면 세월의 빠름을 느끼며 인생을 돌아보게 된다. 어찌하여 오십 대가 되면 이런 느낌을 받을까? 예전에는 평균수명이 짧았는데 요즘은 신체적 건강이 좋아져 백 년 인생이라 하지 않는가. 오십을 맞으면 과거보다 미래가 상대적으로 짧아지기에 삶의 애틋함보다 회한이 밀려온다. 그렇지만 인생을 관조하며 살기에는 아직 할 일이 많다. 건강을 유지하고 후회와 아쉬움이 없는 삶을 살아야겠다고 다짐하지만, 누구를 위한 삶이 우선이기에 어쩔 수 없이 또 앞만 보고 간다.

어느새 세월은 빠르게 흘러 나도 모르게 인생 육십으로 가고 있다. 육십은 당황스럽게도 은퇴와 맞닿는다. 선배나 가까운 사람들이 은퇴 준비를 숱하게 강조하여 나름대로 준비는 했다.

막상 은퇴하고 보니 현실과는 상당한 괴리가 있다. 삶은 묘하게도 시간이 지나면 새로운 환경에 적응하게 되나 여러 면에서 약간의 부족함을 느낀다. 그 부족을 채우려는 것도 내 욕심이니, 자만하지 말라는 뜻으로 받아들이고 현실에 맞추어 살면 무난할 것 같다.

많은 이가 지금 여기에 살라고 한다. 이 말은 과거에 얽매이지 말고, 미래를 위해 너무 희생하지 말라는 뜻이 아닐까? 현재의 충실한 삶이 아름다운 과거가 되고 보람찬 미래를 맞이하는 것이다.

향일암에 올라

찌는 무더위에 일주문 들어서니
가파른 돌계단이 살짝 얄미워지고

누가 어서 오라고 손짓도 않은데
저 많은 보살님 어디로 가는가

석문을 지나 법당 앞에 다다르니
부처님은 뒷전이고 풍광에 눈멀구려

바다와 하늘 맞닿아 구별 없으니
저것이 하나 된 우주의 마음인가

바위 아래 모신 관음보살의 미소
원효대사 좌선대도 다 무아일 뿐이네

우리나라는 어느 고장이나 자랑하고 싶은 명소가 많다. 전남 여수도 그중 하나다. 그곳에는 바다가 펼쳐지고 섬들이 신비롭게 떠있다. 한려해상과 다도해해상의 두 국립공원이 겹쳐가며 이름만 떠올려도 가슴 설레게 한다.

2017년 여름, 아내와 나는 산과 바다를 즐길 수 있는 남도로 휴가를 갔다. 2박 3일간의 짧은 여정이지만 그동안 겉모습만 보았던 여수의 속살을 살펴볼 요량이었다. 전날은 지리산에서 찌든 마음을 치유하고, 다음날은 싱그러운 아침을 맞으며 여수로 향했다. 언제나 그렇듯이 남도의 풍경은 소박하고 친근하며 넉넉한 즐거움을 줬다. 어느새 구례, 순천을 지나 마음이 먼저 가 있는 오동도 앞 주차장에 도착했다. 오동도에 어떻게 들어가는지 궁금했는데 방파제길이 육지와 연결되어 있었다.

오동도는 섬의 모양이 오동나무 잎을 닮은 데서 유래했다고 한다. 무엇보다 한눈에 들어오는 것이 울창한 나무들이었다. 섬 안으로 들어가니 오동나무는 듬성하고 동백나무가 빽빽했다. 둘레길에는 기암절벽이 나타나고 여기저기 임진왜란의 흔적이 남아있었다. 동백나무 군락지를 스치며 동백꽃이 절정으로 피어나는 봄날을 상상해 봤다. 그리고 바다의 정취도 듬뿍 담아봤다.

그날 오후, 낭만의 섬 오동도는 잠시 잊고 꼭 가보고 싶었던 향일암으로 향했다. 시가지를 빠져나와 해안 길로 접어드니 뜨거운 태양 아래 펼쳐지는 풍광이 이채로웠다. 바다 쪽은 시원한데 육지 쪽은 좀 거칠기는 했다. 드디어 금오산 향일암 초입에 도착했다. 주변은 여느 관광지와 마찬가지로 상점, 음식점이 즐비했다. 갓김치 파는 곳이 많은 걸로 보아 여수는 갓김치의 고장인 듯싶었다. 경사진 마을 길을 따라가며 산 위를 훑어보니 절집은 보이지 않고 돌산의 모습만이 덩그렇다. 누가 저 바위산에 암자를 세웠을까? 임들의 정성이 갸륵하고 고마우나 무지 힘들었겠다.

우리나라에는 이름난 암자가 많다. 향일암은 양양 낙산사, 남해 보리암, 강화 보문사와 더불어 우리나라 4대 해수 관음기도 도량으로 꼽힌다. 대부분 암자는 산 중턱 이상의 깎아지른 절벽을 끼고 있어서 오르기가 가파르다. 요즘은 암자 부근까지 차가 올라갈 수 있게 길을 닦아놓아 상대적으로 거리가 짧은 편이다. 그렇더라도 오르기가 수월한 건 아니지만 암자에 오르면 풍광이 끝내준다.

향일암 입구에서 올려다보니 숨이 막힐 것 같았다. 무더운 날씨에 일주문으로 오르는 계단이 가팔랐다. 힘들게 한발 두발 올라가니 금오산 향일암 현판이 선명하게 다가왔다. 우람한 일주문을 지나 다시 계단을 오르니 등용문이 나타났다. 인생에는 뜻한 바를 이루기 위한 여러 관문이 있는데, 청년들이 큰 어려움을 이겨내고 자기 앞에 놓인 등용문을 거침없이 통과하길 기원했다. 향일암의 중심인 대웅보전으로 가려면 세 개의 문을 지나는데 마지막 해탈문에 다다랐을 때다. 해탈문은 좁은 바위 틈새로 빠져나가는 신비한 자연의 작품이었다.

해탈문을 나오니 대웅보전과 확 트인 돌산 앞바다가 한눈에 들어왔다. 법당에는 참배객과 소원 성취 발원문으로 가득하여 이내 눈길은 바다를 향했다. 저 멀리 수평선을 바라봤다. 그런데 수평선이 없었다. 없기보다 구별이 안 됐다. 바다도 푸르고 하늘도 푸르러서 옷감에 물을 들이듯 색이 하나가 되었다. 세상에 높은 하늘과 넓은 바다가 하나가 되다니, 자연의 경이로움에 멍하니 그저 바라만 봤다. 저게 우주의 마음인가!

사람들은 보통 명소에 가면 주변을 다 보고 싶어 한다. 찬찬히 일부만 보고 나머지는 다음에 봐야지 하는 여유로움이 없기보다, 그럴 기회가 오지 않을 수 있다는 생각이 앞서기 때문이다. 그날은 그런 느낌이 강하게 일었다. 향일암 여기저기를 다니다 보니 발길이 원효대사 좌선대에 이르렀다. 좌선대에 시선이 머무니 탐방객이 없는 고요한 시각, 저기 앉으면 곧바로 선정에 들 것 같았다.

나는 불교에 대해 잘 모른다. 부처님을 모셔 놓은 법당만 하더라도 절마다 명칭이 다르고 부처님의 명호도 다양하다고 한다. 그리하여 나는 불전을 석가모니불과 그 외의 부처로 단순히 이해한다. 부처님은 시공을 초월하여 어디에나 다 게시니까. 이 암자는 바위산으로 이루어져 있다. 그렇지만 들어오는 산문을 비롯하여 대웅보전, 종각, 천수·해수 관음전, 요사, 삼성각까지 두루 갖추고 있다. 향일암은 원효대사가 창건했다는데, 대사는 이 암자가 완성되기까지 어느 정도 관여했을까? 대부분 사찰의 창건자는 고승들로 되어있고, 어떤 경우에는 한 스님이 여러 절을 창건했으니 갸우뚱해진다.

어느 책에서 청나라 3대 황제인 「순치황제 출가시」를 본 적이 있다. 이 시를 읽으면서 마음이, 가슴까지 찡하게 울리는 감명을 받았다. 순치제는 명나라를 정복하여 청나라의 기틀을 다진 황제다. 그는 재위 18년 동안 쉴 새 없이 정복 전쟁을 벌여 영토를 크게 넓혔지만, 그러한 과정에서 심한 갈등과 번민에 빠졌다. 그 많은 생명을 죽이면서 청나라를 부강하게 만들었으나 자신이라는 존재에 대해 깊은 회한이 있었던 것 같다. 그리하여 선에 관심이 많아 공부하다 황위를 버리고 출가했다. 삶을 돌아보게 하는 순치황제, 참삶을 일깨워 준 군주가 아니던가!

초등학교 때 내 또래 아이들은 청나라를 오랑캐라 배웠다. 오랑캐는 미개한 종족으로 멸시하는 말이다. 아마 청나라가 말갈, 여진 등으로 불렸던 만주족이어서 그런 것 같다. 생각해 보면 우리가 청나라를 오랑캐라 부를 자격이 있을까? 청나라는 순치황제 같은 왕조의 뿌리가 있었기에 중국 역사상 가장 다양한 문화가 공존할 수 있었을 것이다.

절에 가면 편안함이 있다. 고즈넉한 경내를 걷기만 해도 마음이 가벼워지며 번잡했던 일상을 잊는다. 그동안 나는 많은 절을 다닌 것 같다. 그중에는 자주 가는 절도 있고, 한 번만 들린 절도 있으며, 또 가야 할 절이 있다. 이름 있는 산에는 절이 있더라. 산에는 나무가 울창하고, 봄이 오면 꽃이 피고, 가을이 되면 단풍이 물든다. 계절의 변화에 어울리는 풍경이 산사가 아닐까?

나는 불교를 무척 좋아하는데 종교로서보다 철학으로 더 접근한다. 불교의 사상과 교리에는 진리가 숨 쉬며 심오한 인생의 의미를 느끼게 하고 삶을 일깨워 준다. 지나간 날들, 걸어온 발자취를 돌아볼 때 무난하고 홀가분하며 미소 지을 수 있는 기억이 절에 갔을 때다. 산사는 언뜻 떠올리기만 해도 풍경 소리, 목탁 소리가 청아하게 퍼져가며 은은하게 다가오는 듯하다. 해를 맞이하는 향일암도 또한 그러하리.

무엇으로 살아갈까

어떤 인생이든
삶은 행복을 위한 것이지요

돌아보라
그 많은 세월 무엇을 하였는지
떳떳하지 못한 일은 없었는지

하루를 정성껏 살면
무상한 삶이 비상한 생명이 되고
하루를 부질없이 보내면
인생은 아무것도 아니지요

기억하라
시간이 흐르는 걸 잊은 때를
뭔가에 심취하여 재미를 느꼈다는 것을

푸르른 자연의 마음으로
하루를 천년처럼 천년을 하루 같이

사람은 살면서 많은 것을 접하고 체험하며 오감을 통하여 아름다움을 느낀다. 그러한 감성은 여러 분야에서 다양하게 일어난다. 가장 기억에 남는 곳, 가장 감명받은 책, 가장 좋아하는 인물 등 여러 부문으로 나열해 볼 수 있다. 그 분야에서 가장 좋아하는 것 하나만 선택하라면 망설여진다. 또한 시간이 지나면 새로운 것이 나타나 바뀌거나 변하기도 한다.

나는 톨스토이의 단편소설 『사람은 무엇으로 사는가』를 읽고 한동안 사색에 잠긴 적이 있다. 그것은 사랑으로 너무나 당연하여 막연히 다가온다. 읽을 때마다 느끼는데 사랑만 있으면 모든 게 해결될까? 한편으로 갸우뚱하면서도 또 한편으로 끄덕여진다.

사람은 무엇으로 살아갈까? 행복을 위해 산다고 하면 근사한 답이 될 수 있다. 그렇다면 행복하게 살면 되는데, 많은 사람이 행복을 느끼지 못한 채 살아가는 것 같다. 우리는 바쁜 세상을 성실히 산다고 자부하며 매일 똑같은 일을 반복한다. 하지만 마음속에서는 행복하지 않다고 느끼는지도 모른다. 행복은 타인에게 있다며 모든 걸 비교하고 있으니.

사람은 태어나는 순간부터 생존 문제에 직면한다. 자신뿐만 아니라 주변 환경과 여러 이해관계로 모두가 함께 공존해야 하기에 끊임없이 경쟁한다. 진학, 취업, 직장 등 어느 것 하나 예외가 없다.

또한 그러한 과정에서 성취하고 싶은 욕망이나 욕심이 강하게 작용
한다.

이러한 현실에서 삶의 가치나 목적을 어디에 두어야 할까? 누구
나 사랑을 염두에 두거나 행복을 생각하며 하루를 보내지 않는다.
성공을 위해서라면 그런대로 삶의 가치나 목적에 부합할 수 있
다. 대다수가 자신의 성공을 바라고 다른 사람의 성공을 부러워
하니까.

목적하는 바를 이룬다는 뜻의 성공은 근사한 말이다. 이 말의 반
의어인 실패를 떠올리면 성공의 이미지가 바로 전개된다. 일반적으
로 생각하는 성공의 범주를 좀 구체적으로 좁혀 보면 몇 가지로 압
축할 수 있다.

첫째는 돈이다. 돈은 경제적인 가치가 있는 유무형을 통틀어 이
르는 것이며 재산이라 해도 상관없다. 우리는 돈을 벌기 위해 일한
다. 돈은 생계를 이어 가는데 중요한 요소다. 돈에 대한 애착은 당
연하다. 백세시대를 살아가야 하는 인생에 돈이 얼마나 필요한지
생각해 보면, 그 중요성은 아무리 강조해도 지나치지 않다.

그렇지만 많은 이가 단번에, 짧은 시간에 많은 돈을 모으고 벌겠
다는 욕망이 앞서기에 문제가 발생한다. 그 대표적인 예가 주식이
나 부동산 투자가 아닐까? 재산형성에 있어 장기적인 투자는 괜찮
지만, 단기적인 투기는 망하기 십상이다. 그런 것에 한 번 발 들이
면 쉽게 빠져나올 수 없다. 또한 자기 자신만은 잘할 수 있다는 망
상이 그 욕망의 늪에서 허우적거리게 한다. 우리는 귀 기울이지 않
더라도 투기해서 실패한 사람들의 이야기를 쉽게 접하며 안타까워

한다. 모든 이가 건실하게 일하고 건전하게 돈을 모으면 얼마나 좋겠는가.

둘째는 권력이다. 권력은 공공의 목적이나 공익을 위해 쓰는 힘으로 사람은 권력욕이 강하다. 누구나 사회생활을 하면서 직위나 신분 상승을 추구한다. 이 또한 당연하며 삶의 중요한 욕구다. 직장 조직의 구성원은 돈을 벌기 위해 일하지만, 더 높은 직위를 바라보며 끊임없이 노력한다. 어떤 직장이든 조직의 구조가 피라미드 형태라서 높은 직위로 갈수록 승진하기가 힘들다. 그러한 환경에서 살아가는 사람들이 안타까우나 뾰족한 방법이 없다.

승진은 능력, 실적 등으로 선발하겠지만 바라보는 사람에 따라서는 공정성에 의문을 가질 수 있다. 또한 운이라든가 다른 외적인 작용이 영향을 미칠 수 있다. 이러한 현실이나 제도의 옳고 그름은 잘 모르겠고, 내가 느낀 안쓰러운 풍조 하나가 떠오른다. 승진 대상자가 되면 대다수가 승진에 영향을 미칠 수 있는 직원에게 자신을 알리려고 한다. 그 가운데 하나가 눈도장 찍으려고 몇 년간 승진할 때까지 경조사는 다 찾아다녀야 하니, 그 시간이 얼마나 씁쓸했을까? 그래도 결과가 좋으면 괜찮은데.

셋째는 명예다. 세상에 명예란 말만큼 멋있는 말이 있을까? 사람은 명예롭게 살고 싶어 하며 명예롭게 살다 간 사람들을 존경한다. 명예욕은 식욕, 수면욕에 버금가는 인간의 원초적인 요구다. 명예욕은 강할수록 좋으나 거기에는 굳센 의지와 무한한 노력이 따른다. 사람은 명예를 갈망하나 진정한 명예가 뭔지도 모르며 마음만이 앞선 명예를 추구하는 것은 아닐는지. 그러한 명예는 일시적으로 나타나는 짝퉁 명예일 뿐이다. 사회생활에서 보여주기식의 허영심, 체면치레, 허례허식이 얼마나 많은가? 심지어 가식적일 수도 있으며 좋은 일은 내 것이고 허물은 남 탓을 한다.

허무가 밀려오는 어느 밤이었다. 일 년에 한두 번 삶이 공허하고 무료함을 느낄 때가 있다. 지난 어느 날 밤이 그러했다. 주말 가족으로 생활해서 그런지 이런저런 생각을 했다. 외로움, 고독이라는 말이 스쳐 갔다. 이 두 낱말을 나름대로 정의해 봤다. 외로움은 가깝거나 보고 싶은 사람이 옆에 없어서 느끼는 감정이고, 고독은 내 안의 나와 대화가 되지 않아서 일어나는 감정이다. 외로움은 내일 아침이면 사라질 것이고, 고독은 그 원인을 찾으면 된다.

나는 왜 갑자기 삶의 허무를 느낄까? 여러 일로 분주하고 산만하여 일상을 돌아볼 여유가 없었나, 아니면 일찍 잠자리에 들었는데 잠이 쉬 오지 않아서 그럴까? 인생이 이런 것인가 하는 회의가 들어서일까? 결국은 무엇을 위해 살아가는가 하는 화두에 몰두한다.

성공한 사람이 다 행복한 것은 아닌데 어떻게 살아야 행복할까? 인생이란 참 묘하다. 젊은 시절에는 인생을 알 수 없고, 인생을 알 듯하면 젊음은 저 멀리 달아나 있다. 이를 뒤집으면 젊었을 때는 삶이 영원히 펼쳐질 것 같았는데, 아차 이게 아닌데 느끼는 순간 순수함과 열정이 퇴색되고 식어 있다. 잠시 씁쓸한 표정을 짓고 지나온 세월을 돌아보니 인생이란 내 마음대로 되지 않는 어쩔 수 없는 것이다.

이제부터 살아갈 날을 위해 다시 삶의 그림을 그려야겠다. 행복에 조건이 있다면 그것은 내 안에서 찾아야 한다. 모든 것은 마음

가짐에 달려 있다. 불필요한 것을 정리하고 삶을 단순화하자. 그래도 가장 중요한 것은 사랑하는 사람과 함께 하고, 좋아하는 일을 하는 것이다. "제 버릇 개 못 주고, 세 살 버릇 여든까지 간다"라는 속담이 있듯이 문제는 제대로 실천하는 것인데 잘될지는 모르겠다.

톨스토이의 『사람은 무엇으로 사는가』를 읽을 때마다 사랑을 깊이 생각해 보곤 한다. 행복한 사람에겐 사랑이 있다. 많은 사람을 만나고 민원인과 상담하면서 언쟁한 적이 있다. 그때 사랑이라는 말을 가슴에 새기고 대화했더라면 더 원만하게 논의되지 않았을까? 누구와 만나고 대화하더라도 사랑의 마음을 가져야겠다.

그 얼마나

강물을 거슬러 올라가듯
경쟁하는 험한 세상
그 얼마나 힘들었나요

부모 섬기고 자식 뒷바라지하며
인내하던 어려운 환경
그 얼마나 고단했나요

하고 싶어도 할 수 없는
애절하고 한스러운 마음
그 얼마나 서러웠나요

불공정하고 차별받는
개떡같이 기울어진 현실
그 얼마나 화났나요

무지와 어리석음이 더해
좌절하며 허우적이던 시절
그 얼마나 비참했나요

사랑이 흐르고 행복이 피어나는

아름다운 작은 소망

그 얼마나 기다렸나요

충남 천안에서 근무할 때다. 나는 수원이 집이라서 주중에는 천안에서, 주말에는 수원에서 생활했다. 월요일 아침 천안으로 출근하고, 금요일 저녁 수원으로 돌아갔다. 월요일 아침 7시 20분 전에 경부고속도로 오산 나들목을 이용하는데, 출근길 차량이 붐벼 나들목 앞에서 언제나 교통신호를 받으며 기다렸다. 그 시간에 주변을 둘러보게 되는데 눈길이 현수막으로 갔다.

"실종된 송○○ 좀 찾아주세요!"라는 현수막을 보게 되었다. 처음에는 이를 어쩌나, 빨리 찾아야 할 텐데 하며 지나갔다. 월요일마다 여고생으로 보이는 앳된 모습의 사진을 보니 가슴이 아팠다. 딸의 행방을 모르는 부모의 마음은 한없이 아프고 슬플 것이다.

천안에 간 지 여러 달이 지났다. 한여름의 무더위도 가고, 가을날의 곱던 단풍도 떨어지고, 바람이 차가운 겨울로 가는 어느 밤이었다. 자식이 실종된 부모의 마음이 얼마나 아플지 생각하니 나도 모르게 눈시울이 젖었다. 이 사건은 단순 실종이 아닌 듯싶어 더욱 울화가 치밀었다. 파렴치범이 저지른 실종 사건이 아니길 바라지만, 왜 자꾸 '개구리 소년 실종 사건', '화성 연쇄살인 사건' 등 생각만 해도 끔찍한 그런 사건들이 떠오를까? 어떻게 인간이 악마의 탈을 쓰고 사는지.

인간은 사회적 동물이다. 사회는 공동생활을 영위하기에 사람들이 서로 관계를 맺으며 살아갈 수밖에 없다. 생활의 기본이 되는 의식주만 놓고 보아도 혼자서는 해결할 수 없다. 조직화 된 집단이나 사회에는 각자의 기능이 있다. 어떤 분야의 일을 하고 싶다고 해서 마음대로 할 수 없는 것이 현대사회의 특징이기도 하다. 그런 의미에서 경쟁은 피할 수 없는 인간의 운명이다.

사람은 일해야 하기에 태어나면서 이미 경쟁이 시작되었다. 학교에 들어가면서부터 뒤처지지 않으려고 끊임없이 노력한다. 이러한 것은 직업 선택과도 관계된다. 자기가 원하는 일자리는 좁은 문이다. 좋은 일자리는 더욱 경쟁이 치열하다. 그 일자리를 얻으려고 많은 이들이 도전과 좌절을 반복하지 않는가. 그것이 끝이 아닌 현실을 맞닥뜨리며 험한 세상을 극복하며 경쟁하는 삶이 그 얼마나 힘들었을까?

삶은 경쟁이다. 경쟁은 우리 사회와 생활의 모든 측면에서 나타난다. 경쟁에는 승자와 패자가 있게 마련인데, 전자는 보람을 얻고 후자는 아픔을 경험한다. 인생에서 실패와 좌절을 경험하지 않는 사람이 있을까? 있더라도 극소수일 것이고 대부분은 쓴맛을 보았을 것이다.

우리 사회는 불미하고 일어나서는 안 되는 사건이 반복된다. 그 원인은 어디에서 기인할까? 여러 생각을 해보아도 뚜렷한 것이 없는데, 황금만능주의에서 오는 게 아닐는지. 수단과 방법을 가리지 않고 돈을 얻으려는 사고방식이 인간을 파멸로 몰아간다.

나는 인사이동으로 천안을 떠나게 되어 오산 나들목을 거의 이용하지 않게 되었다. 그러던 어느 날, 치아 치료차 서울 강남의 치과의원에 가고 있었다. 양재 나들목을 지나는데 오산 나들목에서 본 그 실종자를 찾는 현수막이 걸려있었다. 보는 순간 말문이 막히며 세상이 너무 싫었다.

세상에는 별의별 일이 다 있지만 사람으로서 저질러서는 안 되는 일이 끊임없이 일어나고 있다. 이권이 있는 곳이면 어디에나 나타나는 조폭, 사람을 속여 부정한 방법으로 피해를 주는 사기, 청소년을 성적 노예로 끌어들이는 포르노, 금융·권력기관 사칭으로 선량한 사람들을 울리는 보이스 피싱 등 악의 존재가 난무한다. 심지어 금품을 얻을 수만 있다면 수단 방법을 가리지 않는 묻지마 범죄를 저지르고 있으니 말이다.

격동의 세월을 살아온 사람들을 생각하면 인생이 숙연해진다. 어려운 환경에도 불구하고 부모를 섬기고 자식을 뒷바라지하는 삶이 얼마나 고단했을까? 하고 싶은 게 많았을 텐데 여건이 따라 주지 않으니 얼마나 서러웠을까? 혹여 불공정하고 차별받는 일을 당할 때 얼마나 화났을까? 무지와 어리석음으로 자신을 원망하고 좌절할 때 얼마나 비참했을는지.

회사를 은퇴하고 지내던 어느 날이었다. 서울 강남의 변호사 사무실에 갔다가 돌아오는 길에 서초 나들목에서 종전에 본 것과 똑같은 현수막을 보게 되었다. 잠시 슬픔은 뒤로하고 어떤 사건이길래 오랜 기간 여러 곳에 현수막이 걸렸나 하는 생각이 들어 인터넷에 검색해 보았다. 이는 1999년에 일어난 납치 사건으로 내가 처음 현수막을 보았을 때는 이미 공소시효가 만료되었다. 다섯 번 방송에 나오는 등 백방으로 찾았으나 미제사건으로 남아있다.

25년이란 세월, 그 가족들의 한은 누가 어떻게 치유해 줄 수 있을까? 오늘도 전단을 들고 딸을 찾아 나서는 부모의 마음을 헤아려 줄 말이 없다. 사랑이 흐르고 행복이 피어나는 세상은 얼마나 더 기다려야 올까?

십 년 전에는

십 년 전에는
뜰에 있는 한 그루 목련이
꽃을 활짝 피워
세상이 눈부시었는데

또 십 년 전에는
왕성하게 자란 옥수수가
들녘을 채색하며
무더위와 맞짱 떴는데

그리고 십 년 전에는
충주호의 유람선이
가을빛 호수를 가르며
강호의 풍광을 끌어왔는데

다시 십 년이 지나면
어떤 모습이
삶의 뒤안길을 채우며
자유로운 영혼에 울림을 주려나

십 년이란 두 글자를 써 놓고 보니 나도 모르게 멈칫한다. 십 년, 십 년을 읊조리니 세월이란 낱말이 달라붙는다. 붙잡지 않아도 흘러가는 시간, 그 세월은 십 년 정도는 되어야 부를 수 있는 이름이 아닐까? 십 년의 세월은 지나면 금방인 것 같지만 까마득한 시간이다. 십 년 후에는 무엇이, 어떤 일이 전개될지 떠오르는 것이 있는가?

서울양양고속도로는 1차로 서울에서 춘천까지 민자 구간으로 개통되었고, 이어서 2차로 동홍천에서 양양까지 국가 재정으로 시행하게 되었다. 나는 홍천-양양 건설사업단에 합류하여 고속도로 건설사업의 일원이 되었다. 이 구간의 시점인 홍천에 첫발을 디딜 때는 한 해가 저물어 가는 12월 하순으로 을씨년스러웠다. 사업단은 홍천 읍내에 임시로 마련되었는데 모든 게 어수선했다.

해가 바뀌고 1월부터 본격적인 업무가 시작되었다. 내 주요 업무는 인제 구간 토지 보상인데 용지 조서, 보상 계획 등을 검토하고 2월 초순에 현장을 답사했다. 겨울 산에는 눈이 쌓이고 산을 넘는 고개는 험준했다. 처음 보는 인제의 상남, 기린면은 원시의 자연 그대로였다. 굴곡이 심한 도로를 따라가는 내내 주변 풍광에 사로잡혀 황홀감에 빠져들었다.

어느새 꽃 피는 사월의 화창한 날이었다. 나른한 오후에 사무실 2층 출입문을 열고 복도식 발코니로 나갔다. 저게 뭐야, 황홀한 흰

꽃 무리가 빛을 발하며 다가오고 있지 않은가! 강렬하고 눈부셨다. 세상을 더욱 환하게 밝혀주고 있었다. 주변의 시선을 다 끌어갔다.

그것은 사월의 꽃 목련이었다. 건너편 주택의 뜰에 거대한 목련이 수백 송이 꽃을 피웠다. 해마다 사월이면 어디서나 화사하고 깨끗한 순백의 목련꽃을 볼 수 있다. 그런데 저 뜰에 홀로 핀 휘황찬란한 목련이 더 감성적으로 다가왔다. 태곳적 자연을 간직한 인제의 내린천 인근에는 천혜의 비경이 널려있었다. 그 많은 명장면 중에 하나를 선택하라면, 홍천 읍내 어느 평범한 가정집 뜰에 핀 저 목련꽃을 꼽으리라.

국민권익위원회에 근무할 때다. 무더위가 기승을 부리던 7월 중순, 강원도 인제 미시령터널 공사 민원을 조사하고 돌아가는 길이었다. 민원은 신청인도 일부 양보하고, 현장소장이 적극 협조하여 잘 마무리되었다. 이럴 때 조사관의 마음은 날아갈 듯 상쾌했다. 미시령터널에서 한계령으로 갈리는 삼거리까지는 설악산 북서쪽을 끼고 가는 도로여서 계곡의 물소리만 들어도 시원하고 더위를 느낄 새가 없었다.

그런데 이곳을 지나 홍천으로 가는 길은 좀 달랐다. 인제와 홍천은 접해 있는데 거리가 생각보다는 훨씬 멀었다. 도로는 근사한데 강원도의 멋진 풍광에 비해서는 밋밋하며 따분함을 느끼게 했다. 점심도 해결할 겸 국도변 휴게소에 들렀는데 날씨가 무지 더웠다.

오후 1시경, 차는 홍천을 가로지르며 양평 방면으로 가고 있었다. 도로 옆 들판을 지나는데 옥수수가 가득한 밭이 보였다. 옥수수를 수확할 무렵이면 절기상 한여름이라는 걸 직감했다. 어린 시절 시골에서 옥수수 먹던 기억이 떠올라 차를 멈추고 무성한 옥수수밭을 훑어보았다. 보기만 하여도 옥수수는 잘 자란 청소년을 보는 것 같았다. 여름철 한낮에는 대부분 곡식이 지쳐있는데 옥수수는 전혀 그런 기색이 없었다. 오히려 뜨거운 햇빛에 지열이 달아오를수록 활력을 뿜었다. 열을 다스릴 줄 아는 곡식, 옥수수는 한여름을 즐기며 무더위와 맞짱 뜨고 있지 않은가.

오래전 중앙고속도로 건설 현장에 근무하던 때다. 사업단이 영주시 풍기에 있었는데 현장을 따라 주변에는 소백산을 위시하여 명소가 많았다. 주말이면 가볼 만한 곳을 찾아 자주 나들이 가곤 했다. 충주호를 지나갈 때마다 호수의 유람선을 타보고 싶었는데 그럭저럭 사업소에 간 지도 1년이 지났다.

아직 대지는 황량한 3월 어느 날, 가족과 함께 충주호 유람선을 타러 단양 나루로 갔다. 오랜만에 타는 유람선, 기분이 새롭고 신선했다. 두 아들은 유람선을 처음 타는 것이라 신기한 듯 얼굴에 웃음기가 나며 눈이 초롱초롱했다.

유람선이 물결을 가르며 나아가니 호수의 풍광이 다가오는데, 먼저 눈에 띄는 것이 호수 양옆 절벽을 따라 일정한 높이로 하얗게 드러난 선이었다. 저게 무슨 표시일까? 아, 호수의 연륜을 말해주는구나. 높이가 5미터 정도는 되어 보이는데 밀물과 썰물처럼 수위가 높았다가 물이 빠지기를 반복하여 그렇게 되었다고 짐작했다. 기암괴석을 지나칠 때마다 풍경 설명 방송이 나왔다. 이윽고 장회 나루를 막 지나니 충주호에서 가장 빼어나다는 구담봉, 옥순봉 이야기를 들려줬다. 거북 한 마리가 뭍으로 올라가는 듯한 구담봉과 죽순 같은 여러 봉우리가 하늘 높이 서 있는 옥순봉은 선계의 풍광을 보는 듯했다. 문득 10년 후, 다시 충주호 유람선을 타보리라 다짐하며….

어느새 시간은 세세연년 하더니 십여 년이 지난 어느 가을날, 다시 충주호 유람선을 타게 되었다. 호수는 그대로인데 내게는 많은 변화가 있었다. 초등학교 1학년이던 아들이 고등학교 3학년이 되었고, 나는 여러 곳에 근무했다. 그때는 가족과 함께였으나 그날은 직원들과 야외 활동의 일환이었다.

유람선이 장회나루에서 단양 나루로 가는 것이기에 충주호에서 가장 기억에 남는 구담봉과 옥순봉을 먼발치에서 바라보니 아쉽기는 했다. 그렇지만 가을빛 호수를 가르며 유람선이 강호의 풍광을 끌어왔다. 호수 위에서 바라보는 산은 파노라마로 다가오는 여러 폭의 진경산수화였다. 또 욕심이 났다. 달 밝은 밤에 지나가면 운치가 기막힐 것 같았다.

사람은 특별한 목표나 목적을 갖지 않은 한, 십 년 후를 생각하지 않는다. 그 십 년은 너무 멀기에 생각해도 소용이 없다고 믿는다. 그렇지만 십 년 후를 생각하거나 그려보면, 십 년 전이 떠오르기도 하고, 생활하는 자세가 다르기에 손해 볼 일이 없다.

초등학교 졸업식 무렵, 어떤 선생님은 어린이들에게 우리 십 년 후, 어디에서 만나자고 제안하는 경우가 있다. 십중팔구 그 만남은 이루어지지 않는다. 그렇다고 하여도 그때 선생님의 말씀은 진심이며, 누가 그것을 새겨듣기만 하여도 삶이 달라질 수 있다. 십 년 후, 무엇이 울림을 줄지 한 번쯤 생각해 보면 어떨까?

세월의 미소

'삼 년 삼 년 가더이다'
어느덧 십여 년이 훌쩍 흘러
아, 세월이 이런 것이구나

그 글을 남기고 떠난 심정
얼마나 힘겹고 지겨웠을지
이제는 알 것 같아요

사람들은 가끔
힘든 날은 빨리 가고
좋은 시절은 멈추었으면 하지요

세월은 가는 것이 아니라
삼라만상이 바뀌고
인생이 변화하는 것이지요

삶은 세월을 만들고
그 세월이 빠르든 느리든
훗날 미소 지으면 참 괜찮지요

‘삼 년 삼 년 가더이다’는 내가 국민권익위원회에 근무할 때, 어느 조사관이 파견근무를 마치고 돌아가면서 인트라넷에 올린 글이다. 제목이 좀 색달라서 보게 되었는데 3년을 근무하며 체험한 애환의 글이었다. 그때는 매우 힘들었겠다고 생각하며 그저 무덤덤하게 넘겼다.

국민권익위원회는 민원 업무 수행을 위해 정부 부처와 산하기관에서 한두 명의 조사관을 지원받는다. 어쩌다 나는 국민권익위원회에 근무하게 되었다. 생각보다 많은 인원이 파견근무 하는 걸 보니 업무가 빡빡하다는 느낌이 들었다.

누구나 직장 생활을 하다 보면 짜증 나는 일이 한둘이 아니다. 시간이 지나면 괜찮으려나 하지만 그런 것은 연례행사를 하듯 찾아온다. 또한 업무 능력이 부족한 이와 파트너가 되는 건 너무 곤욕스럽다. 나는 이런 직원도 있나 싶을 정도의 파트너와 근무한 적이 있다. 업무를 도와주기는커녕 자주 문제를 일으켜 장애가 되니 할 말을 잊곤 했다.

위원회에 가기 전 여러 문제로 고민하며 숙고했다. 그때의 여건이 내겐 최악이었다. 절이 싫으면 중이 떠나라는 말이 있지만, 내 마음대로 부서를 옮길 수도 없고, 함께 근무하는 파트너의 인사를 건의했으나 소용이 없었다. 그러던 차에 위원회에 파견 근무할 기회가

왔다. 그렇다고 타 기관에서 생소한 업무를 한다는 게 쉽지 않은 일이기에 고민이 많았다. 고심 끝에 닥쳐올 일을 상상도 못 하며 새로운 세상을 경험해 보리라 다짐했다.

위원회 첫 출근 날, 두려운 마음도 있었으나 서울의 사대문 안에서 근무한다는 게 신기했다. 며칠간 직원들의 근무 모습을 보니 뭔가 좀 의아했다. 차 마시는 시간도 없고, 일상의 대화를 나누지도 않으며, 심지어 인터넷 기사 검색도 하지 않는 것 같았다. 다들 업무는 열심히 하는데 분위기가 경직되고 무미건조했다.

본격적으로 조사관 업무를 해보니 민원은 계속 들어오고 상담 전화도 만만치 않았다. 한 건의 민원을 처리하는데 현장 조사 등 일련의 절차를 거쳐 종결하기까지는 상당한 시간이 소요됐다. 그제야 알 것 같았다. 왜 조사관이 서로 얘기할 여유도 없이 바쁘게 일하며 분위기가 경직되어 있는지 이해가 갔다.

위원회는 15여 개 팀으로 구성되어 있었는데, 3년을 근무하고 떠나는 다른 팀 조사관의 애환이 담긴 글에 수긍이 갔다. 팀마다 업무의 차이는 있겠지만, 고충 민원은 일반 민원과 달리 해결이 쉽지 않았다. 피신청 기관에서 관계 법령에 어긋나지 않아 받아줄 수 없는 민원이 대부분이었다. 그러한 민원을 다시 위원회에서 처리하자니 더욱 어려움이 있었다. 조사관은 혹여 법령 적용에 오류가 없었는지, 설령 법령 적용이 맞더라도 여건으로 보아 수용 가능한지를 검토했다.

어느 조사관이든 민원인의 아픔을 다 해소해 주고 싶은 마음이었다. 그렇지만 모든 민원은 공정하고 형평에 맞게 처리해야 했다.

그러한 과정에서 조사관은 민원인을 설득하고 이해시키려고도 했
다. 세상에는 별의별 사람이 다 있듯이 민원인도 그랬다. 어떤 민원
인은 심지어 불법을 저질러 놓고, 막무가내로 해결해 달라고 떼를
썼다. 이쯤 되면 다투고 충돌이 일어나며 더 나아가 소란을 피웠
다. 어쨌든 작별의 글을 남기고 떠나는 조사관은 얼마나 애로사항
이 많았을까? 한편으로 복귀하게 되니 홀가분하고 뿌듯했을 것이
다. 군 생활을 마치고 제대하는 군인의 심정이 아닐까 싶었다.

처음 조사관 업무를 하며 왜 여기에 왔는지 후회한 적이 있었다.
그렇다고 당장 돌아갈 수도 없고, 죽기 아니면 까무러치기로 부딪
혔다. 위원회에서 반평생을 근무하는 조사관을 보며 위안 삼았다.
그럭저럭 몇 달이 지나고 일 년이 되어 지나온 시간을 돌아보니 느
낀 점이 여럿 있었다.

먼저 신선하게 와닿은 것이 위원회의 팀 조직이었다. 그에 비해
우리 회사는 부에서 팀으로 무늬만 바뀐 다소 형식적인 조직이었
다. 여전히 몇몇 직원에게 업무가 집중되어 있었다. 위원회는 실질
적인 팀 조직으로 팀원에게 업무가 아주 공평하게 나누어져 있었
다. 민원 처리의 특성상 담당 조사관 외에는 동료가 도와주기도 어
려운 실정으로 각자 자기 업무에 집중할 수밖에 없었다. 그런 의미
에서 팀 분위기가 다소 경직된 면도 있었다.

내가 근무한 도로수자원팀은 대부분의 민원을 현장 조사해야 하
기에 매주 현장을 가게 됐다. 조사관은 보통 이삼일에 두세 건의
민원을 조사하러 대중교통을 이용하는데, 어떤 때는 피신청 기관
의 도움을 받기도 했다. 나는 이런 번거로움을 없애고 민원의 효율

적인 조사를 위해 자가 차량을 이용했다. 그러다 보니 시간적 여유가 생겨 현장 주변 명소를 많이 둘러보게 되었다. 2년여 동안 현장 조사를 다니며 우리 산하 지자체를 거의 다 가보았다. 그것이 체계화되고 습관으로 남아 훗날 여행에 많은 도움이 되었다.

무엇보다 중요한 건 삶의 변화다. 고충 민원 조사를 다니면서 사람들의 살아가는 모습을 보며 많은 걸 느꼈다. 민원이 원만하게 해결되었을 때의 보람도 있지만, 민원인의 아픈 눈물을 닦아주지 못해 가슴 아파한 적도 있다. 우리 사회의 열악한 환경과 민원인의 어려운 현실을 바라보니, 나도 모르게 인생관이 확 달라지더라. 사는 게 뭔지? 불필요하고 부질없는 것은 다 버리고 비우리라.

인생에는 즐거움과 괴로움도, 기쁨과 슬픔도, 보람과 아픔도, 다 하늘의 구름처럼 바다의 파도처럼 일어났다가 사라지기를 반복한다. 어렵고 힘든 일이 있었을지라도 먼 훗날 세월의 미소를 지을 수 있으면 참 괜찮지요.

취해 있는 먹자골목

가을이 깊어진 새벽
먹자골목으로 나가 보니
찬 기운이 스쳐와
엊그제 같던 무더위도 아쉽네

거리에는 휴지가 난무하고
가로등은 긴 밤을 지새우는데
환경미화원은 쓰레기 수거로 분주하고
청년은 비틀거리며 지나가네

화려한 밤은 시들어 가고
불 켜진 음식점에는
말 없는 술병만이
흐트러진 젊음을 무심히 바라보네

날이 밝아오면
허둥지둥 일상으로 돌아가
피곤한 밤을 탓하겠지만
먹자골목의 새벽은 되풀이되는구려

삶에 있어 수면은 매우 중요하다. 수면은 신체 회복과 뇌 기능 유지에 필수적이다. 사람의 하루 평균 수면은 8시간 정도라고 한다. 그렇다면 하루의 3분의 1을 잠으로 보내는 셈이다. 잠을 잘 자려면 일정한 수면 시간과 규칙적인 수면 패턴을 유지해야 하는데 매일 같은 시간에 자고 일어나야 한다. 쉬울 것 같으면서 잘 안되는 게 또한 잠자는 시간이다.

나는 일정한 시각에 자고 일어나는 게 습관화되었다. 평소 저녁 10시면 잠자리에 들고 새벽 4시에 일어난다, 어떤 때는 더 일찍 잠드는데 그 시간만큼 일찍 일어난다. 어느 저녁 피곤하여 일찍 잠들었는데 눈을 뜨니 새벽 3시였다. 이 시간에 무얼 할까, 생각하다 주위에 있는 먹자골목의 풍경이 어떤지 궁금했다.

도심에는 어디나 먹거리촌이 있다. 내가 생활하던 천안에도 두정동 먹자골목이 있었다. 음식점이 번성하니 밤이 되면 젊은이로 북적였다. 옷을 갈아입고 밖으로 나가니 멈칫할 정도로 차가운 밤공기에 한기를 느꼈다. 망설이다가 이왕 나왔으니 둘러보자며 큰길로 갔다. 4차선 도로는 차도 휴식을 취하는지 신호등만 깜빡였다. 횡단보도를 건너 먹자골목 입구에 다다랐다.

이게 뭐야? 아직 밤인데 청소차가 나와 있네. 새벽 3시에 생활 쓰레기를 수거한다고? 이른 아침에 수거하는 것은 자주 보았으나 이런 경우는 처음이었다. 환경미화원은 흩어져 있는 쓰레기를 치우느라 여념이 없었다. 그 옆으로 몇몇 젊은이가 자기네와는 상관없다는 듯 비틀거리며 지나갔다.

잠시 비켜서서 쓰레기 수거하는 모습을 바라보았다. 왜 환경미화원은 꼭두새벽에 쓰레기를 수거할까? 매일 수거하는 쓰레기의 양이 많아 번잡한 시간을 피해 일의 효율을 기하는 걸까, 아니면 아침 출근길을 깨끗하게 하려는 것일까? 다 맞는 말인데 후자에 더 가깝다고 본다. 출근 시간대에 수거하면 우리는 지저분한 환경에 살게 될 것이다. 사람들이 잠든 시간에 쓰레기를 수거하기에 상쾌한 아침을 맞는다.

먹자골목은 낮과 밤이 현저히 다르다. 지나가 보면 낮에는 행인들도 뜸하고 음식점 상호만 눈에 띄는데, 밤에는 화려한 조명과 북적이는 사람들로 불야성을 이룬다. 한밤이 지나 새벽인데 셔터를 내린 곳이 많으나 음식점 등을 알리는 조명등과 가로등 빛이 어우러져 거리는 환하다.

천천히 주변을 둘러보며 가는데, 술 취한 젊은이가 다가와서 "피시방 앞에 차를 세워놓았는데 어딘지 아시냐?" 하길래 잘 모른다고 했다. 오래전 우리 직원도 이런 경우가 있었다는데, 술을 좋아하며 과하게 마시는 사람들은 세월이 흘러도 비슷하다는 생각이 든다. 한편으로 걱정이 앞선다. 차를 찾으면 음주 운전하는 게 아닐는지.

지나다 보니 발걸음을 멈추게 하는 이색적인 풍경이 들어왔다. 밖에서 보는 데도 음식점 내부가 선명하게 잘 보였다. 함께 온 젊은이들 같은데 술 마시며 얘기 나누는 이도 있고, 옆 의자에서 꾸벅꾸벅 조는 이도 있었다. 식탁 위에는 소주병이 난무하고 쓰러진 술병도 끼어 있었다. 어디서 많이 본 풍경 같았다. 새날을 위해 곤히 잠자야 할 텐데 시간이 아깝다 싶었다. 쉽게 발길이 떨어지지 않았다.

한때는 나도 이와 비슷하지 않았던가. 자주는 아니지만 내 의지가 반영되지 않는 그 많은 시간, 어쩔 수 없이 해야만 했던 것들이 너무 후회스럽다. 누구를 원망하고 한탄하랴! 단호하게 거절하지 못한 게 잘못이지. 지나가면 추억이 된다지만, 그런 추억은 지워버려야겠다.

밤마다 많은 이들이 먹자골목에 가고, 이 늦은 시간에도 남아있는 젊은이들이 한심하다는 생각이 들었다. 그렇지만 어떠한 충고도 무용지물이며 그들이 자주 오는 게 아니니 크게 염려할 건 없었다. 또한 그들의 삶이 어떻든 젊음도 어느 한 시기에 불과하니 그냥 내버려두는 게 낫지 않으려나.

내가 신병 훈련을 받을 때, 오랜 군 생활을 한 부사관이 시간이 빠르다며 강변한 적이 있었다. 훈련병 누구 하나 그 말을 새겨듣기는커녕 흘러듣지도 않았을 것이다. 또한 혹한의 추위에 병사들은 삼삼오오 모여 눈 덮인 산을 바라보며 "저 눈이 녹기는 할까, 봄이 오기는 올까?" 하는 마음뿐이었다는 말을 자주 했다. 이와 마찬가지로 새벽녘까지 술 취한 이들도 가족이 얘기해도 잔소리로 치부하며, 자기들 인생은 자신들 것이라고 하겠지.

날이 밝아오면 젊은이들도 허둥지둥 일상으로 돌아가고, 어떤 일이 있었든 상관없이 취해 있는 먹자골목의 새벽은 되풀이된다.

젊은이의 단상

꿈 많은 학창 시절

낭만을 누리지도 못하고

꽃다운 청춘

무작정 보내지도 않았는데

어느새 세월이 흘러

칠흑 같은 어두움이 밀려와

앞을 보아도 뒤를 돌아봐도

갈 길이 막막하네

얼마나 더 노력해야 하나

늪에 빠진 양

저 하늘 저 바다에

꿈과 희망이 있을까

타들어 가는 목마름

찌드는 젊음이여

두려워도 힘 모아

험난한 황야를 가야 하네

"구직활동 않고 그냥 쉰다." 대졸 백수 405만 명, 역대 최대라는 기사를 보았다. 보는 순간 안타까움을 넘어 가슴이 얹힌 듯 답답했다. 구직활동을 하지 않는 그 마음 얼마나 고통스러울까? 쉬는 것이 쉬는 게 아닐 것이다. 각자 사정이 다를 수 있지만, 대다수가 열심히 노력했는데 결과가 좋지 않아 지친 심신을 추스른다고 봄이 맞겠지.

사람이 태어나서 죽음에 이르는 동안을 인생이라 한다. 인생을 거쳐 가는 순서로 구분하면 유년기, 소년기, 청년기, 장년기, 중년기, 노년기로 나눌 수 있다. 그런데 어떤 이에게는 추가로 거치는 시기가 있다. 예전에는 전혀 생각하지도 못했는데 이제는 현실적인 문제가 되었다. 그것은 이름 붙이자면 취준기와 노숙기로 취업 준비하는 젊은이와 노숙자를 떠올리게 한다.

우리는 대체로 고등학교까지 공교육을 받을 수 있다. 고등학교만 졸업해도 사회생활 하는 데 별지장이 없다. 그렇지만 대다수가 상급 학교, 대학에 진학하는 걸 당연하게 여긴다. 왜 대학에 가는가? 대학에는 학문을 닦고, 진리를 탐구하며, 꿈을 실현하고, 젊음을 꽃피우는 낭만이 있으니까. 그렇지만 날로 심화하는 생존경쟁에서 뒤처지지 않기 위해 갈 수밖에 없다는 말이 맞지 않을까? 대학을 바라보면 현실적으로 들어갈 때는 학문의 전당이지만, 나올 때는 취업의 등용문이다.

우리는 좋은 직장을 얻기 위해 경쟁의 삶을 살아간다. 유년기를 제외하고 모든 시기가 다음을 준비하는 것이라 해도 빈말이 아니다. 주변인들이 내 경쟁자로 보인다면 세상이 얼마나 삭막할까? 학창 시절 선생님이 열심히 공부하라는 의미로 '지금 자면 꿈이 꾸지만, 지금 공부하면 꿈을 이룬다'라고 했다. 이렇듯 선생님이나 부모님의 공부 하라는 말씀은 잔소리가 될 정도로 들었고, 선배들 이야기도 매한가지였다.

작금의 취업 환경은 상상할 수 없을 정도로 경쟁이 치열하다. 대학에 들어가는 순간부터 대부분의 학생이 원하는 직장 취업을 가슴에 새기고 처절하게 노력할 것이다. 취업은 멋진 목표이며 중요하다. 이를 위해 공부는 당연하고 스펙도 쌓아야 하니 얼마나 힘들고 답답할까? 그렇지만 인생의 큰 흐름으로 볼 때 취업에만 집중하면 대학 생활에 차질을 빚을 수도 있다. 취업과 대학 생활이 균형과 조화를 이루면 좋을 텐데. 이 또한 쉽지 않으며 꽃다운 청춘일수록 시간은 소리 없이 흘러간다.

현대사회의 구조라는 게 참 야박하다. 매년 사회로 나오는 취업 준비생보다 필요한 일자리가 훨씬 적다. 그러니 취업의 문이 좁아 취업 준비생들의 애로가 이만저만이 아니다. 내 기억으로 1970년대 후반, 중동의 건설 붐이 일어나 대졸 인력이 모자란다는 얘기를 들은 적이 있다. 그것도 잠시뿐 주택문제가 해결되지 않는 것처럼 취업은 여전히 어려워졌다. 우리 아이가 대학을 마칠 때쯤이면 취업 여건이 나아질 거라는 생각을 했는데, 나아지기는커녕 사정은 더 나빠졌다.

나는 대학을 졸업하고 입사 시험에 몇 번 응시했다. 처음에는 실패해도 그럴 수 있다고 생각했는데 두 번째는 충격이 컸다. 간절히 바란 회사라서 더욱 그랬다. 그때의 심정은 하늘이 노랗고 세상이 캄캄했다. 갈 길이 막막하다는 표현이 이런 것이구나. 무엇보다 경쟁이 치열하니 위축될 수밖에 없었다. 그렇지만 다시 도전하는 것 외에는 다른 방법이 없지 않은가. 노력과 간절함이 통했는지 심기일전하여 취업의 문턱을 통과했을 때의 기쁨은 이루 말할 수 없었다.

대다수 취업 준비생이 대학 때부터 좋은 직장을 얻기 위해 오로지 취업이라는 문을 열려고 무척이나 노력한다. 낭만이나 꽃다운 청춘은 잊은 채 젊음을 희생했을 것이다. 생존경쟁의 파고가 높고 운이 따르지 않아 인고의 시간을 보냈을 것이다. 그러한 시간이 지속되더라도 결과가 좋으면 괜찮겠지만, 늪에 빠진 양 헤어나지 못하면 얼마나 쓰리고 속상할까?

초여름의 어느 날, 나는 숲이 우거진 산길을 오르고 있었다. 등산하다 보면 오고 가는 산객들과 스치며 지나갈 때가 있다. 산속이 고요하여 사람들의 얘기 나누는 소리가 잘 들린다. 들으려고 한 건 아닌데, 고대씩(고려대학교를 지칭하는 것으로 들림)이나 나와서 취업도 못 하고 있으니 속상해 죽겠다는 말소리가 들렸다. 위쪽을 보니 두 중년 여인이 내려오며 나누는 얘기였다. 취업 준비생을 둔 부모의 마음이 어떤지 충분히 이해가 갔다. 우리 아들도 그 과정을 거쳤으니까.

일반적으로 사람들은 행복의 조건을 자기가 좋아하는 일을 하고, 사랑하는 사람과 함께 살아가는 것이라고 한다. 지극히 당연한 말인데, 좋아하는 일을 하는 사람이 얼마나 될까? 다시 태어나도 이 길을 가고 싶다는 사람은 그리 많지 않을 것이다. 사람은 여러 가지를 좋아하기에 어느 것이 자신에게 맞는지 모를 수 있다. 좋아하는 걸로 생각했는데 막상 해보니 그렇지 않은 것도 있고, 별로인 것 같았는데 실제 해보니 괜찮은 것도 있다.

청년이 처음으로 직업을 갖는 것은 사회인이 되는 것이다. 일하는 사람이 행복하다. 누구에게나 취업 환경은 어렵다. 좋아하고 적성에 맞는 일을 찾기란 쉽지 않다. 젊은 날에는 전력 질주하고 여의하지 않으면 차선을 찾는 것이 지혜롭지 않을까?

청년의 꿈이 실현되는 나라, 보편적인 일자리가 창출되는 사회가 되었으면 좋겠다. 나는 가끔 도서관에 가면 열람실을 둘러본다. 많은 젊은이가 열악한 환경을 극복하며 공부하느라 여념이 없다. 그들 앞에 희망의 꽃이 피기를 바라며, 다음에는 여기서 보지 않았으면 한다.

알 수 없는 동굴

외딴 산골짝에
고즈넉한 동굴이 있어
강산이 몇 번 바뀌고 가게 되었다네

예전에는
스스럼없이 들락이며 놀았는데
인적 드문 모습에는 외로움이 서려 있네

동굴 속으로
들어가 볼까? 망설여지며
그 안은 환상이 두려움이 있을지 모르네

시공간의 괴리로
아쉬움과 원망이 겹쳐오며
알 수 없는 동굴을 보니 슬퍼지는구려

자연에는 기이한 것이 많다. 산속을 다니다 보면 땅이나 바위가 안으로 깊숙하게 파여 들어간 굴을 볼 수 있다. 굴은 짐승의 보금자리가 되기도 하고, 사람들이 산행하다 눈비를 피하는 곳이 되기도 한다. 굴보다 더 넓고 깊으면 동굴이라 한다. 동굴은 억만년의 세월을 간직하고 있기에 신비를 자아낸다.

사람은 성인이 되어 결혼하면 또 다른 사랑은 삼가야 한다. 가정을 이룬다는 것은 권리보다 의무가 앞선다. 건강하고 행복한 가정을 가꾸려면 서로 사랑해야 한다. 그러므로 서로의 사랑을 해치는 것은 하지 말아야 한다. 그렇지만 지난날의 연정은 쉽사리 지울 수 없지 않은가.

세월이 흘러 지난날의 연정 같은 게 떠올라 '알 수 없는 동굴'이라는 글로 스케치해 보았다. 어쩌다 몇 번을 다시 보니 연정은 온데간데없고, 그 자리에 퇴직한 선배들이 자리하고 있었다. 한 번 만나 보고 싶은데, 그들의 마음이나 생각이 어떤지 베일에 가려져 망설여진다.

젊음을 바치며 반평생을 살아온 직장을 그만두면 아쉽기도 하지만 한편으로 홀가분할 것이다. 그동안 하고 싶었던 걸 마음껏 펼칠 수 있다는 희망을 안고 웃으며 퇴직했는지도 모른다. 몇 개월은 고삐 풀린 망아지처럼 자유분방하게 세상을 바라보며 신나게 지냈을 것이다. 그렇지만 그러한 일상도 어느새 무료하고 따분해진다. 가장 먼저 느끼는 게 직장동료들과의 단절이다. 시간이 지날수록 지인과도 하나둘 연락이 뜸하고 만남이 사라져간다.

직장 다닐 때의 회식 풍경은 지나간 한바탕 꿈이고, 현실은 냉혹하고 야박하다. 은퇴자들 모임은 점점 생산적인 것보다 소모적이고 피상적으로 흐를 수 있다. 옛날이 어쨌다는 등 자기 자랑하고, 다른 사람의 잘못되고 부정적인 뒷담화를 즐기고 있으니 한심하지 않은가? 그러니 만나고 돌아오면 피곤하고 허탈하며 그 모임도 차차 끊어지게 된다.

왜 이런 현상이 일어날까? 가장 큰 요인은 인생관이나 가치관이 달라서 그럴 것이다. 삶의 의미나 세상을 바라보는 시각이 다르고, 어떤 것에 견해차가 심하여 의사소통이 잘되지 않으면 흥미가 떨어질 수 있다. 직장 생활을 할 때는 이런 것을 몰라도 상관없다. 모든 것이 일 중심으로 흘러가니 좋은 게 좋다고, 시간이 지나면 그만이다. 좋은 사람의 기준이나 판단은 인간성이나 됨됨이, 옳고 그름보다는 자신에게 잘해 주는 사람, 잘잘못에 크게 개의치 않는 사람이 먼저 다가왔는지도 모른다. 그러니 피상적인 겉모습만 보고 생활했을 수 있다.

사람은 자기중심에서 바라보거나 생각하기에 착각할 수 있다. 누구나 자신은 잘 살아왔다고 생각한다. 객관적으로 증명할 수 없지만, 제삼자가 보면 그리 생각하지 않는데…. 가령 사람을 나무에 비유하면 누구나 그 많은 나무 가운데 하나다. 나무가 비슷하게 자라는 것 같지만 천차만별이다. 곧은 나무, 굽은 나무, 괴상한 나무

등 다양하다. 곧은 나무가 반드시 좋다는 것은 아니지만, 그래도 대다수가 자신은 곧은 나무라고 생각한다. 건축재로 널리 쓰이는 춘양목이라고 생각할지도 모른다. 한 직장에서만 일해왔다면 사고가 경직되고 아집이 있을 수 있다. 그런 사람들 사이에 소통이 원활할까? 철학자 소크라테스의 '너 자신을 알라'라는 명언에 지혜가 담겨 있는 것 같다.

목적 없는 만남은 오래가지 못한다. 운동이나 취미 등 함께 할 수 있는 것이 있어야 한다. 소통은 서로가 하는 것이다. 한쪽에서만 연락하는 것도 바람직하지 않다. 지난날의 직급이나 직위를 고집한다면 그 만남도 커다란 장애가 된다. 서로 존중하지 않으면 누가 불편한 자리에 나가겠는가. 모든 걸 다 따지면 외톨이가 될 수밖에 없다.

나는 삼십여 년 직장 생활을 하다 보니 훌륭한 선배를 많이 만났다. 그중에는 특별히 존경하는 분도 있다. 직장에는 인사이동이 있어 만나고 헤어짐을 반복한다. 같은 부서에서 세 번을 함께한 선배도 있다. 그 선배는 기관장 부서장이었고, 나는 동료 직원일 뿐이었다. 세 번씩이나 같은 부서에서 동고동락했다는 것은 엄청난 인연이다. 근속연수로 보면 까마득한 선배님인데, 그분이 회사를 떠난 뒤에는 내 불찰로 만나지 못했다.

세월이 흘러 나도 퇴직하게 되니 가끔 선배들이 그립다. 그런데 한 번 찾아뵙고는 싶지만 마음대로 되지 않는다. 십 년, 이십 년의 괴리는 엄청나다. 내가 바라보는 선배의 마음과 선배가 나를 생각하는 마음이 어떨지 가늠할 수 없다. 만남 자체는 괜찮겠지만, 환상과 두려움이 겹쳐오니 말이다. 문득 피천득 선생의 「인연」에 나오는 글귀가 떠오른다. "아사코와 나는 세 번 만났다. 세 번째는 아니 만났어야 좋았을 것이다."

퇴직을 하니 가끔 지인들이 연락한다. 뭐하냐고 물을 때 답하기가 궁하다. 또한 따분해 죽겠다고 할 때 특별히 조언해 줄 게 없다. 담소 후 곰곰이 생각해 본다.

사람은 평생 일이나 일거리가 있어야 한다. 그래야 일상의 따분함과 무료함을 이겨낼 수 있다. 여기서 일은 경제적인 활동을, 일거리는 경제 외적인 활동을 의미한다. 일이나 일거리가 있으면 잡생각이 들어올 틈이 없다. 하루, 일주일, 한 달의 루틴이나 계획을 만들어 생활하니 시간이 알토란 같고 일이 단순해지며 확 줄어들더라.

삶은 사람과의 관계다. 그 관계는 소통이나 만남으로 이루어진다. 우리는 살면서 누구와의 만남을 반복한다. 그 만남도 세월이 갈수록 횟수가 줄어들게 마련이다. 삶을 돌아보면 단순한 관계였을지라도 가끔 떠오르는 사람들이 있다. 그렇지만 우연히 만나면 모를까, 그 만남은 쉽지 않다. 인연이 있었던 사람들과의 관계는 종종 동굴에 비유된다. 알 수 없는 동굴을 바라보니 궁금하나 들어가기가 망설여지니 베일에 싸여갈 뿐이다.

세상이 슬프다

사회가 발전하고 삶이 나아져도
방심하고 부주의하면
안전사고는 어디든 일어난다

인명사고를 접할 때마다
안타깝고 허탈하며
분노와 원망에 세상이 슬퍼진다

우리 지역이 아니어서
다행이라고 가슴 쓸어내릴 때
곧바로 자괴감에 휩싸인다

재난이 발생할 때
남의 아픔을 헤아리지 못한 게
나를 더욱 슬프게 한다

세상에는 별의별 일이 다 일어난다. 수많은 사람이 살아가니 그럴 것이다. 살다 보면 좋은 일과 나쁜 일이 있게 마련이지만, 불행하고 궂은 일이 일어나면 가슴 아프다. 작은 부주의로 큰 재난이 발생할 때 세상이 너무나 슬퍼진다. 자기 잘못 없이 그저 당하는 사람들은 어떻게 살아가야 하나? 누가 그들의 상처를 치유하고 아픔을 위로하며 보상해야 하는지.

우리 사회는 안전사고 예방을 강조하고 사고 방지를 위해 많이 노력하는데, 왜 잊을만하면 안전사고가 일어날까? 그것은 안전 불감증으로 볼 수밖에 없다. '나는 잘하고 있으며, 내 주변에는 그런 일이 없을 것'이라는 안이한 인식과 습관에 기인한 건 아닐는지.

대형 공사장일수록 사고가 나면 피해가 크다. 우리는 구조물 붕괴 사고로 건설 노동자들이 매몰되어 구조하는 장면을 여러 번 보아왔다. 그 현장을 보면 누구나 안타까워하고 슬픔에 잠기며 시공자를 비난한다. 사고를 조사하면 결과는 뻔하다. 설계대로 시공하지 않았거나 공사 규칙 절차를 지키지 않았다는 것이다. 자신들의 이익을 위하여 공사 자재를 설계대로 사용하지 않는 부도덕한 면도 있다.

관리 소홀로 일어나는 화재 사고는 더욱 안타깝다. 호텔, 물류센터, 시장 등의 화재 사고는 물적 피해는 제처두고서라도 수십 명의 인명피해가 발생하니 너무나 끔찍하다. 근본적인 원인은 관리 잘못이다. 안전 불감증과 안전관리 비용을 아끼려는 잘못된 상술이 대형 화재의 원인일 수도 있다. 작은 이익에 눈멀어 인명피해가 일어났으니, 이를 접하는 사람들의 마음은 얼마나 쓰라릴까?

화재 사고가 일어날 때마다 '씨랜드 청소년수련원 화재 사고'가 떠오른다. 이 사고는 1999년 6월, 경기도 화성 청소년수련원에 화재가 발생하여 취침 중이던 유치원생과 교사 등 20여 명이 고귀한 생명을 잃었다. 그즈음 나는 가족과 함께 수련원 앞 궁평리 해수욕장에 간 일이 있다. 수련원 내부가 어떤지는 모르겠으나 주변 시설물과 진입로가 조악하다는 느낌은 들었다.

아시안게임 금메달리스트인 국가대표 필드하키 선수였던 김순덕 씨는 이 사고로 장남을 잃었다. 씨랜드 참사 후, 4개월 만에 인천 상가 화재 참사가 발생했다. 이 참사를 보고 그녀는 미련이 남지 않는다며, 훈장과 메달을 반납하고 이 나라에 살고 싶지 않다며, 남편·작은아들과 함께 이민했다. 얼마나 한스럽고 실망이 컸으면 그런 결정을 했겠는가.

해마다 연례행사처럼 산불이 발생하니 통탄스럽다. 특히 동해안 산불은 20여 년 동안 여러 번 일어났다. 대형산불이 일어나면 그 피해 규모는 엄청나다. 수백 년 가꾼 산림이 삽시간에 잿더미가 되니 할 말을 잊는다. 2022년 3월에 발생한 경북 울진의 산불은 대략 피해 면적 2만 헥타르, 피해 재산 2천억 원 규모다. 산불 원인은 처음에는 담뱃불 실화로 추정했으나 확인되지는 않았다.

산불 원인은 자연발화보다는 실화일 가능성이 높다. 산에 나무가 많아도 원시림 정도는 아니니까. 그렇다고 이유 없이 산불 낼 사람도 없다. 그 원인이 실화라면 담뱃불일 가능성이 크다. 담뱃불은 흡연자의 습관 문제다. 담배를 피우든 말든 참견할 필요는 없지만, 흡연자는 주변에 피해를 주지 말아야 한다.

대부분 흡연자는 담배를 피우고 꽁초를 아무 곳에나 버린다. 길을 가며 꽁초를 하수구에 빠뜨리거나 잘 보이지 않는 데에 쑤셔 넣는다. 또한 차량을 운전하며 꽁초를 차창 밖으로 버린다. 어떤 때는 꽁초를 연기 나는 채로 버리기도 한다. 이런 습관으로 인해 산과 접해 있는 도로를 운행하다가 꽁초를 버려서 산불이 발화되지 않았을까 하는 생각이 든다.

가장 이해되지 않는 교통사고는 터널 역주행 사고다. 어떻게 이런 일이 일어날까? 역주행하려고 해도 쉽지 않을 텐데. 정상적으로 운행하는 차량은 마른하늘에 날벼락을 맞는 격이니 너무나 안타깝다. 어떠한 변명이나 사죄를 하여도 수긍이 안 되며 그저 세상이 슬퍼진다.

교통사고의 원인은 법을 준수하지 않는 운전자의 의식에서 기인한다. 대다수가 자신은 교통법규를 잘 지키며 안전운전을 한다고 하겠지만, 실제로 그렇게 하는 것 같지 않다. 가령 도로에서 눈비 올 때 감속 표시가 있어도 이를 준수하는 차량은 거의 없다. 차선을 변경하면서 변경 신호 없이 끼어들기 하는 차량도 있다. 신호를 받고 좌회전하는데 우회전하며 끼어드는 차량은 무슨 심보인지 모르겠다. 가속하며 곡에 운전하는 차량도 정상 운전 차량에 상당한 피로감을 준다. 교통법규를 지키는 안전운전은 사고를 방지하고 귀중한 생명을 보호하는 것이다.

우리 사회는 화재 사고, 교통사고, 공사장 사고 등 안전사고가 많이 일어난다. 대형 사고가 발생할 때마다 가슴이 아프다. 인명피해가 심각할 때는 세상이 더 슬퍼진다. 아무런 잘못 없이 당하는 고객이나 근로자는 얼마나 기막히고 비참할까?

대형 사고를 접하며 안타까워하면서도 우리 지역, 내 주변 사람들의 관련은 없는지 가슴을 쓸어내린 적이 있었다. 또한 다른 나라에서 일어난 사고를 접했을 때는 무덤덤한 마음도 있었다. 이런 것을 인지상정이랄 수도 있지만, 곧바로 자괴감에 휩싸인다. 먼저 남의 아픔을 헤아리지 못한 게 더 나를 슬프게 한다.

사고를 당한 모든 이의 아픔과 슬픔을 나와 동일시하는 마음을 가질 때 우리 사회의 안전사고는 줄어들지 않을까?

봄날을 기다리며

봄이 오면 무엇을 할까
봄날이 되면 근심 걱정이 사라지려나
봄은 희망의 싹이며 꽃망울이다

봄날을 기다리는 것은
겨울이 춥기도 하지만
어려운 현실을 더 실감하니까

봄이 되면 새로운 마음으로
다시 시작하고
할 일이 많을 것이기에

좋은 날에는 잊고 있다가
좌절하고 고난에 처하니
봄날을 기다리는지도 모른다

봄이 오면 눈 녹듯이
모든 게 풀리고 잘되면 좋을 텐데
마음만 앞서는 건 아닌지

봄을 기다리는 사람은 아름답다. 기다림은 희망이며 꽃망울이다. 봄이 오면 사람들은 가슴을 활짝 열고, 한바탕 웃음으로 근심 걱정을 덜어내고, 새로운 마음으로 활기차게 살아간다. 봄은 언 땅을 녹이고, 동면하는 생명을 깨우며, 초목이 새싹을 틔우고 꽃을 피우도록 기운을 북돋아 준다. 봄은 희망을 품은 생명의 계절이다.

사람들은 왜 봄을 기다릴까? 꽃 피고 새 우는 계절을 맞이하고 싶기도 하지만, 겨울이 몹시 추워서 봄날을 기다리는지도 모른다. 어린 시절 매서운 한파가 몰아치는 날, 변변한 차림으로 밖에 나가면 이웃집 할머니가 추운데 어서 집에 들어가라고 했다. 그리고 오늘이 며칠인지, 언제 봄이 오느냐며 물었다. 그 할머니는 아직 봄이 멀었다는 걸 알면서도 그냥 물어보곤 했다. 아마 겨울이 추워서 따뜻한 봄날을 기다리는 것이겠지.

누구나 봄날을 기다린다. 자연의 봄은 기다리지 않아도 해마다 어김없이 온다. 하지만 인생의 봄은 순리대로 오고 가는 게 아니다. 인생의 봄은 무엇일까? 삶에서 느끼는 성취와 보람이 아닐는지. 사람들은 나름대로 마음속에 무엇이 되겠다거나 하겠다는 목표가 있다. 그 목표를 달성하기 위해 매진한다.

인생에는 행복이라는 거대한 목표가 있지만, 이는 누구나 갖고 있는, 단순하고 모호한 바람이다. 우리는 태어나서 성장하고 어른이 되며 단계별로 여러 가지를 겪으며 삶을 영위한다. 인생의 긴 여정에는 힘든 과정이 전개되며, 고개를 넘고 넘는 고난의 시기가 있다. 그 시기를 잘 극복했을 때 성취와 보람을 느낀다. 그러한 때가 인생의 봄날이 아닐까?

사람은 보편적으로 일을 하고 돈을 벌어야 한다. 그러자면 직업을 가져야 한다. 취업이 어떤 이에게는 그리 문제 되지 않을 수 있으나 대다수에게는 심각하다. 현대사회는 그 관문을 통과해야 하기에 경쟁할 수밖에 없다. 그 경쟁이 정부나 회사에서 시행하는 것이라면 기회가 매년 한두 번 번밖에 없다. 오늘도 많은 청년이 새봄을 맞이하듯 그날을 위해 철저히 준비하고 끊임없이 노력하고 있다.

그렇지만 모든 게 뜻대로 되지 않는다. 자신의 목표를 성취하지 못했을 때 겪는 고통은 표현하기 싫을 정도로 비참하다. 처음에 한 번의 실패는 병가지상사라며 스스로 위로하며 웃음으로 넘길 수 있다. 두세 번 반복되면 사정이 달라진다. 봄날이 오면 만사가 잘 풀릴 것 같았는데, 마음대로 되지 않으니 이 얼마나 비통한가! 좌절을 거듭하다 보면 그 늪에서 헤어나기가 힘들어진다. 더욱 슬픈 것은 매년 봄날을 기다리며 도전할 수 없는 현실이다. 젊음은 가고 있는데 누구에게 하소연해야 하나.

삶이 고단하면 마음이 받아들이지 않으니 봄이 오는 소리에도 무덤덤하다. 봄이 와도 봄이 아니라는 춘래불사춘(春來不似春)은 누구에게나 있다. 좋은 시절이 왔어도 처한 상황이나 형편이 마음대로 되지 않는다. 그러한 때를 접하면 주변과 세상을 원망하고 서러움에 빠지기도 한다.

삶을 돌아보며 힘들었던 시기를 자문해 보니 취업 준비하던 때가 떠오른다. 나는 운 좋게도 2년이 채 되지 않는 기간 공부하며 원하는 직장에 들어갔다. 그때를 생각하면 지난 일이라 웃을 수 있지만 정말 아찔하다. 몇 회사를 목표로 준비했으나 막상 시험에 응시하려니 준비가 미진했다는 걸 느꼈다. 봄이 오면 눈 녹듯 모든 게 풀리지 않을까 했는데, 마음만 앞서가고 있었다. 다시 새로운 각오로 전력 질주하며, 나의 봄날을 맞이하기까지 마음을 졸이며 달려갔다.

해마다 취업 준비자가 물밀듯이 쏟아진다. 그들을 수용하기에는 취업의 문이 너무나 좁다. 그러니 경쟁이 치열할 수밖에 없다. 몇 년 후에는 나아지려나 하는 바람이 있지만 상황은 크게 달라지지 않는다. 경제가 급격히 성장하면 나아지겠지만, 그런 시대는 지난 것 같고 이제는 경제성장률이 둔화한 추세다.

그런데 이상하게도 세상은 신기하다. 아득한 세월, 언제나 취업의 문은 좁았고 당연히 실업률도 높았다. 청춘의 아름다움을 절제하며 취업의 문을 두드리던 그 많은 이들은 어디에서 무엇을 할까? 한때는 고난의 아픔을 겪고 좌절의 늪에서 허덕였더라도, 좀 늦게 봄날을 맞이했을 뿐 적재적소에서 열심히 일하고 있지 않은가. 어떤 삶이 더 낫다고 할 수는 없다.

누구나 희망의 봄날을 기다리며 사는지도 모른다. 봄날은 언제일까? 청춘이 꽃피던 아름다운 시절인가, 아니면 모든 걸 내려놓고 세상을 관조하는 노년인가? 어떤 시기라 하여도 무방하다. 엄동을 겪은 나무가 꽃을 피우고 새싹을 틔우듯, 처절함을 이겨내고 환한 미소를 지으면 봄은 옆에 와서 함께 웃는다. 굴곡이 많은 인생의 봄날은 지금 여기가 아닐는지.

세상모르고 살았어라

어린 시절
동네 어르신이 돌아가셔도
나와는 상관없는 줄 알았지요

연로하신 부모님도
오랫동안 함께 하리라고
별생각 없이 지냈지요

노년의 문턱으로 가는
나를 돌아보니
세상 너무 몰랐음을 깨닫지요

아버지와 세대차를 잊고
마음대로 대했던 기억들
하나둘 사무치도록 각인되네요

장성한 두 아들이
나와 똑같이 일상을 지적하니
헛웃음이 나고 선친이 그립네요

어린 시절, 나는 또래 아이들과 상여를 따라가는 등 장례 치르는 풍습을 여러 번 보았다. 그때는 동네 어르신들이 돌아가셔도 무섭다는 느낌은 별로 없었다. 또한 상갓집에서 상주들이 곡하며 슬퍼하여도 무덤덤했다. 누구나 연세가 많아지면 죽는다고 생각했다. 더구나 내가 죽는다는 생각은 안 해봤다. 어른이 된다는 것조차 생각 안 했으니 죽음은 딴 세상의 일이었다.

어느새 지천명의 나이가 되고 보니 생로병사의 순리가 체화되었다. 그래도 부모님은 연로하나 오래도록 함께하리라고 생각했다. 그런 마음이 부모님을 마음대로 대하는 습성으로 이어지지 않았나 싶다. 부모님과 의견이 다를 때 당신의 말씀은 진부하고, 내 말이 맞는 양 우겼던 게 한두 번이 아니었으니까. 이제 와서 후회한들 무슨 소용이 있으련만, 씻을 수 없는 잘못이니 쑥스럽고 죄스러운 마음 그지없다.

우리는 바쁜 세상을 살아왔다. 전화하거나 만나서 인사를 나눌 때 '바쁘시죠?'라고 한다. 현대의 삶은 복잡하고 바쁘게 돌아가고 있다. 어린 시절은 안 그랬는데 생활환경이 변하다 보니 이웃과 만나지 않을뿐더러 아는 체도 않는다. 서로가 얘기를 나눌 수 있는 시간적, 감정적 여유가 없다.

예전에는 집에 손님이 오면 반갑게 맞아주고 배웅할 때도 살펴가시라고 인사했다. 그리고 대문 앞이나 담벼락에 서서 손님의 뒷모습이 보이지 않을 때까지 눈으로 마음으로 바라보았다. 이제는 시골에서도 그런 모습을 찾아볼 수 없다. 집안에서 인사를 나누고 손님이 차를 타고 가버리면 그것으로 끝이다. 뒷모습을 지켜볼 여유나 시간이 없는 것보다 일상생활이 그렇게 굳어졌다.

어린 시절의 생활은 어떠했는가? 아침에 일어나면 밥 먹고 학교에 가며, 집에 돌아오면 숙제하고 놀거나 집안일을 돕는 등 매일 하는 게 똑같았다. 의식주가 변변치 않았으나 세상이 다 그런 줄 알았다. 다만 도시는 깨끗하고 멋지지 않을까 동경했다.

그러한 시간이 지나고 전기, 전화의 혜택을 받기 시작했다. 이윽고 시골에도 호롱불, 등잔불이 전깃불로 대체되니 생활이 확 달라졌다. 특히 텔레비전이 세상을 깜짝 놀라게 했다. 상자 같은 물건을 통해 드라마, 스포츠 등을 볼 수 있다는 게 무지 좋았다.

세월이 흘러 컴퓨터가 등장하니 회사, 관공서 할 것 없이 일하는 체계가 달라지며 개선되었다. 손 글씨로 작성하던 문서가 인쇄 글씨로 바뀌며 사무 능력이 향상되고, 컴퓨터 기능이 다양해서 효율적으로 업무를 처리할 수 있다. 이어서 인터넷이 등장하여 세상이 거대한 정보화 시대가 되었다. 어떻게 이런 세상이 왔을까? 인간의 능력이 무궁무진하구나.

그러다가 휴대전화가 나왔다. 또 한 번 놀라지 않을 수 없었다. 생활이 편리하고 급한 사항이 있을 때 연락할 수 있다는 게 무척 고무적이었다. 그리고 정보통신 기술이 급속도로 발달하여 상상도 못 한 스마트폰이 삶을 덮어버렸다. 스마트폰에는 카메라, 녹음·녹취, 화상통화 등 온갖 기능이 다 있다. 특히 스마트폰은 지식 창고로써 보고 싶고 알고 싶은 것을 거의 다 할 수 있다. 삶의 상당 부분을 차지하는 스마트폰은 이제 없어서는 안 될 필수품이 되었다.

문명은 인간의 삶과 직결된다. 문명의 발달은 사회가 변화하거나 진화하는 과정이라고 할 수 있다. 이는 편하기도 하지만 두렵기도 하다. 과학기술은 끊임없이 발전하는데 인간의 삶은 어떠한가? 삶이 윤택하고 편리해졌는데 오히려 인간관계는 역으로 가고 있다. 예전에는 인간관계가 흐르는 시냇물처럼 여유롭고 유연했는데, 오늘날은 범람하는 강물처럼 급격하고 한쪽으로 치우치고 있다. 사회가 발전할수록 개개인의 가치관이 다르고 서로 간에 괴리감이 크다.

삶의 영역에서 불가사의한 것이 정치와 종교인 것 같다. 정치는 국가의 발전과 국민의 삶을 향상해야 하는데 제 기능을 못 한다. 종교는 인간의 고뇌를 해소하고 삶의 궁극적 의미를 추구하는 것인데 갈등이 심하다. 정치와 종교는 없어서는 안 되지만, 사람들 간에 소통하기 어려운 결점을 지니고 있다. 우리는 이를 잘 알면서도 해결이나 실천하지 못하는 어리석음을 안고 살아간다.

나는 사회생활을 하면서 정치와 종교 얘기는 거의 하지 않는다. 얘기해 보았자 결론이 뻔하고 안 함만 못하기 때문이다. 집에서도 아내와는 가벼운 의견을 나누어도 아들에게는 지나가는 얘기조차도 하지 않는다. 그리고 안타깝고 이해하기 어려운 것은 '왜 사람들은 선입관으로 저 사람은 그럴 것'이라고 단정해 버리는지 모르겠다. 설령 그렇더라도 서로 다른 생각, 다양한 의견이 사회를 건강하게 이끌어 갈 것 같은데….

어느 날, 우연히 아들과 정치 관련 얘기를 하게 되었다. 어느 정치인의 얘기였는데 바로 의견 충돌이 일어났다. 나이 들수록 보수 성향이 강하고 젊을수록 진보성향이 강하다지만, 서로의 의견을 부정하고 있으니 더 이상 대화를 이어갈 수 없었다. 무엇보다 도덕성을 중시하는 나와 정제되지 않는 기사를 사실인 양 서슴없이 말하는 아들의 대화는 하지 않는 편이 낮다는 결론을 내렸다.

하지만 내 생각이 다 맞는 건 아니다. 아들의 의견도 어떤 면에서는 일리가 있다. 일상생활에서 두 아들에게 지적받을 때가 있다. 아차, 내가 잘못 생각하고 있구나. 지난날 내가 아버지께 드렸던 말씀을 아들이 똑같이 지적하니 헛웃음이 난다. 스스럼없는 말이라도 좀 더 살갑게 말씀드려야 했었는데, 가슴 속에만 있는 선친이 그립다.

단절의 세월

바람이 불어 구름은 흩어지고
노송에 새들이 날아와 떠들썩하네

백 년 인생 흘러가니 금방인데
어려운 때를 생각하면 긴 세월이지

어쩌다 만남이 끊어진 사람들
그리움 맴도니 안타까움 더해가고

인연이 이어졌으면 나무와 새들처럼
좋은 친구로 한세상 보냈을 텐데

밤이 찾아오고 계절이 바뀌며
강산이 변하고 인생이 저물어 가네

어느 날 아파트 정원에 새들이 날아왔다. 오랜만에 보는 정겨운 풍경이었다. 자연히 새들에게 눈길이 갔다. 새들이 왜 여기까지 날아왔을까? 유람하는 건 아닐 테고 먹이를 찾으러 왔는지 갸웃하게 했다. 어떤 때는 멧비둘기 몇 마리가 나무에서 놀고 있으니 신기하고 정원이 더 멋지게 보였다.

나는 아파트 1층에 사는데, 거실 창가 쪽 책상에서 컴퓨터 하거나 독서를 한다. 하루에도 여러 번 정원을 살피고, 건너편 길의 지나가는 사람들을 보고 미소 짓기도 한다. 그러던 어느 날, 무심결에 정원을 바라보니 까치 한 쌍이 키 큰 소나무에 앉아 있었다. 한참을 쳐다보니 어린 시절 아까시나무에서 까치가 울던 고향 마을이 떠올랐다. 그때는 아침마다 울던 까치 소리가 아이들이 모여 떠드는 것 같았다. 또한 마을 어귀 나무에 옹기종기 쉬다가 다른 곳으로 날아가는 새들이 친구 같았다.

누구나 학연, 지연 등으로 많은 사람을 만나며 서로 친구가 되어 살아간다. 그런데 친하게 지내던 친구도 한번 헤어지면 못 만나는 경우가 있다. 다음에 만나야지 하다가 그 시기를 놓쳐 만날 수 없는 처지가 되니 그리움만 남게 된다. 친구는 꾸준히 만남이 이어지지 않으면 어느새 잊히게 된다.

나는 좋은 친구는 있어도 둘도 없는 절친은 없다. 친구에 대한 애착이 강하지 않았으나 사귈 때는 정성을 다했다. 고등학교 1학년 때 짝꿍이 3학년이 된 어느 날 교내에서 만나 이런 말을 했다. "너같이 좋은 사람 없더라!" 나는 그 말을 듣고 "좋기는 뭐가 좋으냐?"라며 웃었다. 우리는 2학년이 되면서 문과, 이과로 진로 방향이 달라 특별한 교제가 없었으며, 졸업하고 한 번도 만나지 못했으니 그걸로 끝이었다.

내게는 우정이 매우 깊고 끈끈한 관계를 의미하는 관포지교(管鮑之交)나, 죽음을 대신할 수 있을 만큼 막역한 사이인 문경지교(刎頸之交) 같은 친구가 없을까? 그것은 내 성격 탓이지 싶다.

성격의 유형은 보통 사교형, 신중형, 주도형, 안정형으로 나눈다. 나는 사교형이나 주도형은 아닌 것 같고, 신중형이나 안정형이다. 또한 선천적으로 기력이 약했다. 늘 얼굴이 하얗고 창백했다. 아마 환자처럼 보였을 수도 있다. 학창 시절에는 속이 메슥거려 학생들이 좋아하는 라면이나 어묵을 잘 먹지 못했다. 버스를 타면 멀미가 심했다. 등산을 좋아하는데 동행자와 보조 맞추기가 힘들어 주로 홀로 산행하게 되었다. 이러한 것이 다 친구 관계에 영향을 주지 않았을까.

하나 덧붙이자면, 나는 일찍 철이 든 것 같다. 어린 시절 동네 할아버지와 장기를 두며 놀았으니, 항상 듣는 편이었으며 말하는 것도 자제했다. 또래 아이들은 신나게 놀이하는데, 소달구지를 끌고 방앗간을 오가거나 들판의 볏단을 집으로 실어 오기도 했다.

모든 것은 가치관이 많은 영향을 미친다. 나는 직장을 잡고 사회생활을 하면서 일반적이지 않은 것에 심취한 적이 있다. 신은 있는가, 사후의 세계는, 우주의 끝은, 생물의 진화는? 그중에 사후의 세계에 심취하여 젊은 시절을 많이 허비했다. 그러다 보니 친구나 지인들과 어울리는 것에 관심이 없기보다 흥미가 덜했다. 궁극적인 실재에 대해 의견을 나눌 사람이 없어 답답했다. 오로지 책 속에서 그것을 찾을 수밖에 없었다.

요즘은 참 좋은 세상이다. 무엇보다 스마트폰이 개인의 삶을 지배하는 점이 그런 것 같다. 사람들은 요술 방망이 같은 스마트폰에서 필요한 지식이나 지혜를 얻을 수 있다. 나는 스마트폰으로 지식인, 선각자들의 강의를 들으며 홀딱 반한 적이 있다. 저 강사와 동시대에 다시 태어날 수 있다면, 친구 되어 마음껏 질문을 던지며 토론하고 싶은 마음이 간절했으니까.

'친구는 또 다른 나'라고도 하는데, 여기에는 여러 가지 의미가 내포되어 있다. 먼저 형제보다 가까운 사이로 어려움이 있으면 언제라도 도움을 주고받는 끈끈한 친구가 다가온다. 그런 친구가 한둘 있으면 좋기는 한데, 나는 그런 친구를 바라지 않는다. 스스럼없이 만나고 부담 없는 친구가 좋다. 나이가 들수록 만남의 횟수도 줄고 친구의 범위도 좁아지는데 자연스러운 현상 아닐까. 인간관계가 줄어들더라도 사는 데에는 지장이 없는 것과 같이, 그 줄어드는 것만큼 다른 것에 집중할 수 있다. 또한 삶은 채워졌다가 비워지는 것이다.

가을빛이 좋은 날 가까운 호수로 나갔다. 하늘에 떠가는 구름이 참 예뻤다. 호수를 보니 잔잔한 수면 아래 똑같은 구름이 잠겨있었다. 어느 게 진짜인지 모양만 반대로 되어있네. 다시 하늘을 살피는데 한 무리의 새들이 호수를 선회하며 노송으로 날아들었다. 호수길을 따라가다 나뭇가지에 옹기종기 앉아 있는 새들을 보니 자유롭고 평온한 느낌이 들었다. 새들처럼 살면 얼마나 좋을까? 새가 되어 저 높푸른 하늘을 마음껏 날고 싶었다.

새들을 보면 친구가 생각날 때가 있다. 새들이 나무 사이를 날아다니며 지저귀는 소리는 친구를 부르는 것 같다. 나뭇가지에 옹기종기 앉아 평화롭게 쉬는 모습은 더욱 친구를 그립게 한다. 친구와 만남이 이어졌으면 나무와 새들처럼 한세상 잘 지냈을 텐데. 그러지 못해 안타까운 친구들이 있다. 내 불찰로 그리된 것 같아 가슴이 아린다.

지난 시절을 돌아보고 흘러간 세월을 굽어보니 회한이 밀려온다. 지혜로움도 있지만 어리석음도 있네. 다 어쩔 수 없는 일이니 뒤를 돌아보지도 앞을 질러가지도 말아야지. 지금 여기에 충실하게 살아가리라. 내 인생의 한 시기를 장식해 준 친구들아, 한없이 미안해!